中国现代作家论科学与人文

俞兆平　王文勇 / 著

中央高校基本科研业务费专项资金资助（2012221005）
Supported by the Fundamental Research Funds for the Central Universities

GUANGXI NORMAL UNIVERSITY PRESS
广西师范大学出版社
·桂林·

图书在版编目（CIP）数据

中国现代作家论科学与人文 / 俞兆平，王文勇著. 桂林：广西师范大学出版社，2013.6
ISBN 978-7-5495-4019-8

Ⅰ. ①中… Ⅱ. ①俞… ②王… Ⅲ. ①中国文学—现代文学—文学研究②中国文学—当代文学—文学研究 Ⅳ. ①I206.6

中国版本图书馆 CIP 数据核字（2013）第 145703 号

广西师范大学出版社出版发行
（广西桂林市中华路 22 号 邮政编码：541001
网址：http://www.bbtpress.com）
出版人：何林夏
全国新华书店经销
衡阳顺地印务有限公司印刷
（湖南省衡阳市雁峰区园艺村 9 号 邮政编码：421008）
开本：690 mm × 990 mm 1/16
印张：16.5 字数：250 千字
2013 年 6 月第 1 版 2013 年 6 月第 1 次印刷
定价：39.00 元

俞兆平

1945年生，福建福清人。1982年厦门大学研究生院文艺学专业毕业，文学硕士，后留校任教、任职，从事美学、文艺理论、中国现代文学的教学与科研工作。现为厦门大学中文系教授，博士生导师；曾任《厦门大学学报》主编，现任福建省文学学会文艺理论研究会会长、福建省美学学会副会长、中国作家协会会员等。日本九州大学、香港岭南大学、台湾联合报系等访问学者。

已出版《浪漫主义在中国的四种范式》（广西师范大学出版社2011）、《中国现代三大文学思潮新论》（人民文学出版社2006）、《写实与浪漫》（上海三联书店2001）、《闻一多美学思想论稿》（上海文艺出版社1988）等九部学术专著。在《新华文摘》、《中国社会科学文摘》、《文学评论》、台湾《联合文学》等海内外刊物上发表200余篇学术论文。

主持国家社科研究基金项目、教育部人文社会科学研究基金项目各一项，及多项省级课题项目。获福建省第五届、第六届、第七届社会科学优秀成果二等奖；获厦门市第三届、第四届、第六届、第七届社会科学优秀成果一等奖。

王文勇

1979年生，江西进贤人。文学博士，江西教育学院中文系副教授。主要从事美学、文艺理论、中国现代文论及中国当代文化等教学与科研工作。发表《林语堂论科学与人文》、《科学主义与胡适的文学观》、《论梁宗岱的“两种文化”》、《转型社会中农村妇女的价值选择——〈铸刀〉与〈春风夜〉之比较》等数篇关于“两种文化”的学术论文。主持江西省“艺术科学规划”、“教育科学规划”及学院课题各一项。

前言

爱因斯坦说过:“没有宗教的科学是残瘸的,没有科学的宗教是盲目的。”若以此语沿用于我们的课题,同样可以说:“没有人文的科学是残瘸的,没有科学的人文是盲目的。”

科学与人文的对峙问题,是几个世纪以来一直困扰着人类的一个世界性的宏大命题。科学理性与人文精神,从古希腊的相辅相生,到而后的对峙与分裂,它们之间的矛盾从未停止过。近代以来,科学技术高速发展,创造了物质财富,改善了人的生存状况,促进了社会文明;但科学主义、工具理性的盛行,也引发了人的工具化、物化、商品化等弊端,造成人的道德堕落、意志迷失的现象,人的生存价值、生命意义陷入异化的困境。科学技术发展,人文精神却失落,这一人类历史行程中“二律背反”的状况,说明科学这把“双刃剑”,须用“人文之手”握住。因此,对科学理性与人文精神关系的探讨成了人类思想史上一个重大的命题,也是“现代性”的一个核心命题。

西方关于科学与人文关系问题的思考较早,经历了“一体化——人文——科学——两种文化”的发展过程。在古希腊,科学是自由的学问,也就是一种人文精神,那时科学与人文是一体化的。而后,在漫长的宗教时代,人文精神的宗教化排挤了科学理性存在的地位。直到文艺复兴时代,科学与人文又开始重温昔日的“恋情”。但到了启蒙运动时期,以实证主义来解释世界规律占了上风,科学理性冲破了人文的包裹,并逐渐取得强势话语权的地位。“科学万能”成了新的宗教,科学理性成了新的上帝。当科学僭越了人文的席位，当科学把人的灵魂物化时，两大学科便逐渐分离，构成了历史性的对峙。在进入21世纪的全球化时代，科学与人文的对立不但没有消解，反而有加剧的趋势，已成为当今人类所必须面对的一个现实难题。

值得注意的是，在20世纪后半叶，英国哲学家C. P. 斯诺提出了"两种文化"的理论，即以文学知识分子为代表的"传统文化"与以物理学家为代表的"科学文化"，二者在当代的对立、矛盾，已达到严重的分裂状态，致使世界面临新的危机。而霍克海姆、阿多诺的《启蒙辩证法》一书，则从理论深度上揭示以科学为标志的"启蒙理性"对人文精神的"独裁"与挤压，对科技理性提出了质疑与批判。至20世纪末，美国"新左派"的代表史华慈教授仍强调指出，当今社会的"工程–技术取向"取代、吞没"宗教–道德关怀"的危险日益加剧，在我们的时代有愈演愈烈的趋势。西方哲学家、思想家们都在认真地思考与寻求科学与人文这二者间的沟通与融合，这是人类发展进程中无法回避的一个迫切问题。

中国的科学与人文关系问题，从近代才开始明朗化。其原因在于中国传统文化中缺少西方意义上的科学精神，其人文主义思想的特点是重集体而轻个人，与西方的人文主义有明显的区别。至19世纪末、20世纪初，当"现代性"被强制地、而非自然萌生地植入中国，随之而来的西方的科学与民主的观念，便以势不可挡的强力涌来，形成了科学主义思潮的泛滥。

我们这里使用的"科学主义"一词的概念内涵，并不只是指数理化一类学科及技术操作方式，它更注重是科学的"精神"，即科学泛化、上升为一种形而上的价值信念与原则导向，有着从认识论向价值论转化的意义，已具有一种意识形态的性质。

五四时期科学主义的盛行是中国现代化进程的历史必然，亦为"现代性"的正向趋势；但它同时也冲毁了被贴上保守主义、封建意识标签的中国传统的人文精神体系。这样，势必引发中国知识界、思想界，包括文学界的人士在接纳西方科学大潮时的不同态度与反响，产生不同的学理判断与价值选择，这就引爆了中国思想文化界在1923年的一场"科学与玄学"的大论战。这场论战虽是哲学思想方面的学术论争，却渗透到了中国政治文化等各个方面，文学领域也受到其深刻影响。中国现代作家虽然直接参与论战的不多，但这场论战的各种观点在而后他们所写的著作与论文中却一再出现，这即是本书所要考察的重点之处。

但长期以来，中国现代文学研究界却忽略了科学主义对中国现代文学、现代作家，以及现代文学思潮的影响。例如，在论及五四新文学思潮的动因时，一般列出以下几点：一是晚清以来要求文学变革的动势蓄积，如"诗界革命"、"小说界革命"、"文界革命"及白话文的提倡等；二是以批判"儒术孔道"为中心的，打破封建专制意识形态的社会政治斗争；三是西方诸种哲学、美学、文学思潮的引进、吸收与激发。而作为五四时期精神标志的两面大旗之一——科学，它所产生的内在驱动力，或者其负值效应，却被忽略了，被忘却、遗漏了。也就是说，从科学及科学主义的视角来研究中国现代文学、现代作家，以及现代文论和文学思潮，至今仍是一片未开发的处女地，还是一片空白领域。

因此，本论著选择了中国现代文学史上最有代表性的作家、文论家，从史料出发，并回归历史语境，以他们对于科学与人文关系的态度、立场，以及学理论析与价值判断，分别整理、归纳为如下四种形态。

第一，在人文与科学对峙困境中面临两难选择，其代表人物为王国维与梁启超；

第二，主张科学与人文两者共容互动，希冀合题，其代表人物为早期鲁迅、徐志摩、林语堂、梁宗岱；

第三，推崇科学，肯定科学在中国现代化转型中的正值效应，其代表人物为胡适、郭沫若、茅盾；

第四，抗衡科学主义的压制，强调重建人文精神的价值体系，其代表人物是以吴宓为首的学衡派，以及梁实秋、闻一多、丰子恺等。

对中国现代作家在科学理性与人文精神两者对峙的历史语境中，所保持的各自不同的态度立场、学理判断与价值选择等的回顾与反思，仅在史料上的收集、梳理与归纳，便具有重要的价值意义。而对这一课题考察、思辨的深入，不仅可以填补中国现代文学研究在这一界域上的空白，有助于它的整体结构的完善；还可以总结现代化进程中中国思想文化界的变化与发展规律，从而反省历史给予的教训，弥合科学与人文的分裂，使其二者在新的层面上达到和谐与化融，以期建构完美的人生与自然的生态体系。

目 录

第一章

科学与人文关系的历史脉络

第一节　人类思想史上一个重大命题

科学理性和人文精神的对峙与分裂，以及寻求这两者之间的沟通、融合，是一个无法回避的、世界性的宏大历史语境。

马克思从人的实践的角度曾对此进行过深刻的思考，他指出："自然科学却通过工业日益在实践上进入人的生活，改造人的生活，并为人的解放做好准备，尽管它不得不直接地完成［人的关系的］的非人化。"①近代以来，科学以工业为媒介，在实践上全面进入人类的生活，创造了丰富的物质财富，极大地改善了人的生存状况，促进了社会文明的高速发展；但与此同时，也造成人性的工具化、物化、商品化，即马克思所说的"非人化"的人文精神失落现象。这一"二律背反"状况的存在，充分说明了科学这把"双刃剑"，须用"人文之手"握住，否则，科学的负面效应会带来巨大的恶果。

对科学理性与人文精神关系的探讨，成了人类思想史上一个重大的命题。

在西方思想史上，从古希腊把科学作为达到自由、实现人文理想的一种学问，到笛卡尔"我思"之演绎、培根"知识"之归纳，科学终以独立学科身份出现；而始自卢梭，历经康德、尼采，延续到海德格尔等的"浪漫哲学"思潮，则提出对科技理性的忧虑和批判，以及对人文精神的追索与呼唤；还有马克思在《1844 年经济学—哲学手稿》中关于自然科学"将成为人文科学的基础"等的预言，都说明对"科学理性与人文精神"这一课题的研究，从未止息。

1959 年，英国作家兼物理学家 C. P. 斯诺在剑桥大学做了《两种文化与科学革命》的著名演讲，提出作家这类人文科学知识分子和科技知识分子所代表的两种文化及其价值选择有日益分裂的趋势，这将给人类带来重大损

① 马克思：《1844 年经济学—哲学手稿》，刘丕坤译，人民出版社，1979 年，第 81 页。

失。他力求从两种文化不同的角度，在科学理性与人文精神关系上，进行梳理，做出应答，并呼吁两者融合。[①] 20 世纪末，美国哲学家史华慈在其《卢梭在当代世界的回响》一文中，又再次尖锐地提出：当代的科技的"工程-技术取向"与卢梭式的"宗教-道德关怀"之间的矛盾已到了难以调和的势态，"艺术与科学不仅成为社会分裂的基础，而且将人逐离了人之存在的道德之源"。[②]

在中国，正视科学与人文的对峙及融合的问题，并于思想界、文化界出现探索与论争高潮的，也有过二次。一是中国现代思想史上第三次大论战——1923 年"科学与人生观"论战；二是 20 世纪 90 年代中叶到今天，由于科技突飞猛进、网络数码时代到来，而引发"人文精神失落"的讨论。

早在 20 世纪初，中国思想界、文化界推崇民主与科学，在走向科技文明的同时，也引发了"唯科学主义"思潮在中国盛行。五四前后，中国现代哲学家、文学家在理论探索和创作实践中，就已触及这一问题。特别是经过 1923 年"科学与人生观"大论战，中国现代作家及文艺理论家中有不少人对科学与人文问题，做出自己的思考与回答。像此前的王国维、梁启超、鲁迅，以及而后的胡适、郭沫若、徐志摩、茅盾、吴宓、闻一多、林语堂、丰子恺、梁宗岱等，对科学与人文两者关系都有独到的见解。

论析他们对这一命题的态度、判断及价值选择，不仅可以填补这一向度上学术研究的空白，而且对于总结现代化进程中中国思想界发展的一些规律，反省历史给予的教训，弥合科学与人文的分裂，都将具有积极的意义。至 21 世纪的今天，由于科技突飞猛进、网络数码时代到来，科学技术对人文精神挤压的程度日益加大，此项研究将愈加显出其重要意义。

① C. P. 斯诺：《两种文化》，纪树立译，生活·读书·新知三联书店，1994 年，第 5 页。
② 史华慈：《史华慈论中国》，许纪霖编，新星出版社，2006 年，第 97 页。

第二节　西方科学与人文关系的历史脉络

中西方的科学与人文问题具有不同的历史渊源和发展脉理。

就西方的人文主义而言，很大程度上是宗教问题，所以，在西方社会中的科学与人文问题，往往体现为科学与宗教，或曰科学与信仰的问题。到文艺复兴时期，人文学科开始从宗教中分离出来，取得了独立性。西方的启蒙思想，尤其是康德哲学促成了这种学科分立。启蒙思潮中的人文主义与西方传统的人文主义之间开始有了变化，如果说后者核心是群体性的道德观念，那么前者则是偏重于个人主义的自由与民主。

后者虽然与中国传统的人文主义思想有一定的相似性，但还是存在着差异：其一，西方的传统道德观念依附于宗教而存在，而中国传统主导文化，除佛教外，无论是儒家还是道家，均不是纯粹意义上的宗教；其二，与中国传统文化不关注科学相比，西方的古希腊文明本身就是一个科学与人文的共同体，具有滋生科学思想的深厚土壤。例如，毕达哥拉斯学派的数理逻辑和德谟克利特的原子论，可以说就是现代科学思想的远祖。西方的科学思想在近代启蒙运动中得到了长足的发展，尤其是笛卡尔的人与物的主客二元论哲学，从根本上解决了束缚科学发展的哲学问题，人的理性以史无前例的高度得到了肯定。物质世界不再是一个神性的感知对象，而是一个客观的认识对象。当然，人与物对立的二元论虽然促进了科学的发展，却也导致了科学与人文的分离，从而出现了后来斯诺所说的“两种文化”的社会问题。

西方的科学与人文问题，离不开西方文明的两大源头，即古希腊文明和基督教文明。就科学的发展而言，大致可以分为三个阶段：一、古希腊时期科学与人文的共同繁荣；二、启蒙时期科学的基督教背景与人文精神；三、全球化时代的“工程-技术取向”与人文危机。其中“笛卡尔的断裂”，在西方的科学发展史上，具有划时代的意义，同时也是现代文化与生存危机的哲学元凶。笛卡尔的主客分离二元论哲学促进了认识论哲学的发展，也为“人类中心主义”的泛滥埋下了伏笔。

吴国盛曾指出，在古希腊时期，科学是自由的学问。[①] 它包含两方面的意思：其一，科学是人类摆脱物质束缚与知识困惑的一个方式；其二，科学是人类一项无功利性的追问。前者对科学认知的客体而言，后者对科学认知的主体而言。当然，“在古希腊，主体意识并不强烈，其哲学本质上是一种客体性哲学”[②]。所以，当时的科学作为一种无功利性的知识，是不自觉的。这种不自觉的无功利性主要是由于科学没有发展到今天的“工程－技术取向”的地步。因为古希腊的科学，如毕达哥拉斯学派的数理概念与德谟克利特的原子论，离实用的目的还是有一段距离的。所以，科学知识在古希腊实际上是一种自由的人文精神，这是根本区别于现代科学“工程－技术取向”理念的。这样，在古希腊，科学与人文是相互融合的，其间没有隔阂。吴国盛认为，古希腊的科学是“自由”的人文形式，就像中国传统文化中的“礼”是“仁”的人文形式一样。[③]

近代科学的发展，离不开笛卡尔和培根所开启的两大传统：数理传统和实验传统。笛卡尔将主体与客体彻底分开来，是十足的二元论，但为现代意义上的认识论扫清了障碍。而培根的实验哲学，为人类知识的确定性追求，提供了直观论证的可能性。史华慈将笛卡尔哲学称为西方哲学史上的一次断裂，即“笛卡尔的断裂”。[④] 他认为，这在任何非西方文明史上，都是不曾出现的。事实上，这种断裂不仅仅是主体与客体的断裂，也是科学与人文的断裂。科学从此远离了人的终极性追问，而专注于现实物质世界的确定性知识。这样，西方的人文问题经历了从古希腊理性自由到近代意志自由的发展过程。

论述近代西方的科学与人文问题，是离不开宗教的，尤其是基督教文明。对科学来说，西方的宗教传统，在近代科学从古希腊的理性知识到近代的“工程－技术取向”的发展中，既是科学发展的绊脚石，但又发挥了重要的

① 吴国盛：《反思科学》，新世界出版社，2004年，第7页。

② 杨春时：《从客体性到主体性到主体间性》，《烟台大学学报》2004年第4期。

③ 吴国盛：《反思科学》，新世界出版社，2004年，第36页。

④ 史华慈：《史华慈论中国》，许纪霖、宋宏编，新星出版社，2006年，第217页。

促进作用。这表现在,一方面,西方基督教的创世观念从意识上,一开始就规定了世界的可创造的理念。只不过这个创造者是上帝,而不是人,但这并不妨碍科学的“工程-技术取向”的进展。另一方面,以前的科学家被认为是与神共通的人,必须依附于神灵才可能创造发明,这又为科学的发展设置了一道难以逾越的障碍。因为科学得以发展的充分主体性遭到了神性的严重削弱。从这个角度看,“笛卡尔的断裂”将人从神的束缚下解脱出来了,这种断裂正是传统与现代的断裂。事实上,科学的迅猛发展是在脱离了宗教之后才开始的,显然,在西方文化中真正与科学对垒的人文精神是宗教信仰。

对西方的人文精神来说,宗教传统是其核心。因为西方的宗教,尤其是基督教传统将人从古希腊的理性与命运的纠缠中独立出来。人们对宗教的信仰更多的是来自道德上的自觉和意志方面的自由,这是和古希腊的理性主体完全不一样的。上帝从来不强迫任何人做事,而是希望人类自己要有道德立场与罪罚意识,从而立足在现实世界,又可以祈望彼岸的关怀。人们在宗教信仰方面可以自我做主,这应该是西方自由主义传统的较早形态。这种自由本质上是意志自由,而不同于古希腊的理性自由。这种自由精神实际上在后来的启蒙运动中,已经转化为一种普世性的追求。

启蒙时代的人文精神,从一定意义上讲,也是一种理性精神。启蒙时代的人文精神的核心是自由与平等,是现代社会制度建设的哲学基础,它为现代科学思想扫清了制度方面的障碍。它与科学理性在现代性启蒙方面,尤其是在摆脱宗教束缚及人的解放方面,是相辅相成的,两者尚不存在相互分裂的问题。

随着启蒙主义的发展,现代西方科学的发展与传统的宗教信仰最终还是分道扬镳了。到了启蒙时代的后期,由于科学过度追求外在物质世界的确定性知识,从而忽视了人类心灵的信仰与终极追求。因为科学本身至少有如下几点预设:一、理性逻辑是可靠的思维,换言之,客观物质世界是按照一定的逻辑构成及运行规律而存在的;二、世界是可以化约的,即纷繁芜杂的世界可以化约为元素;三、物质世界存在可重复性,这是现代科学实验可以付诸工业化生产的理论前提。所有这一切均将“造物者——上帝”置之不理,如果说这个世界是“上帝”的杰作,但科学仅追求这部杰作的可理解性,而不去追问它的意义。这些实际上是后来许多中国现代作家,如林语堂、丰子恺等对科学忘却人文关怀的诟病所在。

然而,科学认知的主客体形式又令科学不能与人文完全对立。当我们将人文精神定格为对人自身的生存境遇和未来发展的关怀时,毫无疑问,一切问题都是与人有关的问题。科学本身也因为与人有关,而不能完全是纯客观性的追求。科学本身就是一个悖论:科学的目的是追求对认识客体的确定性知识,而认识主体本身却是一个最大的不确定性。企图通过不确定性的主体来寻求认识客体的确定性知识,这是认识论哲学无法逃离的尴尬,也是现代科学难以澄清的话题。现代科学事实上将客观世界的意义问题以及真实性问题搁置了,而局限于对外在世界及人自身的复制与合成。科学与人文分立的裂缝越来越大,直至最后衍生成斯诺所谓"两种文化"对峙问题,即科学家不过问文学问题,而文学知识分子不过问科学问题。

从上述分析可知,西方的人文主义传统有一个从古希腊的理性自由、到宗教的意志自由、再到启蒙时期的自由与平等的发展过程。现今西方的人文主义精神,实际上,是三者的混合体。西方人文精神中的自由理性与启蒙理性是与科学发展相一致的,只有宗教的意志自由与科学的理性自由,在本质上有一定抵牾。所以,西方早期的科学与人文问题,集中体现在科学与宗教问题上。但是,现今的科学与人文的对立更主要的是体现在科学本身的理论缺陷上,从而导致斯诺的"两种文化"问题的产生。

所以,一旦讨论抵御科学思潮泛滥,拯救当今的人文精神时,总离不开宗教信仰的话题。而企图将文化作为包裹科学与人文的网兜时,又总是力不从心。斯诺显然属于后者。斯诺认为,科学文化是与人文文化并存的一种文化,即科学家与文学知识分子是两个同等重要的文化团体。斯诺撇开宗教信仰来谈论科学与人文的协调发展问题,无疑具有开创性意义。但是完全撇开信仰问题,寄希望于文学知识分子承担起牧师的责任,则显得过于一厢情愿。文学知识分子毕竟不能完全承担起人文教化之责,因为文学知识分子和科学家一样有可能是人类中心主义者,而牧师在宣讲人类的一切时,毕竟还时刻不忘上帝的存在。所以,笔者认为,20 世纪后的文化危机,不仅仅是"两种文化"的危机,更是人类的信仰与自身发展的危机,因为科学的

“工程-技术取向”，加速了人的“异化”。

第三节 中国古代科学与人文关系状况

在中国传统文化中，科学与人文的关系呈现出另一种状况，即科学观念相对薄弱与滞后。

段治文将中国古代科技发展中的文化缺陷分为四个方面：一是小农经济及其社会结构的滞后性；二是科学技术的致用性和依附性；三是有机自然观的超前性；四是经验科技观的滞后性。① 然而，笔者认为，中国传统文化缺少真正意义上的科学发展的源泉，其中的缘由颇为复杂，归结起来，就文化内质来说，至少有以下几方面原因：

其一，从理解方法的角度看，中国传统文化缺少西方文化的“化约主义”传统，即缺少将事物或者问题化约为某个核心点的方法，这是史华慈分析中国传统文化缺少科学元素的理论出发点。

当然，中国传统文化也讲金木水火土，但这“五行”相对于西方的“原子论”的化约境界，则不可同日而语。西方古希腊文化就有追求万物本原的传统，这种好奇心应该说是支持西方科学发展的动力。而中国的传统文化则将万事万物“化约”为抽象的符号或庞杂的气象，“道生万物”永远令人捉摸不透，五行相生相克最后流于巫术的预测。正如李约瑟所讲，中国传统文化是有机的，没有局部的聚焦习惯。

其二，从认知模式上讲，中国传统文化主客不分，从而产生不出现代意义上的认识论，即中国传统文化缺少“笛卡尔的断裂”。

中国传统文化作为一个有机整体，一直是从大我出发，来透视人类社会的整体性发展。按照杨春时教授的观点，中国传统文化本质上是一种集体

① 段治文：《科学与近代中国》，高等教育出版社，2004 年，第 3—14 页。

理性。中国传统文化主客不分,以儒家为著,不是天人感应,就是日常伦理。这些均是一种集体理性,人从来没有脱离群体。而西方近代科学得以发展的一个重要前提是认识主体的独立性,即人的充分主体性。当人们可以自由地思考的时候,科学思维才可能诞生。而中国传统文化思维均以圣人之言为准,这是对个体主体性的无情践踏。

其三,从时代氛围上讲,中国传统文化重修身而轻技艺。中国传统文化本质上是修身文化,更多的是关心人格的修养,而忽视了对外在世界的认识。

《庄子·外篇·天地》中有关子贡与"为圃者"的对话就是一个典型的范例。子贡路过汉阴,见一位在菜园里劳动的长者,看他"凿隧而入井,抱瓮而出灌",十分吃力而收效不大,就问他,有一种器械,一天可以灌溉许多土地,用力小而成效大,先生为何却弃之不用?"为圃者"答曰:"吾闻之吾师,有机械者必有机事,有机事者必有机心。机心存于胸中则纯白不备,纯白不备则神生不定,神生不定者,道之所不载也。吾非不知,羞而不为也。"结果是"子贡瞒然惭,俯而不对"。[1] 机械发明原本是人类为了改善自己的生活条件而自发的一种科学行为,但是,在中国的传统文化中,却由于害怕"机心"破坏了人的"纯白"之心而不被肯定。其中所体现出来的显然是对科学理性思维的否定。因为从中国传统文化的氛围方面讲,无论是儒家的"修身齐家治国平天下",道家的"道法自然",还是佛家的"虚无",均是侧重于人心的修为,而对外在的世界结构性的知识问题,采取了不过问的态度。这种文化氛围显然不利于科学的发展。

中国传统文化虽然缺少真正意义上的科学观念,但却有十分浓厚的人文主义内涵。"人文"一词,从古代汉语来说,是"人"与"文"两个字合成。"人"应该是指理想的人格,而"文"通"纹",即留下痕迹,后来演变为教化之意。《易经》就有"观乎天文以察时变,观乎人文以化成天下"。人文实际上成了以理想的人格来教化天下,故而孔子的诗教观乃中国传统文化中典型

① 曹础基:《庄子浅注》,中华书局,1982 年,第 175 页。

的人文主义思想。可见,中国传统文化的人文主义是对理想人格的塑造,是人们处世待物的行为哲学,具有明显的集体理性色彩。儒家的“仁”就是调和人与人之间的关系,“仁者人也,亲亲为大”。从这方面看,中国传统文化中的人文主义与西方的人文主义是有本质区别的。

西方的人文主义重个体,尚自由;中国传统的人文主义重集体,尚礼仪。西方的人文主义也有教化之意,但其倾向于个体自由方面的教育;而中国传统文化的教化则是日常伦理的规范,显然倾向于社会集体方面的教化。所谓“老吾老以及人之老,幼吾幼以及人之幼”,就重在人与人之间的日常伦理。所以西方的人文主义本质上是一种人本主义,而中国传统的人文主义本质上是集体主义。

一般的人文主义思想,在本质上即是人本主义思想,其要点在于肯定人的价值与现实存在的重要意义。这与科学思想有着根本的区别:科学思想侧重在现实世界的可认知性、合理性及人的认识的客观性,从科学立场看来,这些似乎与人的观念无关。而这正是斯诺提出的“两种文化”危机的症结所在。但中国传统文化不存在这个问题,因为中国传统文化没有孕育出西方意义上的科学精神,故而谈不上科学与人文的分裂。

第四节 中国近代对科学的接纳及冲突

在中国传统文化中,现代意义上的科学是一个缺席者。中国的科学与人文关系问题,从近代才开始,它是伴随着西方科学输入中国而产生的。因此说,启蒙现代性对于中国是一个西方的舶来品,是言不为过的。输入的时间,有人追溯到清朝康熙时期汤若望的传教,但更多的人还是将鸦片战争作为西方科学思想进入中国的历史时刻。后一种观点,对我们讨论中国的科学与人文关系问题更具合理性。也就是说,中国的科学与人文关系问题立该是在鸦片战争以后才逐渐出现的。

至 19 世纪末、20 世纪初,历史对于中国这一“老大帝国”来说,是危机与机遇并存。甲午战争之惨败,《马关条约》之辱国,使中华民族陷入了空前未有的劫难之中。正如康有为在“公车上书”所痛陈的:“方今当数十国之觊觎,值四千年之变局”,加之民心离涣、士气颓靡,种种内忧外患,已使国势到了存亡危急之际。

当一个阶段的历史走到了终点,也就预兆着它的新生。不图强,中华民族则难以自立;不变革,中国将亡国灭种。寻变革图强之法,思谋国救时之道,成了中国先进的知识分子在这一历史时期中活动的中心。中国积弱难治的原因何在?西方世界强大的秘密又是什么?他们在苦苦思索与寻求着。这样,中国以往儒教精神规范的权威性受到了挑战,原有经学价值体系的可行性也受到了质疑。随之而来的,是对构成近代世界“现代性”最根本的要质——西方的民主、科学的推崇和高扬,并迅猛地在中国文化思想领域形成壮观的大潮。

这一时期,中国的科学与人文关系问题有着自身的独特性:首先,由于科学观念完全是舶来品,所以,中国的科学与人文关系问题,常常伴随着传统与现代的矛盾问题;其次,由于中国的人文主义传统与西方的人文主义具有本质性的差异,所以,中国的科学与人文关系问题又往往和中西文化冲突的问题纠缠在一起。

作为西方近代文明与文化的核心之一的“科学”,也是西方“现代性”转型的标志。它在中国的扩展的进程大致经历这三个阶段:一是坚持固有的传统,以守旧的封闭心态排斥之;二是在承认西方的“船坚炮利”的基点上,试图“师夷之长技以制夷”,从“器”,即物质机械的实用性技术角度接纳之;三是进一步认识、理解到科学所具有普遍意义,从思维方法、价值体系上推崇之,即从“器”到“道”的演进、提升,从局部接纳到全面接受。

第一阶段,鸦片战争之前。

中国的传统文化毕竟有几千年的历史,有其超稳定性的一面,在他种外来文化冲击面前,均能坚持固有的人文传统,即以守旧的封闭心态排斥科学。这个时期的科学与人文关系问题,主要是传统与现代的矛盾问题。当时的清政府仍然做着他的天朝大国梦,认为中国就是世界的中心,人就站在天地之间,对西方的日心说一无所知。人们对英国的工业革命也是毫不知情、毫无兴趣，对全球的海洋地理也了解甚少。在科学与人文之间，由于中国传统文化中科学的缺席和传统的超稳定性结构，人们对西方的现代化进程一开始就予以拒绝。

第二阶段，鸦片战争之后。

许多有识之士在西方的“船坚炮利”的现实前，试图“师夷之长技以制夷”，从“器”，即物质机械的实用性技术角度接纳科学。这个时期的科学与人文关系问题，则主要是中西文化的冲突问题。张之洞提出的“中学为体，西学为用”，代表了这一阶段的典型观点。它说明，外来的科学文化与制度文明，仍然不能撼动人们对传统文化的留恋与执守。这种思维与观念是社会转型时期的一种普遍心态，当新的制度与文化尚不能完全实现的时候，人们宁愿保存不合理的现状。虽然说有“破”才有立，但没有一个“立”的清晰图景，再激进的“破”也容易迷失方向。所以，“中学为体，西学为用”的主张，实际上是在寻求社会的改良，以避免巨大的社会震荡。在中西文化冲突的问题上，张之洞等企图让两者划定界限，各执一方，从而相安无事。这有点类似西方资本主义社会发展初期与宗教的分离，但问题是，将西方文化限定在实用性方面，是不够全面的认识，不利于科学在中国的传播。故而洋务运动雷声大，雨点小，最终效果不尽如人意。

第三阶段，19 世纪后期至五四运动前。

洋务运动失败以后，先进的知识分子进一步认识、理解到科学所具有的普遍意义，开始从思维方法、价值体系上推崇科学，从而对科学的理解由“器”演进、提升到“道”的境界。这个时期的科学与人文关系问题，是中西文化冲突问题的进一步深化，它促进了唯科学主义思潮在中国的形成，直接为后来的五四新文化运动做好了精神准备。

对科学含义的认识与理解，在第三阶段呈现出从“器”到“道”、从技术操作到价值信念、从认识论到价值论的演进、转化的过程。这一转化，主要源起自严复。

19 世纪 90 年代，严复在天津《直报》上发表系列文章，揭示中西事理、学理之不同。其著名的《论世变之亟》一文明晰地抉出了西方国家与中国相异之“命脉”：

今之称西人者，曰彼善会计而已，又曰彼擅机巧而已。不知吾今兹之所见所闻，如汽机兵械之伦，皆其形下之粗迹，即所谓天算格致之最精，亦其能事之见端，而非命脉之所在。其命脉云何？苟扼要而谈，不外于学术则黜伪而崇真，于刑政则屈私以为公而已。斯二者，与中国理道初无异也。①

严复的目光颇为敏锐，他比前人看见了更为深层的东西。西方国家之优异，不在于“善会计”、“擅机巧”、制“汽机兵械”之类，这些都是形而下之“器”。其“命脉”关键之所在，为此二者：即学术上求“真”——科学之真，政治上求“公”——公正与民主。此二者方为形而上的“理”、“道”。他把科学的内涵和意义，从“器”推进到“道”，使国人从价值论的形而上的高度来重新审视“科学”。如果说是严复奠立了五四时期崇尚科学与民主的基调的话，应该不至于过分吧。

严复还向传统的经学体系发起了攻势。严复翻译了《穆勒名学》、《名学浅说》二部西方逻辑专著，向国内知识界系统地介绍了西方的逻辑学说，并以此科学的方法论与传统的经学方法对比，揭示了后者的弊端。他指出，西方的学运昌明，得益于逻辑上的归纳法，逻辑学“如培根言，是学为一切法之法，一切学之学”。严复称逻辑学中归纳法为“内籀”，演绎法为“外籀”，两者中他更为推崇归纳法，认为归纳法才是真正的科学方法。而中国传统经学的方法则属于演绎法，往往以“子曰”、“诗云”作为大前提来演绎推导，它虽然符合三段论，但由于大前提是先验的，“大抵是心成之说”，是旧有的“已得之理”，因而不可能从中获得新的知识。他打个比方：“夫外籀之术，自是思辨范围。但若纯向思辨中讨生活，便是将古人所已得之理，如一桶水倾向这桶，倾来倾去，总是这水，何外有新智识来？”②经学之“外籀”——演绎法所衍生的知识，仅如一桶倒来倒去的水而已，无创新之义。其弊病与陈腐，呈露无遗。因此，以科学体系代替经学体系也就势在必行了。

---

① 严复：《严复文选》，上海远东出版社，1996 年，第 4 页。

② 严复：《名学浅说》，商务印书馆，1981 年，第 65 页。

在当时，促使中国文化思想界的科学语境形成的还有康有为、梁启超等。康有为对西方科学的接触与关注并不迟于严复，他阅读了大量的声、光、化、电等自然科学著作，为西方科学知识所揭示的新的世界、新的领域所震慑，从而深入地对西方科学技术和科学方法进行思考与探索。他所著的《实理公法全书》就是国内首部运用科学方法从各个领域推导变革理论的著作。

梁启超在康有为的影响下，也致力于对西方科学的学习，他在《近世文明初祖二大家之学说》一文中，高度推崇培根与笛卡尔，认为其两人“为数百年来学术界开一新国土”，并使人摆脱了“心奴隶”——精神上奴隶之状态。他概括了培根为代表“格物派”的英国经验主义和笛卡尔为代表“穷理派”的欧洲理性主义的要义，提出“我有耳目，我物我格；我有心思，我理我穷”的原则。并认为循此原则即可对古今中外的学术作出评判：

我有耳目，我有心思，生今日文明灿烂之世界，罗列中外古今之学术，坐于堂上而判其曲直。可者取之，否者弃之，斯宁非丈夫第一快意事耶！①

传统经学研究方法那种诚惶诚恐的“子曰”、“诗云”的前提规范全被抛舍了，国人可以在科学理性的导引下，自由地巡视、评判、取舍、扬弃古今中外的学术。这种境界与气度，正是当时先进知识分子所梦寐以求的。康、梁时为学界之泰斗，经其两人登高一呼，国人自然齐声相应，趋之若鹜。科学、科学方法及科学的价值观念，经时日之集聚、累积，初步演化形成19世纪末、20世纪初中国特有的倡导科学的文化语境。

① 梁启超：《梁启超文选》，上海远东出版社，1995年，第83页。

第五节　中国五四时期科学主义语境的形成

正如郭颖颐所言："知识分子号召接受科学的世界观，抛弃传统的生活哲学，是从20世纪的头20年开始的。"①

至20世纪初，科学在中国文化思想界所受到的推崇、信仰，及其影响之大，已到了无以复加的地步。以至于胡适不禁感慨道：

> 这三十年来，有一个名词在国内几乎做到了无上尊严的地位；无论懂与不懂的人，无论守旧和维新的人，都不敢公然对他表示轻视或戏侮的态度。那个名词就是"科学"。这样几乎全国一致的崇信，究竟有无价值，那是另一问题。我们至少可以说，自从中国讲变法维新以来，没有一个自命为新人物的人敢公然毁谤"科学"的。②

也就是说，科学及其后形成的"科学主义"已披覆了中国文化思想领域的每一个学科，渗透进了这些学科的每一个层面，成为了一项最为重要的文化语境。

1915年9月15日，陈独秀在上海创办了《青年杂志》月刊；1916年第2卷第1号出版，改名为《新青年》；1917年2月移至北京编辑。《新青年》的创办在中国思想文化史上具有划时代的意义，它诉求科学与民主，宣扬启蒙精神，高举着思想解放的大旗，导引有志于肩负起历史使命的新一代的中国青年，投入到轰轰烈烈的社会改革运动中去。

在《青年杂志》创刊号的开篇，陈独秀发表了被后人视之为《新青年》宣言的《敬告青年》一文，文中他列出能担负起拯救中国这一历史使命的"新青

---

① [美]郭颖颐：《中国现代思想中的唯科学主义》，江苏人民出版社，1990年，第9页。

② 胡适：《科学与人生观·序》，张君劢、丁文江《科学与人生观》，山东人民出版社，1997年，第10页。

年”的六项要义：一、自主的而非奴隶的；二、进步的而非保守的；三、进取的而非退隐的；四、世界的而非锁国的；五、实利的而非虚文的；六、科学的而非想象的。科学的掌握与崇仰，成了一代青年构建新的自我素质必备的前提之一。陈独秀在文中有一著名的比喻：近代欧洲之所以优越，其因在于科学与人权，此二者“若舟车之有两轮焉”。科学的地位，举足轻重，与人权（民主）并列。其后由《新青年》所导引的五四文化运动主潮——对“德先生”、“赛先生”推崇、高扬，应由此而生。也就是说，拯救中国，须以科学为基点进行文化改革，以民主为基点进行政治改革。中国一系列文化问题、社会问题，只能依靠科学，只能通过科学，才能得以解决。

而后，胡适、李大钊、吴稚晖及王星拱、任鸿隽等也在《新青年》上发表多篇文章，探讨科学的内涵定性，提倡、强调科学的重大意义。

在同一年度，由留美学生为主体的《科学》杂志也得以创办。该刊的宗旨侧重于传播科学知识和精神，在一段时间后其每期的首篇文章都是论证科学对人的生活，特别是精神生活的功用与价值，在宣扬科学世界观上起了重要的推动作用。而后，1917 年由留日学生创办的《学艺》杂志、1919 年由北大学生傅斯年、罗家伦等创办的《新潮》杂志，以及《东方》杂志等，都发表了大量标举科学精神的文章，倡导、信奉科学一时蔚然成风。

这一时期，以陈独秀、胡适为代表的知识分子激进派，承接严复、康有为、梁启超，不遗余力地宣扬、传播科学，以西学中的“科学”取代了传统的“经学”。科学对于他们来说，不仅是一种学术研究的实践性的方法、导向，而且还成为一种带有政治性、社会性的价值信仰。

陈独秀曾在《本志罪案之答辩书》一文中凛然地宣称：

> 只有这两位先生（按：德先生和赛先生）可以救治中国政治上、道德上、学术上、思想上一切黑暗，若因为拥护这两位先生，一切政府的迫压，社会的攻击笑骂，就是断头流血，都不推辞。①

---

① 陈独秀：《本志罪案之答辩书》，《新青年》第 6 卷第 1 号。

为着科学与民主，甚至可以抛头颅、洒热血，这对于以拯救衰败、凋敝的东方古国为己任的热血青年，乃振聋发聩之说。因而，对科学及其后科学主义的崇仰，成为20世纪初中国影响最大、波及面最广的一股思潮，成为五四时期的时代精神的重要组成部分。科学主义以主潮的地位覆盖了当时思想、文化界(包括文学界)的每一个领域，最终形成了这一时期的最为强大的一项文化语境。

在这一文化语境中，科学及其后所形成的"科学主义"的内涵，远非指数理化一类的学科及技术操作方法，人们更注重的是它的"精神"内理，即科学泛化、上升为一种形而上的价值信念与原则导向，具有从认识论向价值论转化的意义，泛化为意识形态的立场。

但是，学界对影响中国文化思想界两大主潮——民主与科学的研究，着力并不相同，对科学思潮的研究，无论在广度或深度上，都远不如民主思潮。中国现代文学研究界尤为如此。像在论及五四文学思潮的动因时，一般只提及以下几点：一是晚清以来要求文学变革的动势蓄积如"诗界革命"、"小说界革命"、"文界革命"及白话文的提倡等；二是以批判"儒术孔道"为中心的，打破封建专制意识形态的社会政治斗争；三是西方诸种哲学、美学、文学思潮的引进、吸收与激发。而作为五四精神标记的科学及其后的"科学主义"，对五四文学思潮形成的推进与制约，迄今为止，却尚未被学界所关注。这，也就是本论著所致力于思考与探索的方向。

同时，我们也必须指出，科学的概念盛行于中国，科学主义思潮披覆中国思想界，也带来其负面成分。以五四新文化运动为核心的中国现代思想，多呈现出激进、颠覆、革命及反传统等特点，其中所凸显的科学与人文关系问题，则蕴含着传统与现代的矛盾和中西文化冲突等问题。值得注意的现象是，五四新文化运动的两面旗帜是科学与民主，而民主和自由一样，却是西方的人文主义精神，仅就这一偏向考察，就可发现五四新文化运动在一定程度上，将中国传统的人文主义也否决掉了。所以，就传统与现代的矛盾而言，此时"现代"压倒了传统；就中西文化冲突而言，此时显然趋向于全盘西化。可见，五四新文化运动截取了西方启蒙时期科学与人文相互和谐的一面，而舍弃或忽视了西方科学与宗教内在矛盾的一面。这样，便形成现代的幻象打倒了传统的腐朽，西方文化的健全击败了中国文化的畸形的片面的现象，一度形成科学主义思潮泛滥的状况。这一文化思想界内精神向度的偏颇，至今还未能得到有效的纠正。

第二章

近代中国科学与人文对峙之困境

近代中国科学与人文对峙之困境，虽是世界性历史语境的一个组成部分。但它也包含着传统与现代冲撞的焦虑，中西文化交错中内质迥异的不安。梁启超从前期的维新战士到后期的文化名流，与其说是对传统中国文化的回归，不如说是一次中西文化的调和；而另一位文化名人王国维的“可爱”与“可信”之困惑，也同样体现出他在传统与现代之间漂浮，在中西文化对话中两难取舍。

第一节　王国维：可爱者不可信，可信者不可爱

在中国文学界，比较早感应到科学和人文精神之间的冲突应为王国维。1903—1907 年王国维曾四次反复钻研康德的《纯粹理性批判》及叔本华的《意志及表象之世界》等。在其《文集续编・自序二》中，他发出了如此感慨：

余疲于哲学有日矣。哲学上之说，大都可爱者不可信，可信者不可爱。余知真理，而余又爱其谬误。伟大之形而上学、高严之伦理学与纯粹之美学，此吾人所酷嗜也。然求其可信者，则宁在知识论上之实证论、伦理学上之快乐论与美学上之经验论。知其可信而不能爱，觉其可爱而不能信，此近二三年中最大之烦闷，而近日之嗜好，所以渐由哲学而移于文学，而欲于其求直接之慰藉者也。要之，余之性质，欲为哲学家，则感情苦多而知力苦寡；欲为诗人，则又苦感情寡而理性多。诗歌乎？哲学乎？他日以何者终吾身，所不敢知，抑在二者之间乎？[1]

这一期间，王国维困于“爱”与“信”、感情与理性的矛盾冲突，欲为诗人，或欲为哲学家，颇有鱼与熊掌二者不可得兼之累。而这源自他对西方两大哲学思潮在选择时的困惑，“可爱者不可信”者，应是指康德、叔本华等的“伟大之形而上学、高严之伦理学与纯粹之美学”，他在感情上倾向于这一人文

① 《王国维论学集》，中国社会科学出版社，1997 年，第 410 页。

思潮，以及非理性主义的趋势；“可信者不可爱”者，应是指近代兴起的具有科学主义倾向的“知识论上之实证论、伦理学上之快乐论与美学上之经验论”，它以科学实证、经验感受所得的“真”，而使你不得不“信”从于它。王国维的“可爱者不可信，可信者不可爱”的两难选择，正显示了科学与人文两方面的不可兼得。若从哲学上来看，这是经验派与理性派的不可调和；就个人来说，是情感与理性的矛盾问题；就学科方面来讲，则是科学与美学的区别与联系。王国维能如此敏锐地感应到西方科学主义与人文主义两大思潮之间的差异，不能不令人深为佩服，他不愧为中国现代美学、文学理论界的先知先觉者。

尤其是把此纳入到当时高扬科学救国的历史语境和个人具体的人生际遇中去考察，我们就会发现，王国维对科学的信赖与对人文的爱好是合理的，却又是相互冲突的，充满了困惑。

一、情感与理性

王国维自言：“余之性质，欲为哲学家，则情感苦多而知力苦寡；欲为诗人，则又苦感情寡而理性多。”[①]感情与理性的矛盾张力，不同的人可能情况会有所差异，但对每个人来说是普遍存在的。但在王国维身上，似乎尤为突出。这一个人特性，为他思考科学与人文的问题，提供了相应的契机。

首先，王国维早期的求学生涯就走过一条由理转文的道路。他对人文的偏好，或许是一种自觉；而对理科如数学、物理等的学习，则可能是出于当时的时尚吧。王国维在入“东文学社”学习时，主要学习数学、物理、化学及英文等，就是一个例证。或许是造化弄人，当时担当教师的日本人藤田丰八“以文学者而授数学，亦未尝不自笑也”[②]，并且他还劝王国维去修理学。王国维后来留学日本，主要亦是从事科学方面的学习。所以，王国维在《自序》中言道：“北乱稍定，罗君乃助以资，使游学于日本。亦从藤田君之劝，拟专

---

① 王国维：《自序二》，《求善·求美·求真》，上海远东出版社，1997年，第108页。
② 王国维：《自序二》，《求善·求美·求真》，上海远东出版社，1997年，第106页。

修理学。故抵日本后，昼习英文，夜至物理学校习数学。”①事实上，劝王氏专修理学的是藤田君，而影响王氏对西方哲学产生兴趣的亦是藤田君等日本教员。当时“东方学社”的日本教师藤田丰八、田冈左代治，“二君故治哲学，余一日见田冈君之文集中，有引汗德、叔本华之哲学者，心甚喜之。顾文字睽隔，自以为终身无读二氏之书之日矣。”②当然，这只是一种外在的影响，后来王氏弃理从文的关键，实际上还是个人天性上的迎合。王氏自言：“体素羸弱，性复忧郁，人生之问题，日往复于吾前。自是始决从事于哲学，而此时为余读书之指导者，亦即藤田君也。”③很明显，由于王氏个人兴趣，加上藤田君等日本教员的影响，使他后来放弃了数学等理科的学习，而转向了哲学、人文学科方面。

其次，王国维对叔本华《遗传说》的批评，虽有独到见解，内中却显示了和叔本华一样的情感与理性的二分法。在叔本华的理论中，人的情感主要体现为意志，而人的理性主要体现为知力。叔本华认为：“吾人之性质好尚，自父得之，而知力之种类及程度，自母得之。”④虽然王国维对叔本华的这一观点的武断持批评态度，但我们仍不难从中看出，王氏和叔本华一样，将人的特性划分为意志和知力两个方面。王国维认为，人的情性虽多父亲之遗迹，亦不乏母亲之特征，如“尧有丹朱，舜有商均，帝乙之贤否，无闻于后世，而微子与纣，以异母之故，仁暴之相去乃若天壤”⑤。而人的知力固有母之特征，却也不乏父之遗迹，如“以司马迁、班固之史才，而有司马谈、班彪为之父”⑥。所以，在王国维看来，人的性情多于生活中显现，而人的知力则多于文化修养中见出。就遗传学来说，王氏对叔氏的观点多有批评；而就人的特性划分来看，王氏对叔氏观点还是有所继承。

最后，关于人性之中“情”与“理”的二元对立，王国维深受叔本华与尼采学说的研究者的影响。王国维认为，尼采是叔本华学说的继承者，而非反对

① 王国维：《自序二》，《求善·求美·求真》，上海远东出版社，1997年，第106页。
② 王国维：《自序二》，《求善·求美·求真》，上海远东出版社，1997年，第105—106页。
③ 王国维：《自序二》，《求善·求美·求真》，上海远东出版社，1997年，第106页。
④ 王国维：《附：叔本华氏〈遗传说〉》，《求善·求美·求真》，上海远东出版社，1997年，第55页。
⑤ 王国维：《书叔本华〈遗传说〉后》，《求善·求美·求真》，上海远东出版社，1997年，第52页。
⑥ 王国维：《叔本华与尼采》，《求善·求美·求真》，上海远东出版社，1997年，第53页。

者,其伦理学上的超人实是叔本华美学上之天才的延续,因为两人性行中知力与意志的强盛十分相似。他援引巴尔善的《伦理学系统》对叔本华的研究,此书认为,叔本华"人性之二元中,理欲二者,为反对之两级,而二者以彼之一生为其激战之地"①。换言之,巴尔善认为,叔本华一生之中,均处于理性与欲望的矛盾斗争之中。而王国维则非独谓叔本华本人乃理欲冲突之化身,而且认为,"其学说中于知力之原质外,尚有意志之原质"②。这就是后文将要论述的哲学上的理性派与经验派的不可调和。而尼采认为,人性之二元质为酒神与太阳神,即情感与理性之两极。王国维援引文特尔朋之论尼采曰:"彼之性质中争斗之二元质,尼采自谓之曰'地哇尼苏斯(Dionysus)',曰'亚波罗(Apollo)'。前者主意论,后者主知论也。前者叔本华之意志,后者海额儿之理念也……于是彼之理想实往复于知力之快乐与意志之势力之间……彼所求之快乐,非知识的,即势力的也。彼一生疲于二者之争斗。"所以,王国维惊喜道:"二人之性行,何其相似之甚欤!其强于意志,相似也;其富知力,相似也;其喜自由,相似也。"③事实上,王国维在尼采、尤其是叔本华的性行结构中,找到了自身性格的契合点。因为他体素羸弱,性复忧郁,颇感意志之重要,同时又深悟理学,尤酷好逻辑学,如翻译英人耶方斯的《辨学》,出版时间比严复翻译的《名学浅注》还早一年。所以,他一生实如尼采和叔本华一样,"往复于知力之快乐与意志之势力之间"。故而对尼采和叔本华及其学说,王国维"心有戚戚焉"。

个人性行之中的情感与理性之矛盾,在王氏一生的学术生涯和价值取向上形成了两难之困,乃其一生无法摆脱或超越的"痼疾",因为它根源于个人的性行之中。

二、经验与理性

王国维本人是一个具有文学气质而又嗜好理性分析的人,故而其哲学

① 王国维:《叔本华与尼采》,《求善·求美·求真》,上海远东出版社,1997年,第72页。
② 王国维:《叔本华与尼采》,《求善·求美·求真》,上海远东出版社,1997年,第72页。
③ 王国维:《叔本华与尼采》,《求善·求美·求真》,上海远东出版社,1997年,第73页。

上的偏好，内中既有美学上的经验论，又有知识上的实证论。他在喜爱叔本华哲学的唯意志论的同时，又钦佩康德对理性的透彻分析。

在西方哲学史上，英国的经验主义与欧洲大陆的理性主义之间曾发生剧烈的撞击。在此基础之上，康德的“三大批判”，集理性派与经验派之大成。然而，由于王国维刚接触西方哲学著作，初对康德的著作“全不可解”，故而“更辍不读”。但是，“至二十九岁，更返而读汗德之书，则非复前日之窒碍矣。嗣是于汗德之《纯理批判》外，兼及伦理及美学。至今年从事第四次之研究，则窒碍更少，而觉其窒碍之处大抵其说之不可持处而已”[①]。为什么会出现如此的大转变呢？从哲学上讲，康德哲学实质上是在调和经验主义与理性主义之间的矛盾，所以，在他的批判之中，提出了许多二律背反，最典型的要数审美分析的四大契机。而这正与王国维本人的学术困惑，即“可爱者不可信，可信者不可爱”的感叹相契合。故而三十岁时的王国维方才大悟康德之哲学，却同时又惜叹康德亦无法解答其哲学上的全部困惑。

王国维清楚地认识到，康德哲学之所以伟大，是因为它集合了之前哲学上的经验派与理性派的合理成分。他认为：

> 凯尼斯堡之大哲人汗德（Immanuel Kant）之位置，所以超绝于众者，自其包容启蒙哲学（谓十八世纪之哲学）之思想，而又加以哲学之新问题及新方法也。彼夙修伏尔夫（Wolf）之形而上学，及德国之通俗哲学，又潜心于休谟（Hume）之自然哲学，英国心理学中之人之知（情）意之分析论，法国启蒙期之自由论，及自托兰（Toland）至福禄特尔（Voltaire）之理神论，此皆启蒙期哲学之最著者，而各占汗德思想之一部分者也。[②]

从文字中可以看出，王国维西方哲学的素养颇为精湛，这为其理解康德哲学打下了坚实的基础。王氏将康德哲学定性为知识论，即康德的全部哲学均是在讨论理性的可能性问题。康德的知识论，在王国维看来：

---

① 王国维：《自序二》，《求善·求美·求真》，上海远东出版社，1997 年，第 106 页。

② 王国维：《汗德之哲学说》，《王国维文集》第三册，中国文史出版社，1997 年，第 297 页。

> 乃近世唯名论之结论也。彼素奉伏尔夫派之素朴实在论……后渐知纯粹理性,即名学之推论及概念,不能决定实物之存在及其因果之关系……于是进而求其关系于经验所得之概念中……及闻休谟之说,一旦自独断之梦中蹶起……于是更欲由拉衣白尼之本有观念论,及神之预定调和说,以解"思想与实在之关系"之问题……未几即知预定调和说乃形而上之假设,非可论证,而又不能支持哲学之科学的解释。于是经验论与纯理论,皆不足以解知识及其对象之根本问题。①

王国维认为,康德的哲学思想,经历了从理性主义到经验主义,最后再综合两者的发展过程。但"其根本思想之贯注于全书者,曰:吾人及万物之根本,非理性而意志也"②。因为"汗德之《纯粹理性批判》使吾人陷入绝对之怀疑论。何则?彼以此书中廓清古今之形而上学,而以科学的方法证之也"③。换言之,王国维认为,科学理性的怀疑特性容易将人们导向对世界的不可知论。所以,理性的作用是有限的,最终还必须付诸人的意志方面的作用,而"至意志则常与信仰同盟"。王国维形象地将康德哲学概括为"彼尽褫纯粹理性之形而上学的能力,而以之归于实践理性即意志。譬之一物,以右手与人,而旋以左手取之"④。

从上面的分析,我们可以见出,王国维认为康德哲学以理性为手段,旋以意志作为归宿。换言之,科学理性在哲学上是必要的,但却难以给人提供终极意义上的追求与关怀。理性派哲学固然当存,但经验派哲学也不是一无是处。人既是手段,更是目的。实际上,在潜在的根柢,已指向了科学与人文的共同发展问题。当然,王国维对此问题的分析,是就哲学内部的问题而言的,但也暗示了学科意义上的科学与人文的协调发展。在学科意义上的科学与人文问题,王国维主要是讲科学与美术的问题,因为美术在王国维

---

① 王国维:《汗德之哲学说》,《王国维文集》第三册,中国文史出版社,1997年,第299页。
② 王国维:《汗德之论理学及宗教论》,《王国维文集》第三册,中国文史出版社,1997年,第308—309页。
③ 王国维:《汗德之论理学及宗教论》,《王国维文集》第三册,中国文史出版社,1997年,第308页。
④ 王国维:《汗德之论理学及宗教论》,《王国维文集》第三册,中国文史出版社,1997年,第309页。

的著作中泛指美学方面的感性化的艺术追求。

三、科学与美术

关于科学与美术的问题，在王国维的著作中，实际上是哲学上的知力与意志问题的延续。他有关科学与美术的阐述，更加显示出了知力与意志两者理解与感悟的不同方式。兹说明如下：

首先，就对象而言，王国维十分赞许康德之说："世界者，吾人之观念也。"即是说，无论科学，还是美术之对象，均是物自体作用于人的感官所生之现象，而非物自体本身。所以，王国维认为："物之为吾人所知者，不得不入此形式，故吾人所知之物，决非物之自身，而但现象而已。"[①]这里触及了一个非常深刻的哲学命题，即不处于主客关系之中的客体，毫无意义。对象之所以为对象，乃主体之感觉对象。这样看来，无论是科学之对象，还是美术之对象，均是物自体之现象。从这方面视之，两者之对象无异。但从另一方面视之，则又见出了两者对象之区别。科学之对象，往往是现象之于人的合理性与规律性问题，而美术之对象则往往是现象的直观形式。实际上，这仍是主知论与主意论的问题。简言之，科学主知，而美术主意及情。科学是对人的求知欲的满足，尤其是应用科学的现实目的性更为明确，相比于美术活动中人之于对象的无现实功利性，构成了鲜明的对比。所以，王国维认为："经典哲学，乃彼之宇宙观及人生观之注脚。"[②]即科学则当为人对世界之现象的理性认知之注脚。简言之，美术源于直观，表于形式；而科学虽以观察为起始，实以概念的运作构成探索对象的方式。

其次，就方法言之，科学重归纳，而美术偏直观。科学的方法是理性的，易于言说，而美术的方法是感性的，往往可意会不可言传。因为"美术者天才之制作也"[③]。在王国维看来，在方法上就科学方面而言，"真正之新知识，必不可不由直观之知识，即经验之知识中得知"。这说明王国维十分注重经

---

① 王国维：《叔本华之哲学及其教育学说》，《求善·求美·求真》，上海远东出版社，1997年，第37页。

② 王国维：《叔本华之哲学及其教育学说》，《求善·求美·求真》，上海远东出版社，1997年，第43页。

③ 王国维：《古雅之在美学上之位置》，《求善·求美·求真》，上海远东出版社，1997年，第187页。

验直观之作用,十分重视科学中的归纳方法。他同时有意识地用科学的方法来更新自身的学术研究,意识到传统的"注经"形式在新的学术潮流之前显出僵化的形态,这种研究困在圣人的牢笼中,是难以救赎的"自焚"。现今有必要将学术研究从传统的"合经化"导引到"合理化"的科学方法上来。科学的归纳法有利于将国人从"注经"的牢笼中解脱出来,十分契合"格物致知"的传统观念,这与当时中国思想界渴望理解、吸收西方科学技术的需求相合拍。王国维认为,科学的归纳法在现今中国的受宠,是有其历史的合理性与必然性的。

但与此同时,他也看到科学的归纳、抽象所存在的问题。他感叹道:"盖自中世纪以降之哲学,往往从最普遍之概念立论,不知概念之为物本由种种之直观抽象而得者……而概念之愈普遍者,其离直观愈远,其生谬妄愈易。"①这里,王国维道出了西方科学之弊端所在,因其对实验的重视和归纳法的普遍应用,所得出的抽象概念往往会产生偏离事物存在原态的状况,这又是它不足之处。

王国维还就科学与美术知识的可传性作出区分。科学知识具有可传授性、易教授,而"美术、德性,均不可教"②。科学虽源自"直观",即客观观察,虽自成理论体系,但所表述之对象,实际上成了物自体之现象的抽象概念。

与科学观察不同,王国维认为审美直观呈现另一种形态:

> 美术知识全为直观之知识,而无概念杂乎其间……盖科学之源,虽存于直观,而既成一科学以后,则必有整然之系统……故科学上之所表者,概念而已矣。美术上之所表者,则非概念,又非个象,而以个象代表其物之一种之全体……如建筑、雕刻、图书、音乐等,皆呈于吾人之耳目者,唯诗歌(并戏剧小说言之)一道,虽借概念之助以唤起吾人之直观,然其价值全存于其能直观与否。③

---

① 王国维:《叔本华之哲学及其教育学说》,《求善·求美·求真》,上海远东出版社,1997年,第42页。
② 王国维:《叔本华之哲学及其教育学说》,《求善·求美·求真》,上海远东出版社,1997年,第49页。
③ 王国维:《叔本华之哲学及其教育学说》,《求善·求美·求真》,上海远东出版社,1997年,第48页。

"美术"，即文学艺术之审美，与用概念传授的科学认知不同，后者"自然科学之教授，观察与实验往往与科学之理论相并而行"①。但"美术"的审美价值，在于其艺术直观，它既非一种"确定性概念"，又非指向"确定性的个别实体"，而是一种"以个象代表其物种之一种之全体"，即一种带有"非确定性的概念"的审美直观的具体、感性的形象。

王国维对科学与美术不同性质的透彻分析，显示出他对科学与人文既有区别，又是同等看重的心态。他企望科学与人文的协调发展，但社会上重科学而轻人文之风、重物质而轻精神之势，颇令王氏担忧，故而发出了"生百政治家不如生一大文学家"之呼吁。

四、物质与精神

王国维一百年前就为当时社会物质文明与精神文明发展的失调而哀叹。他主张，从长远来看，精神文明更重要于物质文明。为此，他形象地概括道：

> 生百政治家，不如生一大文学家。何则？政治家与国民以物质上之利益，而文学家与以精神上之利益。夫精神之于物质，二者孰重？且物质上利益，一时的也；精神上之利益，永久的也。②

因为物质方面的经营，后人可以毁于一旦，而精神方面的经典，将遗泽百世。应该说，在当时群起而仿效西方科学技术的时代背景下，能逆时而歌颂精神文明之重要，是难能可贵的。当然，王国维呼吁精神文明的重要性，不是哗众取宠，而是出于对当时重物质而轻精神的社会文化倾向的忧虑。

由于在利益取向上，"世人喜言功用"③，人们总是趋于急功近利。王国维认为，这可能与国人的性质相关："我国人之特质，实际的也，通俗的也。"④

---

① 王国维：《叔本华之哲学及其教育学说》，《求善・求美・求真》，上海远东出版社，1997年第49—50页。
② 王国维：《教育偶感四则》，《求善・求美・求真》，上海远东出版社，1997年，第119页。
③ 王国维：《论哲学家与美术家之天职》，《求善・求美・求真》，上海远东出版社，1997年，第86页。
④ 王国维：《论新学语之输入》，《求善・求美・求真》，上海远东出版社，1997年，第82页。

因科学技术总是寻求短期见效，便极大地迎合了人们崇尚实际的世俗化趋向。因为，“科学之事业，皆直接间接以厚生利用为旨。”①与科学的直接效益相反，精神文明若能见效，其时间偏长。在王国维看来：“夫哲学与美术所志者，真理也。真理者，天下万物之真理，而非一时之真理也。其有发明此真理（哲学家），或以记号表之（美术）者，天下万世之功绩，而非一时之功绩也。唯其为天下万世之真理，故不能尽与一时一国之利益合，且有时不能相容，此即其神圣之所存也。”②尤其是人文方面的潜移默化，并不表现为外在的功利性满足。王国维极力宣讲：“唯美之为物，不与吾人之利害相关系。”③“美术之为物，欲者不观，观者不欲。”④即文学艺术之美是一种无利害、超功利的存在。

按王国维的描述，当时的时代氛围是“西洋物质的文明”“滔滔而入中国”。⑤ 人们对此趋之若鹜，及至泛滥为而后的“唯科学至上”的科学主义思潮。王国维警示国人曰：“夫物质的文明，取诸他国，不数十年而具矣。独至精神上之趣味，非千百年之培养，与一二天才之出，不及此。”⑥学术上的偏废令王国维颇为担忧。由于过于重物质而轻精神，“故今之学者，其治艺者多而治学者少”⑦。均见出王国维对当时物质文明与精神文明发展失调之担心，亦足以见出他重视人文取向观念之可贵。

正是由于王国维清醒地看到，当西洋物质文明滔滔地进入中国之际，人们却忽视精神文明，这其中包括中国传统文化，也包含西方的精神文化，他进而发出学术独立及教育革新之呼号。一方面，他认为学术有自身独立之价值，不应该视为政治教育等的手段。王氏言道，“观近数年之文学，亦不重文学自己之价值，而唯视为政治教育之手段，与哲学无异”⑧，“学术之发达，

---

① 王国维：《文学小言》，《求善·求美·求真》，上海远东出版社，1997 年，第 192 页。
② 王国维：《论哲学家与美术家之天职》，《求善·求美·求真》，上海远东出版社，1997 年，第 86 页。
③ 王国维：《叔本华之哲学及其教育学说》，《求善·求美·求真》，上海远东出版社，1997 年，第 39 页。
④ 王国维：《人间嗜好之研究》，《求善·求美·求真》，上海远东出版社，1997 年，第 164 页。
⑤ 王国维：《教育偶感四则》，《求善·求美·求真》，上海远东出版社，1997 年，第 119 页。
⑥ 王国维：《教育偶感四则》，《求善·求美·求真》，上海远东出版社，1997 年，第 119 页。
⑦ 王国维：《教育小言十则》，《求善·求美·求真》，上海远东出版社，1997 年，第 150 页。
⑧ 王国维：《论近年之学术界》，《求善·求美·求真》，上海远东出版社，1997 年，第 79 页。

存于其独立而已”。作为一位学贯中西的学术大师，王国维深知中国学术不振之根源，悟觉学术独立之重要，此说至今仍具十分重要的参考价值。他深恶痛绝地揭示“以官奖励职业，是旷废职业也！以官奖励学问，是剿灭学问也！”[①]。学术行政化，学术政治化，实质上是剿灭了学术。如此尖锐之批判，在百年后的今天，仍具发聋振聩之强力。

为强化人文精神，王国维寄希望于中国教育革新，他写下许多教育方面的感言。简言之，第一，教育须聘能胜任之师，如无合格之教授，则宁虚缺其席。尤其文科方面的教授不仅要有专门之学问，且须有开阔之视野，亦不可以权威自持。他不无惋惜地写道：“欲求经学、国史、国文学之教师，则遗老尽矣。其存者，或笃老，或病废，故致之不易。就使能致，或学问虽博，而无一贯之系统，或迂疏自是，而不屑受后进之指挥，不过如商彝、周鼎，借饰观瞻而已。”[②]第二，要确立哲学教育的重要地位，在师范院校尤为重要。因为“不通哲学，则不能通教育学，及与教育学相关系之学”[③]。“哲学之所以有价值者，正以其超出乎利用之范围故也。且夫人类岂徒为利用而生活哉？人于生活之欲外，有知识焉，有感情焉。感情之最高之满足，必求之于文学、美术，知识之最高之满足，必求诸于哲学。”[④]虽然王国维受叔本华的巨大影响，将欲望的满足视为万物存在之理，但他对哲学及美学等独立价值的倡导，为中国教育体系的完善作出了贡献。第三，王国维还认为，科学与人文应当同步教育，不可偏废，不能以功用为标准，重科学轻人文。他恳切地写道：“今若以功用为学问之标准，则经学、文学等之无用亦与哲学等，必当在废斥之列。而大学之所授者，非限于物质的、应用的科学不可，坐令国家最高之学府与工场阛阓等同，此必非国家振兴学术之意也。”[⑤]很明显，从教育方面言之，科学与人文应当协调发展，二者同步进行，不可偏废。

综上所述，王国维早期对科学与人文关系的问题，有着深刻的思考。从

① 王国维：《教育小言十三则》，《求善・求美・求真》，上海远东出版社，1997 年，第 147 页。
② 王国维：《教育小言十则》，《求善・求美・求真》，上海远东出版社，1997 年，第 143 页。
③ 王国维：《教育偶感四则》，《求善・求美・求真》，上海远东出版社，1997 年，第 117 页。
④ 王国维：《奏定经学科大学文学科大学章》，《求善・求美・求真》，上海远东出版社，1997 年，第 124 页。
⑤ 王国维：《奏定经学科大学文学科大学章》，《求善・求美・求真》，上海远东出版社，1997 年，第 125 页。

为学的角度来说，他深感“可爱者不可信，可信者不可爱”；从哲学层面上来看，他认识到，经验派与理性派常出现不可调和的状态，这在他对康德哲学研读过程中尤为明显；就个人性行来说，他常常处于情感与理性的矛盾之中；就学科方面而言，他辨析了科学与美学的区别与联系；就社会效益的角度来看，他认为，精神与物质文明有同等重要之地位，两者应平衡相处；等等。所有这一切，均呈现出早期王国维对科学与人文关系问题的深刻思考。在 20 世纪初，中国学界对西方物质文明趋之若鹜的语境中，不能不说，王国维走在了时代的前列，其中许多观点之精辟，至今仍具启示意义。

第二节　梁启超：理智用科学，情感超科学

梁启超在 1918 年底出游欧洲以后，思想发生了巨大的变化。1919 年 6 月，他第一次去伦敦，在给其弟梁仲策的信中说：“吾自觉吾之意境，日在酝酿发酵中，吾之灵府必将起一绝大之革命，惟革命产儿为何物，今尚在不可知之数耳。”①梁启超在回国后的演说中，更是兴奋地讲道：“鄙人自作此游，对于中国，甚为乐观，兴会亦浓。且觉由消极变积极之动机，现已发端。”②这种思想的巨变，主要体现在《欧游心影录》中对科学精神的看法的改变，尤其是他找到了传统文化与西方文化“化合”的可能。这与梁启超“不惜以今日之我，难昔日之我”的学术精神是一致的。③ 此说虽在学术上富有张力，却也导致了梁启超的思想充满了矛盾。显然，我们可以梁启超出游欧洲返国为界，把其思想分为前后两期。这里，重点分析其后期思想。

梁启超后期思想的特点是，在科学与人文的两难困惑中，一方面固守启蒙现代性的理想，另一方面又呼唤传统人文精神的重塑。当然，这种人文精

---

① 丁文江、赵丰田：《梁启超年谱长编》，上海人民出版社，1983 年，第 881 页。

② 梁启超：《梁任公在中国公学之演说》，魏泉考释：《梁启超：从“承启之志”到“守待之心”》，山东文艺出版社，2006 年，第 68 页。

③ 梁启超：《清代学术概论》，天津古籍出版社，2004 年，第 77 页。

神与构成能反思启蒙的审美现代性还有些距离。究其原因，首先，梁启超的人文思想是建立在对中国传统文化的认同上，还没有形成现代意义上的人本主义立场，不能与审美现代性等同。例如，他对“趣味”的追求和阐释，仍然是中国传统文论的体悟式方式，本质上是传统士大夫的人文体验。其次，梁启超并没有反对科学，没有真正思考科学或启蒙现代性对个人的生存空间的挤压，即人受物质、科技的异化问题。他充其量是思考科学的适用性问题，即科学与人生观的问题，而不是科学与人的异化问题。最后，与其说梁启超是在质疑科学精神，毋宁说他是在为人文价值谋求地盘。这与康德在“三大批判”中为宗教留有地盘有异曲同工之妙。康德的“灵魂不朽”与梁启超的“德性”，在一定程度上是十分类似的。梁启超寻求的是科学与人文的和谐发展，希望产生智、仁、勇之三达的现代人。

一、传统士大夫式的人文体验

梁启超对“趣味”的追求，是他后期人文情怀的集中体现，也是其抵御“唯科学主义”的一张王牌。他颇为自得地说：“我是个主张趣味主义的人，倘若用化学化分‘梁启超’这件东西，把里头所含一种元素名叫‘趣味’的抽出来，只怕所剩下仅有个零了。我以为，凡人必常常生活于趣味之中，生活才有价值。”那么，什么是趣味呢？梁启超定义有点朦胧：“‘凡一件事，做下去不会生出和趣味相反的结果的，这件事便可以为趣味的主体。’赌钱趣味吗？输了怎么样？吃酒趣味吗？病了怎么样？”[①]这种解说像是有点同义反复，像是文字游戏。实质上，梁启超的“趣味”即是一种无功利目的的游戏心态，一种可遇不可求的情感表现，只能用心体悟而得，因“趣味主义最重要的条件是‘无所为而为’”[②]。

“趣味主义是梁启超的人生哲学的核心”，具有美学本体论色彩。[③] 在梁启超看来，趣味不仅仅存在于学问之中，还存在于教育和生活等各个角落，

① 梁启超：《学问之趣味》，《梁启超讲演集》，河北人民出版社，2004年，第133页。
② 梁启超：《学问之趣味》，《梁启超讲演集》，河北人民出版社，2004年，第134页。
③ 金雅：《梁启超美学思想研究》，商务印书馆，2005年，第50页。

趣味在人们的生活中十分必要，它是无所不在的。梁启超还将人生的趣味作为人类感性生存的依据和动力，它既是手段，又是目的："趣味是生活的原动力，趣味丧掉，生活便成了无意义。"①趣味构成了梁启超人文思想的核心，是关乎人的诗意生存的解读，这是他自有的、独特的人生观。

梁启超的"趣味"本质上就是一种审美主义，是一种与道德观念无关的指涉。他说：

凡趣味的性质，总要以趣味始以趣味终。所以能为趣味之主体者，莫如下列的几项：一，劳作；二，游戏；三，艺术；四，学问。诸君听我这段话，切勿误会以为，我用道德观念来选择趣味。我不问德不德，只问趣不趣。我并不是因为赌钱不道德才排斥赌钱，因为赌钱的本质会闹到没趣，闹到没趣便破坏了我的趣味主义，所以排斥赌钱。我并不是因为学问是道德才提倡学问，因为学问的本质能够以趣味始以趣味终，最合于我的趣味主义条件，所以提倡学问。②

可见，"趣味"之为物，是一种趋向纯粹意义上的审美行为，是一种"无所为而为"的非道德化感受。当然，这种趣味不是毫无责任心的自我放纵，而是人们在现实生存中的审美体验。梁启超自言："自己的人生观是拿两样事情做基础：一，'责任心'；二，'兴味'。""'责任心'强迫把大担子放在肩上是很苦的，'兴味'是很有趣的。二者在表面上恰恰相反，但我常把他调和起来。"③

但关于"趣味"是什么，梁启超没有明确作答，只是强调："凡趣味总要自己领略，自己未曾领略得到时，旁人没有法子告诉你。佛典说的：'如人饮水，冷暖自知。'"④梁启超将"趣味"所得付诸个人的感受、体悟，颇类似严羽的"妙悟"之说，留有中国古典文论的印痕。从这点上看，梁启超的"趣味"还停留在传统士大夫的人文体验上，和现代意义上的人本主义关怀有所距离。

但梁启超不愧是中国社会转型时期的启蒙先驱，他还是力求从学理上

---

① 梁启超：《趣味教育与教育趣味》，《梁启超讲演集》，河北人民出版社，2004 年，第 48 页。
② 梁启超：《学问之趣味》，《梁启超讲演集》，河北人民出版社，2004 年，第 134 页。
③ 梁启超：《"知不可而为"主义与"为而不有"主义》，《梁启超讲演集》，河北人民出版社，2004 年，第 31 页。
④ 梁启超：《学问之趣味》，《梁启超讲演集》，河北人民出版社，2004 年，第 134 页。

把握“趣味之源泉”的可能性。梁启超从审美的主体、客体等多方面思考，认为“趣味之源泉”有三种：“第一，对境之赏会与复现”，这主要针对自然之美而言；“第二，心态之抽出与印契”，这主要是针对人类心理而言；“第三，他界之冥构与蓦进”，这主要是针对艺术、哲学或宗教的超越性乌托邦而言。[①] 其第一种趣味主要从劳作方面获得，第二种趣味主要源于游戏之乐趣及人之间的心灵契合，第三种趣味主要来自艺术创造和学术探究时的审美体悟。

趣味的获得，既然在人的一生之中是可能的，也是必要的，那么，人们是否天生就能获得“趣味”的人生呢？梁启超认为，上述三种趣味

> 无论何人都会发动的。但因个人感觉机关用得熟与不熟，以及外界帮助引起的机会有无多少，于是趣味享用之程度，生出无量差别。感觉器官敏则趣味增，感觉器官钝则趣味减；诱发机缘多则趣味强，诱发机缘少则趣味弱。专从事诱发以刺激各人器官不使钝的有三种利器：一是文学，二是音乐，三是美术。[②]

显然，梁启超认为，趣味的美感乃人所共有，只是由于不同个体在感觉器官上的差异，以及机缘的巧合等，才生出趣味上的强弱多少的不同。为了最大程度上激发人们视、听、触等感觉器官，就必须以文学、音乐和美术等为教育手段，通过艺术审美这一最佳的美育途径，形成完美的趣味人生。

梁启超虽然很欣赏“学问的趣味化”、“生活的游戏化”，但其中隐伏着人的“超越性问题”，即使是“趣味”也不止于现实的娱乐，而是一种审美心境的营造。正如陈望衡先生所言：“梁启超说的心的作用，主要是指心的‘超越’作用。具体来说，是对物欲的超越、对外在功利的超越。”[③]趣味主义作为一种人生观，既愉悦于现实人生，又提升个体生存状态，是对个体的超越性关爱。因此，趣味在本质上是对人类情感的陶冶，与审美人生的塑造息息相关。

---

① 梁启超：《美术与生活》，《梁启超讲演集》，河北人民出版社，2004 年，第 138—139 页。

② 梁启超：《美术与生活》，《梁启超讲演集》，河北人民出版社，2004 年，第 139 页。

③ 陈望衡：《评梁启超“趣味主义”人生观》，《湖南大学学报》（社会科学版）2000 年第 6 期。

"趣味"亦是梁启超后期文学理论的核心命题:"文学的本质和作用,最主要的就是'趣味'。趣味这件东西,是由内发的情感和外受的环境交媾发生出来。"①由此可见,他的"趣味主义"是以情感为核心的。正是对趣味主义的崇奉,梁启超感悟到中国文学中超现实意义的情感虽然存在,但却弱于西洋。例如,他认为苏轼的《水调歌头》,"全是表现情感一种亢进的状态,忽然得着一个'超现世的'新生命,令我们读起来,不知不觉也跟着到他那新生命的领域去了。这种情感的这种表现法,西洋文学里头恐怕很多,我们中国却太少了"②。

二、科学与人文的分立

梁启超强调带有人文精神内涵的"趣味",虽然较为合理,但在当时中国唯科学主义的语境中③,必定是不合时宜的。尤其是《欧游心影录》中对科学万能的质疑,在当时中国激进派与保守派酣战之际,一定程度上妨碍了五四启蒙运动的深入,助长了保守派的势力,从而直接导致了1923年的"科玄论战"。例如,胡适就认为:

> 自从《欧游心影录》发表之后,科学在中国的尊严就远不如前了。一般不曾出国门的老先生很高兴地喊着,"欧洲科学破产了!梁任公这样说的"。我们不能说梁先生的话和近年同善社、悟善社的风行有什么直接的关系;但我们不能不说梁先生的话在国内确曾替反科学的势力助长不少威风。④

事实上,梁启超还是崇尚科学精神的,即使在欧游回国之后,他仍然埋怨中国人"把科学看得太低了,太粗了","多数人以为,科学无论如何高深,总不过属于艺和器那部分,这部分原是学问的粗迹,懂得不算稀奇,不懂得

---

① 梁启超:《〈晚清两大家诗钞〉题辞》,《梁启超全集》,北京出版社,1999年,第4927页。

② 梁启超:《中国韵文里头所表现的情感》,魏泉考释:《梁启超:从"承启之志"到"守待之心"》,山东文艺出版社,2006年,第119页。

③ 参阅[美]郭颖颐:《中国现代思想中的唯科学主义(1900—1950)》,江苏人民出版社,2005年。

④ 胡适:《序二》,张君劢等:《科学与人生观》(一),辽宁教育出版社,1998年,第10—11页。

不算耻辱”。另外,中国人又“把科学看得太呆了,太窄了”,“只知道科学研究所产结果的价值,而不知道科学本身的价值”。“始终没有懂得‘科学’这个字意义。”[①]梁启超认为,科学关键是一种精神,是做学问的方法。他给出了对科学及科学精神的最广义解释:“有系统之真知识,叫做科学。可以教人求得有系统之真知识的方法,叫做科学精神。”[②]而中国自秦汉以来的学术思想,由于缺少这种科学精神,从而生出笼统、武断、虚伪、因袭和散失等病症。[③] 总体上讲,梁启超将科学理解为一种知识体系,而将科学精神视为获得知识的方法,这极大地扩展了科学的适用范围,但无意中也助长了唯科学主义的盛行。所以,将梁启超后期的思想简单地划分为保守主义,又是有失公允的。

梁启超把科学精神基本上等同于一种忠于事实的科学方法,所以,他认为“金石学之在清代又彪然成一科学也”[④]。当然,科学方法包括归纳法和演绎法,而梁启超崇尚的是归纳的科学方法。所以,他又将科学定义为“根据经验的事实分析综合,求出一个近似的公例,以推论同类事物,这种学问叫做‘科学’”[⑤]。从这个意义上讲,哲学上的逻辑演绎是不属于科学范畴的,这是那个时代的对科学的理解的局限所在。当然,这种理解有利于启蒙主义思潮深入人心,更方便于大众对科学精神的认知。所以,人们对科学精神的狭隘理解,却并不妨碍“科学万能”的唯科学主义思潮的形成。

如果将科学精神界定为一种“根据经验的事实分析综合”的方法,那么,梁启超崇尚趣味主义的审美人生观,显然是与科学精神无关的活动。这在唯科学主义的语境下,是不可思议的,它将严重妨碍启蒙主义思潮的高歌猛进。在科学与人生观之间,梁启超有意识地向崇尚人生观的方向靠拢,而对“科学先生”有所困惑,他质疑了“科学万能”的提法。在《欧游心影录》中,他写道:

---

① 梁启超:《科学精神与东西文化》,《梁启超讲演集》,河北人民出版社,2004 年,第 152—153 页。

② 梁启超:《科学精神与东西文化》,《梁启超讲演集》,河北人民出版社,2004 年,第 154 页。

③ 梁启超:《科学精神与东西文化》,《梁启超讲演集》,河北人民出版社,2004 年,第 158 页。

④ 梁启超:《清代学术概论》,天津古籍出版社,2004 年,第 53 页。

⑤ 梁启超:《人生观与科学》,《饮冰室文集点校》第六集,云南教育出版社,2001 年,第 3258 页。

一百年的物质进步，比从前三千年所得还加几倍。我们人类不惟没有得着幸福，倒反带来许多灾难。好像沙漠中失路的旅人，远远望见个大黑影，拼命往前赶，以为可以靠他向导，那知赶上几程，影子却不见了，因此无限凄惶失望。影子是谁？就是这位“科学先生”。欧洲人做了一场科学万能的梦，到如今却叫起科学破产来。这便是最近思潮变迁一个大关键了。

（自注）读者切勿误会，因此菲薄科学，我绝不承认科学破产，不过也不承认科学万能罢了。①

就对待科学的态度而言，应该说，梁启超是比较合理的，注意到其功能效应的双向的可能性。事实上，终其一生，梁启超都从未停止过对科学的呼唤，即使在其晚年因医生的误诊而切掉了一个健康的肾，并最终夺去了他的生命，他也还要维护科学的声誉。②

然而，肯定科学与崇尚趣味主义人生观，在梁启超看来，两者同等重要，并不冲突。在梁启超看来，一方面，人生观问题与科学精神同等重要，“人类的自由意志”与科学的“必然法则”同等重要。梁启超批评胡适的《中国哲学史大纲》：“凡关于知识方面，到处发现石破天惊的伟论：凡关于宇宙、人生观方面，实又很浅薄或谬误。”③换言之，他批评胡适过于偏重科学方面的“知识论”，而忽视了中国古代哲学中人生观问题的重要性。

另一方面，为了避免两者冲突，有必要给他们划定地盘。梁启超认为：

人生关涉理智方面的事项，绝对要用科学方法来解决；关涉情感方面的事项，绝对的超科学。④

---

① 梁启超：《〈欧游心影录〉节录》，《饮冰室文集点校》第六集，云南教育出版社，2001年，第3481页。

② 参阅梁启超：《1926年6月5日“致梁思顺”》，《梁启超家书》，中国文联出版公司，2000年，第397页。

③ 梁启超：《评胡适之〈中国哲学史大纲〉》，魏泉考释：《梁启超：从“承启之志”到“守待之心”》，山东文艺出版社，2006年，第134页。

④ 梁启超：《人生观与科学》，《饮冰室文集点校》第六集，云南教育出版社，2001年，第3290页。

而“哲学是从智的方面，研究宇宙最高原理及人类精神作用，求出个至善的道德标准。宗教是从情的、意的两方面，给人类一个‘超世界’的信仰，那现世的道德，自然也跟着得个标准”①。另外，“情感教育最大的利器，就是艺术。音乐、美术、文学这三件法宝，把‘情感秘密’的钥匙都掌握住了”②。这样看来，宗教、艺术等关乎情感方面的人生观是科学所无法解决的。也就是说，梁启超基本上赞同了康德对人的心理所做的知、情、意三分法。知留给科学，情和意则是人生观的问题。前者“应该用客观的科学方法去研究”，而后者“应该用内省的躬行的方法去研究”，即付诸体验的方式。③

需要注意的是，梁启超的人生观至少包括两方面：趣味主义的审美人生观和道德主义的伦理人生观，两者合而言之即为德性。因为，在梁启超看来，“人类从心界、物界两方面调和而成的生活，叫做‘人生’。我们悬一种理念来完成这种生活，叫做‘人生观’”④。趣味主义、道德主义指向心界的生活，主要来自艺术及伦理、宗教等方面的熏陶与教化。梁启超即使在强调趣味主义人生观的时候，也不忘解释：“自己的人生观是拿两样事情做基础：一、‘责任心’，二、‘兴味’。”“责任心”实际上是一个人的道德行为，在西方，主要付诸宗教信仰；在中国，一方面固然与信仰佛教、道教等相关，另一方面则与儒家的伦理教化如影相随。

他在《为创办文化学院事求助于国中同志》中宣称：

> 启超确信我国儒家之人生哲学，为陶养人格至善之鹄，全世界无论何国、无论何派之学说，未见其比，在今日有发挥光大之必要。……启超确信佛教为最崇贵最圆满之宗教，其大乘教理尤为人类最高文化之产物，而现代阐明传播之责任，全在我中国人。⑤

---

① 梁启超：《〈欧游心影录〉节录》，《饮冰室文集点校》第六集，云南教育出版社，2001 年，第 3478 页。

② 梁启超：《中国韵文里头所表现的情感》，魏泉考释：《梁启超：从“承启之志”到“守待之心”》，山东文艺出版社，2006 年，第 112—113 页。

③ 梁启超：《治国学的两条大路》，《梁启超讲演集》，河北人民出版社，2004 年，第 238 页。

④ 梁启超：《人生观与科学》，《饮冰室文集点校》第六集，云南教育出版社，2001 年，第 3288 页。

⑤ 转引自魏泉考释：《梁启超：从“承启之志”到“守待之心”》，山东文艺出版社，2006 年，第 238 页。

在目睹当时欧洲“宗教和旧哲学,既已被科学打得个旗靡辙乱”后,梁启超还批判了颓废的及时享乐主义风气,他不无忧虑地写道:“死后既没有天堂,只好尽这几十年尽地快活。善恶既没有责任,何妨尽我的手段,来充满我个人欲望。”①这在今天仍不失为一种卓见。可见,梁启超对科学与人生观的思考,至今仍然具有十分重要的借鉴意义。

三、科学与人文的融合

后期的梁启超为了给人生观问题争得一席之地,在范畴上为科学与人文圈定了各自的地盘,即他经常提及的“物界”与“心界”。然而,他在确定科学与人文分立的时候,又发现两者的界限过度明晰也不利于各自的发展。探索、运用科学的宗旨,必须有来自人文方面的引领;同样,人文学科的研究也必须借鉴科学的方法。所以,他又一直在寻求两者融合的必要性及可能性。

首先,梁启超认为,中国人不但有知识饥荒,而且有精神饥荒。

> 近来国中青年界很习闻的一句话,就是“知识饥荒”。却不晓得还有一个顶要紧的“精神饥荒”在那边。中国这种饥荒,都闹到极点。……一般教导者,也不注意在这方面提倡,只天天设法怎样将知识去装青年的脑袋子。不知道精神生活完全,而后多的知识才是有用。苟无精神生活的人,为社会计,为个人计,都是知识少装一点为好。因为无精神生活的人,知识愈多,痛苦愈甚;做歹事的本领也增多。例如黄包车夫,知识粗浅,他决没有有知识的青年这样的烦闷,并且作恶的机会也很少。大奸慝的卖国贼,都是知识阶级的人做的。由此可见,没有精神生活的人,有知识实在危险。②

所谓精神生活实际上就是指人生观而言,尤其是道德主义方面的人生观。梁启超所要表达的一个观点是,知识即科学必须掌握在有高尚的道德

① 梁启超:《〈欧游心影录〉节录》,《饮冰室文集点校》第六集,云南教育出版社,2001 年,第 3480 页。
② 梁启超:《东南大学课毕告别辞》,《梁启超讲演集》,河北人民出版社,2004 年,第 253 页。

情操的人手中。换言之,他在不否定中国有“知识饥荒”的前提下,认为首先须加强中国人人生观方面的修养。这不同于老子的“绝巧弃利,盗贼无有”和庄子的“圣人不死,大盗不止”等传统思想。但是,梁启超认为,“大奸慝的卖国贼,都是知识阶级的人做的”,这又与《庄子》中“小盗者拘,大盗者为诸侯”的观点近似。这样看来,科学与人生观问题的融合是十分必要的。换言之,解决好“精神生活与物质生活之调和问题”,才能“使吾中国人免蹈近百余年来欧美生计组织之覆辙,不至以物质生活问题之纠纷,妨害精神生活之向上”①。

其次,梁启超在中国传统文化中寻找精神资源,看到了两者融合的可能。梁启超认为,中国传统文化主要关涉人生和社会问题,在全人类文化史上有着重要的地位,是中国人值得自豪的一笔文化遗产。他说:

> 中国学术以研究人类现世生活之理法为中心,古今思想家皆集中精力于此方面之各种问题。以今语道之,即人生哲学及政治哲学所包含之诸问题也。盖无论何时代何宗派之著述,未尝不归结于此点。坐是之故,吾国人对此方面诸问题之解答,往往有独到之处,为世界之任何部分所莫能逮。吾国人参列世界文化博览会之出品恃此。②

梁启超对中国传统文化的肯定,与其对人生观问题的推崇是一致的。他认为中国古代学术的人本定位是有一定道理的,但这也导致他对科学主义的反思很容易退回到传统文化中去。对梁启超来说,中国传统文化中的人生哲学比比皆是,困难之处是很难找到科学史料及对科学精神的崇尚。因此,在对中国古代学术的梳理过程中,梁启超深感“科学史料异常贫乏”。③但他又坚信:

---

① 梁启超:《先秦政治思想史》,天津古籍出版社,2004 年,第 218—219 页。

② 梁启超:《先秦政治思想史》,天津古籍出版社,2004 年,第 3 页。

③ 梁启超:《中国近三百年学术史》,天津古籍出版社,2003 年,第 158 页。

科学精神之有无,只能用来横断新旧文化,而不能用来纵断东西文化。若说欧美人是天生成科学的国民,中国人是天生成非科学的国民,我们可绝对的不能承认。拿我们战国时代和欧洲希腊时代比较,彼此都不能说是有现代这种崭新的科学精神,彼此却也没有反科学的精神。秦汉以后,反科学精神弥漫中国者二千年,罗马帝国以后,反科学精神弥漫于欧洲者也一千多年。两方比较,我们隋唐佛学时代,还有点"准科学的"精神不时发现,只有比他们强,没有比他们弱。……直到文艺复兴以后,渐渐把思想界的健康恢复转来,所谓科学者才种下根苗;讲到枝叶扶疏,华实烂漫,不过最近一百年内的事。①

也就是说,先秦的传统文化与科学精神是可以相互融合的。在科学精神方面,中国的落后不过是近一百年的事情,中国人完全有可能将科学精神建立在人文理解的基础上,从而免蹈那种西方过度的物质欲望对人类精神生活的挤压的偏颇。当然,中国的科学精神落后于西方,这是不争的事实,因此中国需要大力提倡科学精神。但在这个过程中应解决好"物质生活与精神生活的调和问题",处理好科学与人文的问题,否则,"没有精神生活的人,有知识实在危险"。

梁启超认为,儒家哲学的"知行合一"思想,十分值得提倡:"我们先儒始终看得知行是一贯的,从无看到是分离的。……孔子一生为人,处处是知行一贯。……盖以知识之扩大,在人努力的自为,从不像西人之从知识方法而求知识。"②也就是说,即使是客观的知识,也应该是人努力之结果,人的作用至关重要。"儒家看得宇宙人生是不可分的,宇宙绝不是另外一件东西,乃是人生的活动。故宇宙的进化,全基于人类努力的创造。"③梁启超这方面虽然受到柏格森生命哲学的影响,但他的确抓住了科学与人文融合的关键因素,即对人的强调。梁启超借鉴传统的儒家哲学,要求每一个人"知行合一",以求得"物质生活与精神生活的调和",也不失为解决科学与人文问题的一种有益尝试。

---

① 梁启超:《科学精神与东西文化》,《梁启超讲演集》,河北人民出版社,2004 年,第 159 页。
② 梁启超:《治国学的两条大路》,《梁启超讲演集》,河北人民出版社,2004 年,第 244 页。
③ 梁启超:《治国学的两条大路》,《梁启超讲演集》,河北人民出版社,2004 年,第 246 页。

最后，梁启超既认为社会科学建立之必要，又寻求学科之间的跨越之可能。梁启超在1922年8月参加中国科学社年会期间，提出了“设立社会科学社”之必要，呼吁要用自然科学研究的方法来研究社会心理及社会经济等社会问题。[1] 他以生物学所引发的社会达尔文主义在学术界的广泛应用为例，说：

> 社会学所以能应运而生，可以说全部都建立在生物学基础之上。不惟直接产生社会学而已，凡有关于人事之诸学科，如法律学，如经济学，如政治学，如宗教学，如历史学，都受了他的刺激，一齐把研究方向挪转。试看近五十年来这些学问，那一种不和所谓达尔文主义者发生交涉？无论是宗法他或是驳难他，总不能把他搁在一边不管。他比方一只大蜘蛛，伸着八根长腿到处爬动，爬得各门学问都发痒。他产生了这位儿子，社会学，这位儿子把他同类的学问政治学、经济学、历史学等等合成一个联邦国，叫做社会科学，取得和自然科学对抗的资格。[2]

梁启超很注意生物学在现代社会学上的地位，并鼓励他的孩子梁思庄主修生物学，以便打通各门学问。他在“致孩子们”的信中，对梁思庄说：

> 我想你们兄弟姊妹，到今还没有一个学自然科学，很是我们家里的憾事，不知道你性情到底近这方面不？我很想你以生物学为主科，因为它是现代最进步的自然科学，而且为哲学社会学之主要基础……因为这门学问与一切人文科学有密切关系。[3]

梁启超不但认为自然科学对人文科学的研究与建设有益，而且主张两者应该相互促进。像美术与科学就是范例，两者以自然为桥梁互为联系，均需要建立在“观察自然”的基础上。梁启超说：

---

① 参阅魏泉考释：《梁启超：从“承启之志”到“守待之心”》，山东文艺出版社，2006年，第182页。
② 梁启超：《生物学在学术界之位置》，《梁启超讲演集》，河北人民出版社，2004年，第149页。
③ 梁启超：《1927.8.29“致孩子们”》，《梁启超家书》，中国文联出版公司，2000年，第495页。

> 密斯忒阿特密斯忒赛因士,他们哥儿俩,有一位共同的娘,娘什么名字?叫做密斯士奈渣,翻成中国话,叫做“自然夫人”。问美术的关键在那里,限我只准拿一句话回答,我便毫不踌躇的答道:“观察自然。”问科学的关键在那里,限我只准拿一句话回答,我也毫不踌躇的答道:“观察自然。”①

而且,在梁启超看来,“养成观察力的法门,虽然很多”,但“没有比美术更直捷了,因为美术家所以成功,全在于观察‘自然之美’,怎样才能看得出自然之美,最要紧是观察‘自然之真’,能观察自然之真,不惟美术,连科学也出来了。所以美术可以算得科学的金钥匙”。② 所以,梁启超认为“美术和别的学问可以相沟通相浚发”,并“希望中国将来有‘科学化的美术’,有‘美术化的科学’”。③ 可见,梁启超后期十分希望自然科学与人文社会科学能够相互打通,以便科学与人文和谐发展。

有学者认为:“对于五四知识分子尤为困难的是,他们一方面为了使中国走向富强和现代化,肯定知识、道德和审美三个领域的分化;一方面为了解决现代人生存意义的问题又必须把这三个分化的领域再整合在一起。”④ 对学科间的分化与整合,就后期的梁启超来说,尤为明显。在梁启超的后期的思想中,围绕着科学思想与人文精神的关系问题,他既肯定“凡人必常常生活于趣味之中”,又呼吁中国人要做“科学的国民”;既强调“客观的科学方法”之必要,又提出“内省的和躬行的方法”之伟大。简言之,为学与做人不可分。梁启超告诫人们:“人类心理,有知、情、意三部分,这三部分圆满发达的状态,我们先哲名之为三达德——智,仁,勇。……孔子说:‘知者不惑,仁者不忧,勇者不惧。’所以教育应分为知育、情育、意育三方面。……教育家教学生,应该以这三件为究竟,我们自动的自己教育自己,也应该以这三件为究竟。”⑤知主要体现为科学精神,而情和意则主要是指人文关怀。梁启超

---

① 梁启超:《美术与科学》,《梁启超讲演集》,河北人民出版社,2004 年,第 54 页。

② 转引自李茂民:《在激进与保守之间:梁启超五四时期的新文化思想》,社会科学文献出版社,2006 年,第 57 页。

③ 梁启超:《美术与科学》,《梁启超讲演集》,河北人民出版社,2004 年,第 58 页。

④ 李茂民:《在激进与保守之间:梁启超五四时期的新文化思想》,社会科学文献出版社 2006 年,第 318 页。

⑤ 梁启超:《为学与做人》,《梁启超讲演集》,河北人民出版社,2004 年,第 224 页。

寄希望于教育，以求得科学精神与人文关怀的和谐发展，从而产生智、仁、勇之三达的现代人。

总而言之，梁启超后期在肯定自然及社会人文等学科分立的前提下，又力求学科之间的融合，强调科学与人文的互动共容。若以现今语境反观之，文学艺术审美趣味的创造，或曰审美现代性，则是在追求学科的独立性，以及对科学所引发的物质主义泛滥的反思性。由此看来，梁启超既不是古典主义意义上的保守者，亦不是现今所谓审美现代性意义上的先锋者，他实际上是在科学与人文之间徘徊。而且他的人文思想中，更多的是中国传统的古典主义；同时，他推崇的科学思想，又是在呼唤启蒙现代性，所以，身处中国历史的过渡时期的梁启超，其观念具有转折期的承上启下的意义。后期的梁启超在坚持对启蒙理性的现代呼唤的同时，也十分强调了人生观问题的重要性，但此间的对立却并不构成对科学及科学精神的颠覆作用，并不具有反现代性意义，当然与在审美现代性意义上确立文学艺术的独立性与批判性也有着一定的距离。

第三章

科玄论战：困惑中的价值分歧

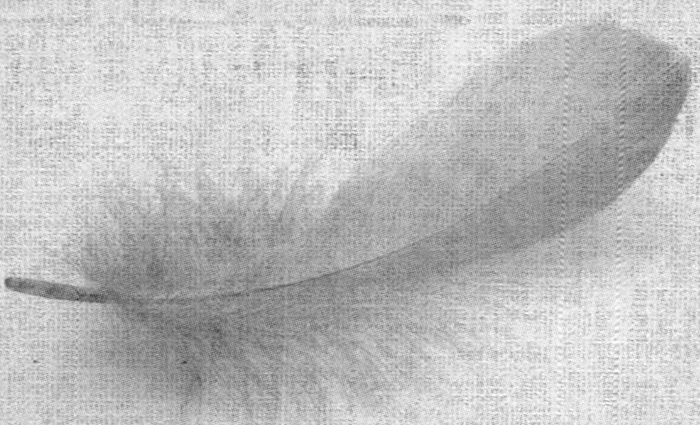

前一章，我们探讨了王国维的"可信者不可爱，可爱者不可信"之困惑，以及梁启超后期的思想向人文精神的转向，可以明显地观察到，20 世纪初中国的仁人志士在有关科学与人文关系问题上自觉而深刻的思考。但这也还只是个人的自觉的思索，尚未形成一种全社会的普遍意识。五四运动以后，随着科学思潮的步步进逼和传统文化的节节退缩，尤其是目睹第一次世界大战中，由科学技术的引发所造成的战争对人类社会的灾难性破坏，这一惨痛的现状带来了激烈的思想撞击，在中国终于引爆了一场关于科学与人文问题的论争，即现代史上著名的"科玄论战"。这次论战之烈，参战之广，影响之深远，是中国思想界历次论战所无法比拟的。

论战双方就科学与玄学，即科学与人文各自的重要性，及其关系等问题展开探讨，虽说最终未能达成一致，却为后代提供了许多有益的思考和启示。这次参战的人员都是当时最有影响的文化及社会名人，他们多学贯中西，继承国内外学者对科学与人文问题的深刻思索，同时又结合中国具体的社会现实，力求在科学与人文关系这一普世性的课题上，提出有创造性的观点。

这次论战虽是哲学思想方面的学术论争，却渗透到了中国政治文化等各个方面，文学领域也受到其深刻影响。中国现代作家虽然直接参与论战的不多，但这场论战的各种观点在而后他们所写的著作与论文中却一再出现，这也是本书考察的重点之处。

在论述中国现代主要作家对科学与人文问题的思考之前，我们有必要对这场 20 世纪初中国思想界的重要论战做一个简单的回顾。对于这场"科玄论战"，我们有必要弄清楚：为什么会出现这样的争论，他们究竟在争论什么，以及这次争论有什么意义。第一个问题要求我们去考察当时的国际、国内的社会及文化环境；第二个问题要求我们明了科玄论战的具体内容；第三个问题要求我们了解这次论战对当时社会及后来重大影响所在。这些内容亦构成了特定的历史语境，有助于本书所探讨的中国现代作家论科学与人文的课题进一步深化。

第一节　科玄论战与中西文化论战

关于这场科玄论战的原因，表面上看，"导火线"是1923年2月14日张君劢在清华大学所作的《人生观》的演讲。但实质上，其更内在的原因，是近代以来西学东进，中西文化冲突日益加剧的一次爆发，当然也包含有对国内政治革命趋向等多方面的反思。

朱耀垠认为："科学文化乃近代西方文化的命脉，而对人生理想和伦理道德的高度重视则是中国传统文化的特色。所以，关于科学与人生观的讨论必然与中西文化论争以及中国传统文化与现代化的关系之争紧密相关。"①科玄论战与中西文化之争有着深刻的关联。科学文化根植于西方的文化传统，是西方文化发展中绽开的美丽之花。按照吴国盛先生的理解："广义的科学指的是希腊文明传给欧洲的一份精神遗产，即把理性和知识作为人的基本存在方式，也是习得理想人性的基本方式。这种意义上的科学是服务于自由理想的。"而"近代科学是希腊科学传统的直接继承者，这种继承性体现在近代科学的理性形式和自由精神上"。② 西方的科学文化与传统不是近代突然冒出来的新奇之物，事实上，它是古希腊的理性传统在近代以来的伟大复兴与发展。所以，许多人也不自觉地将西方文化与科学文化等同。在五四时期，当许多仁人志士努力寻找西方科学发达的深层原因时，尤其如此。而中国号称东方的礼仪之邦，中国文化重在"立人"，即重视人的内在修养与外在行为的规范。中国传统文化本质上是一种道德理性，这种理性是对人自身的一种普遍人格的追求，却不构成对外在世界及人自身的客观认识。所以，在当时，普遍的看法是中国传统文化没有科学精神的元素，本质上是人文文化。

---

① 朱耀垠：《科学与人生观论战及其回声》，上海科学技术文献出版社，1999年，第13页。

② 吴国盛：《科学与人文》，《中国社会科学》2001年第4期，第4—15页。

在五四之前，张之洞的“中学为体，西学为用”的主张响彻云霄。在始于辛亥革命前后那场“中西文化大论战”中，杜亚泉、梁漱溟、章士钊、陈独秀、李大钊等仍然停留在讨论中西文化的优劣以及“新旧调和”等问题上。但到了五四时期，反传统的声浪一波高过一波，人们对中国传统文化的失望与厌恶逐渐加大。当科学与民主的“车轮”滚滚向前之时，人们已失去探讨中西文化优劣的兴趣了，转而几乎是一种全盘西化思潮的疯狂涌动。亦如梁启超所言，“宗教和旧哲学，既已被科学打得个旗靡辙乱”①。显然，五四以后，对传统的彻底否定，转而对西方的推崇奉行，是大势所趋。中西文化大论战最终是以保守派的失败而告终，激进派则在这次论战胜利的基础之上，继续推行他们的打倒传统、学习西方的革命化主张。

若从世界历史进程着眼，当时西方文化思想已从古典哲学转到近代哲学时期，西方哲人亦开始自觉地思考人这一族类的生存价值与意义，并开始深刻地揭示自身文化的病根所在。一种对启蒙主义、科学主义反思的“现代性”思潮应运而生，对中国影响较大的是叔本华的“生命意志论”、尼采的“酒神精神说”，以及柏格森的“生命哲学”、倭铿的“精神生活哲学”、杜舒里的“生机论哲学”等。

叔本华《作为意志和表象的世界》一书，提出了世界的表象与本质存在的区别问题，并进而探讨了科学所研究的表象世界的局限性。叔本华认为，科学方面的理性认识并不构成现实世界的本质性存在，世界的本质实际上是人的意志性存在。而痛苦是人生意志的根源，是人的欲望的难于绝对满足。所以，“人生是在痛苦和无聊之间像钟摆一样摆动着；事实上痛苦和无聊两者也就是人生两种最后成分”②。这种对人生意志性存在的洞察应该是反科学主义思潮的萌始，从根本上构成了对科学理性的一种自觉反抗。

如果说叔本华还只是纯哲学性的思考，那么，尼采则在其《悲剧的诞生》一书中，对古希腊以来的西方的理性主义（即日神精神）进行了尖锐的批评，认为酒神精神才是对人的现实性存在的真实关照。人们应当抛弃古希腊以

---

① 梁启超：《欧游心影录》，《梁启超全集》，北京出版社，1999 年，第 2973 页。

② ［德］叔本华：《作为意志和表象的世界》，石冲白译，商务印书馆，1982 年，第 427 页。

来的理性乐观主义，转而弘扬悲剧的艺术性存在："科学受它的强烈妄想的鼓舞，毫不停留地奔赴它的极限，它的隐藏在逻辑本质中的乐观主义在这界限上触礁崩溃了。这时便有一种新型认识脱颖而出，即悲剧的认识，仅仅为了能够忍受，它需要艺术的保护和治疗。"[①]很明显，叔本华和尼采均是在张扬人的主体性存在的基础上，来谴责科学理性的客体性局限。他们均是第一次世界大战之前的对科学理性的警觉者，对个人自身的感性化生存的捍卫者。

第一次世界大战的惨景更加激起人们对科学理性的反思。对当时中国学界影响较深的，要数柏格森的"生命哲学"、倭铿的"精神生活哲学"及杜舒里的"生机论哲学"等。

柏格森认为，生命就像一条"绵延"不断的河流，处于动态之中。而科学的静态分析方法肯定不能探索出生命的真谛。这就像用一个空网去打捞一条奔流不息的河流，注定是无功而返的。生命的真实本质必须采用直觉的体验的方法，融入到对象之中，方可悟出。这种观点显然是对古希腊以来的科学理性的一次反动，继承了叔本华、尼采等哲学家对人的情感意志方面的偏执。

与柏格森不同，杜里舒则从生物与非生物的区别方面来探讨自然科学作用的有限性问题。他认为，生物与非生物的构造存在着本质的区别。简单地说，生物尤其是具有思维能力的高级动物，具有复杂的生理结构及组织结构，这是根本上区别于非生物的机械结构的。人们不能简单地将生物等同于机械。而且生物体内有一种神秘的"整体性"原则，即"隐德来希"，它支配着整个的生命。而科学的分析理解的方法只能适用于非生物方面，而不足以解答生物的独特性方面。

如果说柏格森及杜里舒还停留在生命的特殊性方面的思考，那么倭铿则将思考的重心放到人的精神生活方面。他坚持了明显的人文主义立场，强调人的精神生活的重要性。

---

① ［德］尼采：《悲剧的诞生》，周国平译，生活·读书·新知三联书店，1986年，第65页。

显然,第一次世界大战后的西方哲学主流转向了人文主义,开始了对科学主义的强烈批判。"科学万能"之梦在西方破灭了。诚如梁启超所言:

一百年的物质进步,比从前三千年所得还加几倍。我们人类不惟没有得着幸福,倒反带来许多灾难。好像沙漠中失路的旅人,远远望见个大黑影,拼命往前赶,以为可以靠他向导,那知赶上几程,影子却不见了,因此无限凄惶失望。影子是谁?就是这位"科学先生"。欧洲人做了一场科学万能的梦,到如今却叫起科学破产来。这便是最近思潮变迁一个大关键了。①

事实上,科玄论战主将之一张君劢在第一次世界大战后,就跟随梁启超到德国拜访过倭铿,而后师从倭铿主攻中西方哲学,后来又去法国拜访过柏格森,与他探讨了许多中西方哲学问题。一战以后,许多西方知名的人文主义者、哲学大师应邀到中国来讲学,他们的哲学思想开始在中国思想界广为宣传。倭铿由于年事已高,未能成行。杜里舒则于 1922 年 10 月 14 日在张君劢的陪同下到达上海,后来在中国上海、南京及杭州等地系统地讲述了其生机论哲学主张,其讲演稿后编辑成书,即《杜里舒讲演录》。

这期间,报刊、杂志等还专版报导西方当时的新兴思潮。如 1922 年《民铎》杂志的"柏格森专号",1923 年 4 月 25 日出版的《东方杂志》"杜里舒专号"等。可见,西方社会思潮的人文主义转向,给 20 世纪初的中国社会产生了巨大的影响。尤其是 1923 年的科玄论战中的玄学派主将张君劢、瞿菊农等人都深受当时西方社会思潮影响。张君劢的主张明显与倭铿哲学一脉相承,而瞿菊农则深受杜里舒哲学的影响。这也是科玄论战不同于中西文化论战的重要方面。

值得注意的是,论战中被称为"玄学派"的,虽然赞同中国传统文化,却又不是如晚清遗老遗少般顽固的保守派,其成员大多经历过西方文化的洗涤,学贯中西,具有相对开放的视野。因此,一战后的西方社会思潮的转向,是推动这次科玄论战的重要原因,也使得它在根本性质上不同于之前的中

① 梁启超:《〈欧游心影录〉节录》,《饮冰室文集点校》第六集,云南教育出版社,2001 年,第 3481 页。

西文化论战。

第二节　科玄论战涉及的命题

这次“科玄论战”由于参战双方人员甚众，故论题也较为分散。正像陈独秀在对这次论战做总结时所言：

> 大家的文章写得虽多，大半是“下笔千言离题万里”，令人看了好像是“科学概论讲义”，不容易看出他们（指丁文江等科学派——引者注）和张君劢的争点究竟是什么，张君劢那边离开争点之枝叶更加倍之多，这乃一场辩论的最大遗憾！①

如果说陈独秀的评价还有科学主义立场的嫌疑，那么，作为局外人的梁宗岱在后来所作的定性则更为客观。他说：“五四运动以后那轰轰烈烈的一场玄学与科学论战究竟得到了什么结果？如果不是俗谚所称‘骚不着痒处’，所遗给读者的印象又是什么，莫不是古人所谓‘半桶水倒来倒去’？”②当然，梁宗岱的评论颇有两边皆非之嫌，因他对科学派与玄学派均采取了否定的态度。

从总体上来看，科玄论战的焦点在于科学能否解决人生观的问题。围绕这个问题，参战者给出了不同的回答。赞成者一般认为科学可以解决人生观的问题，但在科学如何解决人生观的问题方面，又出现了科学派与唯物史观派的分化。反对者即玄学派，则认为科学不能解决人生观的问题。参战双方基本上可以分为这三大阵营。

---

① 陈独秀：《序一》，张君劢等：《科学与人生观》，辽宁教育出版社，1998 年，第 1 页。

② 梁宗岱：《非古复古与科学精神》，《梁宗岱文集Ⅱ（评论卷）》，中央编译出版社，2003 年，第 269 页。

有学者将梁启超、孙伏园、范寿康及钱穆等人的观点称为“折衷派”[①],这是有待商榷的。因为科玄论战双方从本质上讲,并不是两个对等的论战实体。玄学派仍是在赞同科学意义的语境下,为人文主义争取独立的地盘,并不构成对科学主义的全面颠覆。从这个意义上讲,玄学派也可以称作“折衷派”。事实上,真正第一次对科学主义发起挑战的是梁启超的《欧游心影录》,尽管他自己声称并不菲薄科学,只不过反对“科学万能”的偏执罢了。此观点固然有折衷之嫌,实则与玄学派的观点无异。故而科学派也并不买所谓“折衷派”的账,仍将梁启超等视作张君劢为代表的玄学派的同党。

这次论战发难者是玄学派主将张君劢。1923 年 2 月 14 日,他在清华大学作《人生观》的演讲,提出了“科学无论如何发达,而人生观问题之解决,决非科学所能为力”的玄学派的核心观点。这一主张无疑是对当时盛行的科学主义思潮的公然挑衅,其质疑却又不无道理。张君劢认为,科学主义与人文精神具有五点本质性区别:第一,科学为客观的(有公例可求,有客观普遍性的效力),人生观为主观的(不能施之于经验,不具有普遍有效性);第二,科学为论理学方法(包括归纳法和演绎法)所支配,人生观则起于直觉(源于人自身的良心,无所谓定义,无所谓方法);第三,科学从分析方法下手,人生观则为综合的;第四,科学为因果律所支配,人生观则被自由意志所决定;第五,科学的对象是自然现象的统一性,而人生观的对象是人格的单一性。[②]张君劢紧紧抓住了科学与人生观在特性、方法、特点等方面的区别,力求为人生观的独立性争取到生存的空间,以避免科学,尤其是科学方法对人文精神的僭越与支配。这五点区别的核心是:“科学为因果律所支配,人生观则被自由意志所决定。”众所周知,科学存在的前提是因果律的可求性,如果没有从因到果的推导的可能性,那么科学的理论逻辑就无从谈起。张君劢首先就否定了人生观为逻辑性的存在,这可谓击中科学主义者的要害。因为科学赖于存在的一个理论预设是,自然界,甚至包括人心,均存在一定的规律性,是可以通过科学实验和逻辑推演探寻到的。张君劢从源头上否定这

① 朱耀垠:《科学与人生观论战及其回声》,上海科学技术文献出版社,1999 年,第 119 页。
② 参阅张君劢:《人生观》,张君劢等:《科学与人生观》,辽宁教育出版社,1998 年,第 30—37 页。

个理论预设，对科学理性是一个致命的打击，这也是他的这篇演说引起巨大反响的原因所在。而后，大多争论的焦点均是从这篇演说中出发，深化下去。但由于这篇演说提出的观点众多，致使在后来的争论中产生自话自说，论题涣散的现象。当时，梁启超早就发现这个问题，呼吁双方应将论题更加集中些。[①] 后来，胡适在对这场论战作总结时，也指出了同样的问题。[②]

张君劢的发难，引起了致力于中国新文化革命，高度推崇西方科学精神的胡适的不满，但由于他身体欠佳，就委托好友丁文江出面撰文反驳。丁文江认为，科学精神，尤其是实证精神是科学的本质所在。但科学精神不是静止不变的，它是流动性的一种客观精神。随着新的发现，现象的更新，科学的方法与认识也在改变之中。他否定一成不变的“公例”，认为对“规律”的过度迷信，反而是科学精神的欠缺。他认为，科学家与玄学家的最大区别在于，科学家对未认识的事物采取了存疑的心态，而玄学家却是企图找出一个永恒不变的规律来诠释社会上的一切事物，并把这个规律看作千古不变的定律。他说：

人生观现在没有统一是一件事，永远不能统一又是一件事。除非你能提出事实理由来证明他是永远不能统一的，我们总有求他统一的义务。何况现在无“是非真伪之标准”，安见得就是“无是非真伪”之可求？不求“是非真伪”，又从那里来的“标准”？要求“是非真伪”，除去科学方法，还有什么方法？[③]

应该说，丁文江这一观点也是合理的，因为它包含着辩证思维。但正是“存疑”的这一说法，给玄学派留下余地进行反击。因为既然可存疑的话，则表明科学认识确有它的盲点，其中人生观的问题就是如此。虽然丁文江辩解，人生观现在没有统一是一件事，永远不能统一又是一件事。问题是论战双方均是将矛头指向现在，则寄希望于未来的见解就显得苍白无力。所以，

---

① 梁启超：《关于玄学科学论战“战时国际公法”》，张君劢等：《科学与人生观》，辽宁教育出版社，1998 年，第 111 页。

② 胡适：《序二》，张君劢等：《科学与人生观》，辽宁教育出版社，1998 年，第 12—13 页。

③ 丁文江：《玄学与科学》，张君劢等：《科学与人生观》，辽宁教育出版社，1998 年，第 39 页。

丁文江的观点虽然具有一定的合理性，却没有击中张君劢的要害。而当时科学派这个整体对“科学能否解决人生观”问题，也都采取了迂回侧击的回答方式。

所以，陈独秀说：“只可惜一班攻打君劢、梁启超的人们，表面上好像是得了胜利，其实并未攻破敌人的大本营，不过打散了几个支队，有的还是表面上在那里开战，暗中却已投降了（如范寿康先天的形式说，及任叔永人生观的科学是不可能说）。就是主将丁文江攻击张君劢唯心的见解其实他自己也是以五十步笑百步。”①甚至胡适也批评己方（除了吴稚晖）对玄学派的批评不得要领。由此，胡适提出“科学的人生观”的十条，他认为只要可以找到科学的人生观，那么，所谓“科学为因果律所支配，人生观则被自由意志所决定”的观点，就不攻自破了。②

在论战之中，以陈独秀为代表的唯物史观派的观点则独树一帜。唯物史观派的观点与科学派的观点既有总体的相似性，又存在具体的差异性。唯物史观派也和科学派一样认为，科学是可以解决人生观问题的。但他们特别强调在用科学解决人生观问题过程中，必须注意社会中介的作用，而不是像科学派所主张那样，用科学可以直接解决人生观的问题。例如，科学派阵营中的任叔永就认为：“科学与人生观的关系，不但因物质科学的进步，间接的把人生观改变，直接的科学还可以造出一种人生观来。”③科学派主张，科学可以直接指导人生观的问题。相比之下，唯物史观派的观点似乎更为合理，其中以陈独秀的主张最为显著。陈独秀既批评了玄学派玄谈人生观问题的不足，又指出科学派主张科学万能的欠缺。他说：“唯物史观的哲学并非不重视思想、文化、宗教、道德等心的现象之存在，惟只承认他们都是经济基础上面之建筑物，而非基础本身。”④

显然，陈独秀这一理论源自马克思主义，他肯定了人生观问题存在的合

① 陈独秀：《序一》，张君劢等：《科学与人生观》，辽宁教育出版社，1998年，第1页。
② 参阅胡适：《序二》，张君劢等：《科学与人生观》，辽宁教育出版社，1998年，第13—14页。
③ 任叔永：《人生观的科学或科学的人生观》，张君劢等：《科学与人生观》，辽宁教育出版社，1998年，第118页。
④ 陈独秀：《答适之》，张君劢等：《科学与人生观》，辽宁教育出版社，1998年，第26页。

理性,进而揭示这些现象实际上是属于社会的上层建筑,具有明显社会性,这就避免了玄学派抽象地谈论人生观的尴尬。但另一方面,陈独秀也不赞成科学派关于科学直接作用于人生观的观点。他认为,科学派脱离具体的社会条件来扩张科学的无限作用,把欧洲的文化危机归咎于科学技术对物质欲望的诱发,这显然也是不合理的。因为第一次世界大战给人类巨大伤害,责任不是科学技术,而是不合理的工业资本主义制度发展到一定程度的产物。资本主义国家对世界市场的争夺,必然导致国与国之间的战争。[①] 当然,科学技术充当了杀人的武器,也是不争的事实。所以,对于科学技术的善恶评价应当结合具体的社会制度来谈论。同样是机器,如果掌握在无产阶级手里,应用到社会生产之中,则极大地提高劳动生产力,改善工人阶级的生产境况,从而为人类造福。

通过以上的梳理,我们可以发现,玄学派、科学派与唯物史观派之间的观点存在着较大的差异,在“科学能否解决人生观问题”这个核心命题上,三者给出的回答截然不同。

玄学派主张人生观问题有着不同于自然科学的独特属性,需要以不同的方法才能得到解决。也就是说,科学是理性的,人生观是意志的;科学是客观的,人生观是主观的;科学是分析的,人生观是综合的;科学可以通过实验与逻辑求得,人生观必须通过直觉和体验去形成。因为“科学为因果律所支配,人生观则被自由意志所决定”。

科学派则认为,人生观问题完全可以通过科学的方法得到解答。但在如何解答的问题上,科学派存在“避重就轻”之嫌。丁文江“存疑”的唯心论,显然不能令人满意。胡适十条科学的人生观设想,虽说颇为自得,却经不起细细的推敲。问题的关键在于科学派成员,均将“科学可以解决人生观”的作用机制简单化了,都认为科学的成就可以直接左右人生观问题。

相比之下,以陈独秀等为代表的唯物史观派的主张似乎更为合理。陈独秀既反对玄学派在科学与人生观问题之间截然划界,也反对科学派将科

① 陈独秀:《序一》,张君劢等:《科学与人生观》,辽宁教育出版社,1998 年,第 7 页。

学与人生观之间的联系简单化。他认为，科学与人生观之间的联系需要通过社会的中介——经济基础的作用才有可能。

第三节　科玄论战的影响及意义

科玄论战对中国社会的发展有着重要的影响，它促进了此后中国哲学思潮的分化与重建。在科玄论战之后，中国思想文化界基本上确定了现代新儒学、自由主义与马克思主义思潮的三足鼎立之势。张利民在《科学与人生观》一书“重版引言”中归纳道：“随着论战的展开，形成了以张君劢、梁启超等为代表的‘玄学派’，以丁文江、胡适、吴稚晖为代表的‘科学派’，论战后期，马克思主义者陈独秀、瞿秋白也著文参战，主要支持了科学派反对玄学派，可称之为‘唯物史观派’。通过这场论战，中国现代哲学的三大思潮：现代新儒学、自由主义、马克思主义，初步展示了未来的发展方向。”①这就是科玄论战在中国现代思想史上的重要意义之所在。

现代新儒学的兴起与科玄论战关系紧密。虽然玄学派的立场与主张和现代新儒学不能等同，但是，玄学派的观点所彰显出来的对传统文化的偏爱，确也是不争的事实。玄学派主将们也向西方人文主义大师学习、借鉴，企图以传统的东方文化与近代西方人文主义结合，来拯救时代与社会的弊病。

梁启超就自豪地说道：

> 中国学术以研究人类现世生活之理法为中心，古今思想家皆集中精力于此方面之各种问题。以今语道之，即人生哲学及政治哲学所包含之诸问题也。盖无论何时代何宗派之著述，未尝不归结于此点。坐是之故，吾国人对此方面诸问题之解答，往往有独到之处，为世界之任何部分所莫能逮。吾国人参列世界文化

---

① 张利民：《重版引言》，张君劢等：《科学与人生观》，山东人民出版社，1997 年，第 1 页。

博览会之出品恃此。①

梁启超是玄学派事实上的支持者,就像胡适虽然没有直接参与论战,却被冠以科学派的幕后主将一样。在上一章,本文已对梁启超后期的文化转向作了简单梳理,他在科学与人文二者的价值取向上存在着困惑。作为一个思想先驱者,他完全欢迎科学精神在中国的广泛传播,但理论的超前性可以使他成为时代的先锋,也可以使他成为时代的边缘人物。曾经呼吁"少年中国强"的时代先锋,由于过早地发觉"科学万能"所存在的偏执与危险,从而对科学有所质疑,由此,还引发了胡适对他的转变的感慨。从内在的价值倾向来看,后期的梁启超对传统文化的迷恋,超过了对科学理性的激情。但正是这样的思想倾向,却预示了中国思想界的现代新儒学学派的萌端。

梁漱溟虽然没有具体地参与到科玄论战之中,却也被认为是十足的玄学派。因为他对东方文化(中国文化和印度文化)的推崇与信仰,完全使人生观的问题独立于以科学理性见长的西方文化之外。梁漱溟是公认的现代新儒学先驱,从他的观点可以看出现代新儒学前期的保守一面。

现代新儒学家,如熊十力、冯友兰、贺麟等,一般都很难绕过科学主义的文化语境来谈论现代新儒学的重构问题。他们首先必须厘清科学与人文的区别,并承接张君劢对科学万能的批判话题。当然,在现代新儒学的发展过程中,对科学理性的态度也发生着微妙的变化。早期的现代新儒学家,对科学理性多是秉持着拒斥的态度,这一点与"科玄论战"中玄学派的态度是一致的。但是,到了现代新儒学的第二代传人牟宗三那里,科学理性显然又成了被整合的对象。牟氏认为,"科学亦为儒家的内在目的所要求者,儒家并不反对知识"②。显然,这对玄学派观点有了进一步发展。

科学派对科学精神的推崇,几乎是作为一种新的信仰提出来的,即企图以科学主义取代形而上学,来指导广大青年的人生观问题。但其内在的精神实质则是全盘西化的文化取向。如前文所引,"近代科学是希腊科学传统

① 梁启超:《先秦政治思想史》,天津古籍出版社,2004年,第3页。
② 封祖盛:《当代新儒家》,生活·读书·新知三联书店,1989年,第165页。

的直接继承者,这种继承性体现在近代科学的理性形式和自由精神上”。即近代西方的科学精神是古希腊精神的复兴与发展。而科学在古希腊的文化传统中,亦是一种人文精神的体现,即对自由的追求,实际上它就是一门自由的学问。在古希腊哲人的理解中,自由并不是来自感性的我行我素,而是来自理性的话语规则,科学的最终的追求是一种自由的人文精神。就如吴国盛所言:

希腊——欧洲人的人文理想是“自由”,自由被他们看成是人之所以为人的根本。我们从希腊的哲学和文学戏剧华章中,到处可以见到对“自由”理想的赞颂和追求之情。欧里庇得斯说:“所谓奴隶,就是一个不能发表自己思想观点的人。”自由的人是能够发表“自己”的思想观点的。如何才能发表“自己”的观点呢?希腊哲学家发现,只有理性才能够保证这样的“自由”。亚里士多德说:“我们应该尽一切可能,使自己升华到永生的境界,使自己无愧于我们身上所存在的最优秀的品质而生活。……对于人来说,这就是以理性为根据的生活,因为它才使人成为人。”自由的人是理性的人,而“理性”就体现在“科学”之中。①

从中国思想发展史上看,科学派对后来偏于西化的自由主义派的影响是十分明显的。胡适的全盘西化论,实质上是其科学主义立场的呈示。他力求在中国形成科学理性自由发展的局面,一切学问,包括人生观问题,均可以事实为根据,进行科学论证来说话,即他的名言——“拿出证据来”。这种自由主义既代表着言论的自由、学问的自由及人格的自由等方面,更代表着理性的自由。正像有学者所指出的:“他们的科学方法泛化的主张,使得他们在处理文化的民族性与时代性关系问题时,夸大了文化的时代性,从而导致了全盘西化的立场。”②其原因,则是西方科学理性的传统与自由的人文追求的内在相关性。当然,无论是胡适本人,还是后来自由主义者如殷海光等,其思想深层也有着向传统文化靠拢的倾向。其后继者——自由主义新

① 吴国盛:《科学与人文》,《中国社会科学》2001 年第 4 期,第 4—15 页。
② 洪晓楠:《“科玄论战”对中国文化哲学思潮发展的影响》,《南昌大学学报》2002 年第 3 期,第 12—18 页。

生代美籍华裔学者林毓生，也对“科玄论战”中科学主义思潮进行过批判反思。但是，“科玄论战”中的科学派所开启的自由主义西化思潮，确有不可抹杀的思想史方面的巨大意义。

陈独秀等唯物史观派虽然是在论战的后期才参战，但是他们在回答科学如何解决人生观的问题方面更具说服力，这极大地促进了马克思主义在中国的传播。在“科玄论战”之后的三大社会思潮中，马克思主义的传播与发展是最为迅速的。陈独秀标举的唯物史观，在抨击范寿康的“先天形式”说、丁文江的“存疑的唯心论”及胡适的“二元论”等方面，确实显示出了唯物史观在解释历史及人的观念等方面的优势。

他批评梁启超和范寿康都是“骑墙论”者，因为两者表面不偏不倚，而实际上是在为玄学派寻求地盘。

什么先天的形式，什么良心，什么直觉，什么自由意志，一概都是生活状况不同的各时代各民族之社会的暗示所铸成。①

他也批评丁文江“存疑的唯心论”，非但没有回答科学何以能解决人生观的问题，而且为玄学的合理化找到了空间。陈独秀指出，丁文江“号称存疑的唯心论，这是沿袭了赫胥黎、斯宾塞诸人的谬误；你既承认宇宙间有不可知的部分而存疑，科学家站开，且让玄学家来解疑。此所以张君劢说：‘既已存疑，则研究形而上界之玄学，不应有丑诋之词。’其实我们对于未发现的物质固然可以存疑，而对于超物质而独立存在并且可以支配物质的什么心（心即是物之一种表现），什么神灵与上帝，我们已经无疑可存了。”②

陈独秀也批评胡适的心物二元论实质上也是在为玄学派遗留地盘。他说：

适之果坚持物的原因外，尚有心的原因，——即知识，思想，言论，教育，也可

① 陈独秀：《序一》，张君劢等：《科学与人生观》，辽宁教育出版社，1998 年，第 6 页。
② 陈独秀：《序一》，张君劢等：《科学与人生观》，辽宁教育出版社，1998 年，第 6 页。

以变动社会，也可以解释历史，也可以支配人生观，——像这样明白主张心物二元论，张君劢必然大摇大摆的来向适之拱手道谢！！！[①]

显然，唯物史观派所坚持的物质第一性更为彻底，对玄学派的反击更为合理，在捍卫科学的无上地位方面更为有效。在科学派、玄学派与唯物史观派之间，唯物史观派虽然是后期参战，却有超越两者之势。这让国人亲眼目睹了马克思主义在解释人类社会、指导人生观与世界观等方面的科学有效性，极大地促进了马克思主义在中国的广泛传播。这是科玄论战中唯物史观派所具有的巨大历史意义。

这里，必须指出的是，陈独秀等唯物史观派所接受的马克思主义哲学是片面的、不充分的，更多的是苏联化了的偏重于"物"一方的马克思主义，即是科学主义化了的马克思主义。这对马克思主义在中国的传播也产生了一些消极影响，因为它一度遮蔽了马克思在"人"的维度上的论述，即对人的全面、完整发展与自由解放的诠释。马克思对共产主义这一"历史之谜"的解答是"作为完成了的自然主义，等于人本主义，而作为完成了的人本主义，等于自然主义"[②]，是人本主义与自然主义二者的和谐融合。显然，人文主义的维度在马克思主义哲学中是不可或缺的。后来的马克思主义发展史也显示出了重"物"与重"人"的两条线索。沿着狭义的"唯物"方向发展的俄苏的马克思主义，在其中国化历程中留下深刻印迹。与此同时，西方马克思主义则沿着人本主义的发展线索，从理论与实践上也获得相应的成就。当然，陈独秀、瞿秋白在当时能引用马克思主义基本观点来探讨科学与人生观的问题，是弥足珍贵的。但由于他们难于超越当时科学主义思潮披覆的文化语境，对科学与人文问题难以作更为深刻的探索。

以上，我们对"科玄论战"的发生、内容及意义，做了简要的描述。若从更宽广的视野来看，"科玄论战"的爆发还具有世界性的契机，这已经不是简单的激进与保守的概念所能笼括的，因为它所涉及的话题也是在 19 世纪末

---

① 陈独秀：《答适之》，张君劢等：《科学与人生观》，辽宁教育出版社，1998 年，第 29 页。

② ［德］马克思：《1844 年经济学—哲学手稿》，刘丕坤译，人民出版社，1979 年，第 73 页。

至20世纪初科学与人文对峙的世界性的历史语境中展开的,具有世界性的普遍意义。中国现代思想先驱者及作家们,对科学与人文关系问题的思考,是中国走向现代化进程中所必然面对的理性导向与价值判断问题。

科学理性所建构的物质文明,像人类社会的任何一个阶段一样,需要相配套的价值体系来维持它的正常健康运转,这就决定了科技理性与人文价值的冲突与协调,必将如影随形,永远无法卸脱。现代新儒学、自由主义、马克思主义,由1923年这场“科玄论战”所引生的三大派系作为一个整体,即是中国思想界在这两难境地之困惑中所做的不同选择。所以,“科玄论战”注定了是一场没有最终答案的论辩。但其在思想史方面有着重要意义,它对现代化进程中的中国社会思潮的发展变化,产生了深远的影响。而与社会思潮发展息息相关的文学领域,也无法脱离这一历史语境,一样面临着科技理性与人文价值的冲突与困惑。中国现代作家们在这方面的思考,亦值得我们去做深入的研究。

第四章

科学与人文的互动共容

在中国现代思想史上，鲁迅较早地注意到科学与人文的对峙问题，这在他 1907 年所写的《文化偏至论》一文中就鲜明而集中地表现出来了。对于鲁迅早期思想的研究，除了注目于民族的救亡图强、民智的发蒙启迪这一侧向外，他所处的人文精神与科技理性两相对峙的世界性的历史语境，切不可忽略。鲁迅当时对这一矛盾的价值取向，是科学与人文的互容互动、互不偏倚；最终指向是“立人”。鲁迅思想的超前性，体现在对“人”这一族类整体的生存状况进行思考，在对“唯知识（科学）之崇”及“唯物极端”的警觉和批判。

与鲁迅这一科学与人文两者互动共容的价值取向相类似的还有徐志摩和林语堂。

第一节　早期鲁迅：致人性于全，不使之偏倚

一、历史语境和论题的产生

上一章，我们对 1923 年中国思想界所发生的“科学与人生观”论战（亦称“科玄”论战）作了论析。按郭湛波先生 1936 年所著《近五十年中国思想史》一书，此次论战可列为中国现代思想史上的第三次大论战。当年，“胡适认为这场论战的范围之广，时间之长，参加人数之多，说明这是中国与西方文化接触 30 年来的第一次大论战”①。不管是“第一次”，还是“第三次”，都表明这场论战是中国思想史进程中至关重要的一个阶段。

此次论战，意义重大，因为“通过这场论战，中国现代哲学的三大思潮：现代新儒学、自由主义、马克思主义，初步展示了未来的发展方向”②。此次论战，影响深远，因为直至 20 世纪末，海内外学者仍不间断地就这场论战进行研究；而且，其中一些命题的探索甚至延伸到 21 世纪，像“当代世界哲学

---

① 郭颖颐：《中国现代思想中的唯科学主义》，江苏人民出版社，1989 年，第 112 页。
② 张君劢、丁文江：《科学与人生观》，山东人民出版社，1997 年，第 1 页。

中的科学主义与人本主义的分途也展示出这一点"①。

当年,这场论战在中国思想界掀起了轩然大波,现代中国许多思想领袖及精英人物,像胡适、吴稚晖、丁文江、陈独秀、瞿秋白、梁启超、张君劢、张东荪等,均介入其中,展开交锋。而且论战也波及文学界,除孙伏园、瞿菊农直接置身于论战中之外,闻一多、宗白华、郭沫若、成仿吾、徐志摩、茅盾、郑振铎等的文章中均有所涉及。但令人惊讶的是,作为当时思想界、文学界的领袖之一的鲁迅,对这场论战却保持沉默。其中的原因究竟是什么呢?学界似乎未有人追索。

这样便导致两个问题的产生。一是在对这场"科玄"论战及其前因、余波进行学术研究时,忽略了鲁迅。像论析中国科学主义思潮最重要的著作、美国郭颖颐《中国现代思想中的唯科学主义》一书,就未涉及鲁迅;李泽厚《中国现代思想史论》一书在"二十年代科玄论战"专节中,作为酝酿期重要线索的鲁迅有关文章也未进入其视野。二是由于未能把鲁迅早期思想及有关文章纳入科技理性与人文精神对峙这一宏大的世界性的历史语境中来考察,就有可能产生对其误读与误解的现象。最为明显的是《鲁迅全集》1981年版关于《科学史教篇》、《文化偏至论》等文章的注解,例如:

> 《科学史教篇》则论述了西方科学思潮的演变,指出科学的发展和人类生产事业的相互关系,说明科学在改造自然、推动社会进步和丰富人类生活等方面所起的作用。②

肯定科学的功用,这是对的,但这仅是鲁迅思想的一个向度;在本篇中,鲁迅更深层的思考是在科学与人文之间如何"不使之偏倚",否则"举世惟知识之崇,人生必大归于枯寂,如是既久,则美上之感情漓,明敏之思想失,所谓科学,亦同趣于无有矣"③。即若单向地推崇知识与科学,将使人生枯寂、美感浅薄,科学亦无用矣。该文篇末这一点睛之笔,注解者无论如何也是不该忽

---

① 李泽厚:《中国近代思想史论》,人民出版社,1979年,第53页。
② 《鲁迅全集》第1卷,人民文学出版社,1981年,第18页。
③ 《鲁迅全集》第1卷,人民文学出版社,1981年,第35页。

略的；至于把这一人文主义向度的思考断定为“唯心主义的”，则更是失之偏颇了。

再看另一篇注解：

> 在《文化偏至论》中，作者……“掊物质而张灵明，任个人而排众数”，这种提法，既表现出小资产阶级的急进的民主主义的政治特征，同时也表明，正是在社会存在和社会意识的关系，群众和个人的关系这两个有关社会生活的根本问题上，作者当时没有得到科学的解决。①

这一对鲁迅的批评可谓“深刻”了，既然鲁迅当时连物质与精神关系的根本问题都未得到解决，那么他在中国思想史、文化史上的地位就该大打折扣了。注解者似乎应该冷静一点，最好能回到科学与人文两者相反相生、互动共容这一基点上，回到当时的历史语境中，去进行思考，方能得到鲁迅之真谛。

鲁迅何以不介入“科玄”论战呢？现有解答的最大可能性是：对于鲁迅自身来说，已无此必要，该说的他都说过了。因为关于科学及科学与人文关系的问题，早期的鲁迅发表过一系列论文，比较重要的有：1903 年《中国地质略论》、《说鈤》，1907 年《人之历史》、《科学史教篇》、《文化偏至论》，1908 年《破恶声论》。他对科学与人文关系的总体判断与价值选择，可以用《科学史教篇》的结束部分概述之：

> 故人群所当希冀要求者，不惟奈端（牛顿）已也，亦希诗人如狭斯丕尔（莎士比亚）；不惟波尔，亦希画师如洛菲罗（拉斐尔）；既有康德，亦必有乐人如培得诃芬（贝多芬）；既有达尔文，亦必有文人如嘉来勒。凡此者，皆所以致人性于全，不使之偏倚，因以见今日之文明者也。嗟夫，彼人文史实之所垂示，固如是已！②

① 《鲁迅全集》第 1 卷，人民文学出版社，1981 年，第 18 页。
② 《鲁迅全集》第 1 卷，人民文学出版社，1981 年，第 35 页。

牛顿与莎士比亚比肩，康德与贝多芬并重，即科学与人文“不使之偏倚”，这就是鲁迅的价值取向。作为思想家鲁迅，其才识超前之处就在于当科学万能、科学至上的“科学主义”思潮刚在中国思想文化界萌端之际，即能揭示出它的“偏倚”之处，及其将带来的种种弊端。这说明鲁迅之观物取事，在当时就能力戒“非此即彼”的独断思维方式，而多能从二律背反的双向角度着眼，得出较为客观的结论。不可否认，在这一点上，他超出了后来科学与“玄学”论争的双方。因此，学界一些论者紧紧揪住鲁迅的“掊物质而张灵明，任个人而排众数”这句话不放，把它定为这一时期鲁迅思想的核心，其自身显然已经陷入了“偏倚”的境地。

按笔者考察，鲁迅这组文章有一思想核心，即《科学史教篇》的科学与人文之间应共生互容、互不偏倚；其最终指向是《文化偏至论》的“首在立人，人立而后凡事举”[①]。循此宗旨，综观各篇，鲁迅所展开的论析，具有相当严密的逻辑性。欲立人，鲁迅认为必须从两个方面入手，即《破恶声论》中论及的“内曜”、“心声”。“内曜者，破𪾢暗者也；心声者，离伪诈者也。”[②]“内曜”，即人之内心光亮明彻，通明洞悉；“心声”，即人之心襟坦荡纯正，远离伪诈。前者目的在于“去偏”，如去《文化偏至论》中“物质”、“众数”这两大“偏至”；后者目的在于“离伪”，如离《破恶声论》中“伪士”发出的“国民”说、“世界人”说这两种“恶声”。前者侧重于认知，有认识论的意义；后者侧重于伦理，有价值论的意义。欲达到第一方面的要求，则要“掊物质而张灵明，任个人而排众数”，这里便包含了鲁迅论及的“以科学为宗教”、“尚物质而疾天才”、“形上之求”、“神思”、“神话”、“迷信”、“宗教”等问题；欲达到第二方面的要求，则要“自忏”、“白心”，包含有“伪士当去，迷信可存”、“以众虐独”、“兽性爱国”等问题。而这两个方面的问题均涉及科学与人文的关系，因此只有从这一视角楔入，方可比较准确地把握鲁迅这一时期的思想。

---

① 《鲁迅全集》第 1 卷，人民文学出版社，1981 年，第 57 页。

② 鲁迅：《集外集拾遗补编》，人民文学出版社，1993 年，第 20 页。

二、对科学的推崇与肯定

虽然鲁迅这批文章主要是对西方那种“欲以科学为宗教”、对“中国在昔，尚物质而疾天才”，即对弥漫西方、萌始中国的科学主义思潮有所警觉而作的，但鲁迅决非一个反科学主义者，也和后来的张君劢、张东荪等“玄学派”不同，他对科学是高度推崇和积极肯定的。这从他初期的生活轨迹可以看出，1898 年进江南水师学堂，后转矿路学堂，1902 年入东京弘文学院，1904 年到仙台医专，所学的均不离自然科学，所以鲁迅这一知识背景决定了他不可能成为反科学者，而是一位科学的推崇者。

首先，他高度肯定了科学进步对提升人类物质文明的功用。在《科学史教篇》的开篇，鲁迅写道，当今之世，人们无不为科学之伟大而惊视，“自然之力，既听命于人间，发纵指挥，如使其马，束以器械而用之；交通贸迁，利于前时，虽高山大川，无足沮核”①，这一切多缘于科学之进步。由于科学的进步，人类不断拓展出新的疆域，“发隐地也，善机械也，展学艺而拓贸迁也，非去羁勒而纵人心，不有此也”②。美洲的发现、科技的运用、学问艺术的发展、世界贸易的开拓等，均有赖于科学，因为科学使人心卸脱了羁勒、枷锁。

第二，他敏锐地意识到科学的进步将推进思想界之革命。20 世纪初，居里夫人发现了镭，鲁迅写了《说鉏》一文，予以热烈的赞扬：“有一不可思议之原质，自发光热，煌煌焉出现于世界，辉新世纪之曙光，破旧学者之迷梦。”但作为思想家的鲁迅比他人高出一筹的是，他更深地看到这一科学发现对于人类思想发展所具有的巨大意义：“由是而思想界大革命之风潮，得日益磅礴，未可知也！”③

第三，他力主科学与救国一体，科学衰微则国家孱弱，科学昌盛则国家富强。在鲁迅最早写的学术论文《中国地质略论》中，他谈到窥视、估测一个国家的实力并不难，只要入其境，搜其市，若“无一幅自制之精密地形图，非文明国；无一幅自制之精密地质图（非地文土性等图），非文明国”。那时，有

① 《鲁迅全集》第 1 卷，人民文学出版社，1981 年，第 25 页。
② 《鲁迅全集》第 1 卷，人民文学出版社，1981 年，第 47 页。
③ 鲁迅：《集外集》，人民文学出版社，1995 年，第 12 页。

无由近代科学测绘的精密的地形图、地质图,成了一个国家国势强衰的标志之一。而中国恰恰在测地造图方面落伍了,以至于“盗据其室,持以赠盗,为主人者,漠不加察”,“于是今日山西某炭田夺于英,明日山东各炭田夺于德”,[①]中国之矿产、宝藏被列强瓜分殆尽。鲁迅当时高扬的是科学救国的旗帜,在《科学史教篇》中,他以1792年法国保卫战为例说明之。当时法国遭欧洲联军围困,弹药已尽,此时有科学家从马厩土仓中提炼出硝石,以法化分钟铜,制作武器,以气球载将军探敌阵,科学加爱国,终使法国解围取胜。

第四,他廓清对科学的各种误解,维护了科学的地位。当时,进化论开始传入中国,有“笃故者则病侪人类于猕猴,辄沮遏以全力”,守旧者闻说人源自猴,则全力遏止。鲁迅反驳道:“人类进化之说,实未尝渎灵长也。自卑而高,日进无既,斯益见人类之能,超乎群动,系统何昉,宁足耻乎?”[②]人类自动物之卑下,发展至灵长类的高智能,正是人类超越动物种群之处,有什么可耻呢?他以《动物哲学》一书为例,指出该书:“殆纯以一元论眼光,烛天物之系统,而所凭借,则进化论也。故进化论之成,自破神造论始。”[③]高度评价了进化论在破除神学迷信方面的功绩。在《科学史教篇》中,论及有人“以当时人文所现,合之近今,得其差池,因生不满”,而非议古希腊学术时,鲁迅提出了另一种的批评标准:“若自设为古之一人,返其旧心,不思近世,平意求索,与之批评,则所论始云不妄,略有思理之士,无不然矣。若据此立言,则希腊学术之隆,为至可褒而不可黜。”[④]即要设身处地地回到历史,心平意静地求索,而不以现今与旧时的差距来衡量,方可得到相对公允的评断,这才是科学的批评标准。对古希腊学术之评价,尤应如此。

三、审视科学独特的人文视角

鲁迅推崇、肯定科学不是无前提的,他强调科学与人文必须并行不悖,两者不相偏倚。这一前提的提出,与特定的历史语境有关,当时“以科学为

---

① 鲁迅:《集外集拾遗补编》,人民文学出版社,1993年,第1—14页。
② 《鲁迅全集》第1卷,人民文学出版社,1981年,第8页。
③ 《鲁迅全集》第1卷,人民文学出版社,1981年,第13页。
④ 《鲁迅全集》第1卷,人民文学出版社,1981年,第26页。

宗教"、"科学万能说"，即而后所称的科学主义思潮刚开始在中国思想界萌生，导致了一系列观念上的偏颇。对此，鲁迅从独特的人文视角进行审视，予以纠偏，他的科学观处处闪射着人文精神的光芒。

（一）科学的神圣之光

20世纪初，中国国力衰败、列强凌逼，国人栗然自危，力求变革图强，以科学为先务，兴实业、振军备，则作为举国上下所致力的两大要事。这一科学救国之举，鲁迅自然不会反对，但他敏锐地发现，"然此亦非本柢而特葩叶耳"，即这是一种舍本求末的方法。也就是说，国人的科学观念尚未达到"内曜"，在对待科学的问题上内心尚未光亮明彻，通明洞悉。鲁迅忧虑地写道："著者于此，亦非谓人必以科学为先务，待其结果之成，始振兵兴业也，特信进步有序，曼衍有源，虑举国上下惟枝叶之求而无一二十寻其本，则有源者日长，遂末者仍立拨耳。"①他忧虑的不是国人不重视科学，而是国人不懂得科学之源端，科学之真谛，"惟枝叶之求"而不"寻其本"的国家和民众，在发展一段后将立刻覆灭。

那么，鲁迅所标举的"科学之本"是什么呢？他写道：

> 故科学者，神圣之光，照世界者也，可以遏末流而生感动。时泰，则为人性之光；时危，则由其灵感，生整理者如加尔诺，生强者强于拿破仑之战将云。②

真正的科学，有着神圣的光芒，照耀着世界，它阻遏邪恶末流，孕育美之情感。在这一向度上，科学不仅是"器"，而是上升为"道"，即科学不仅是数理化一类学科、科技原理及具体的操作方法，而是具有"神圣之光"、"人性之光"、"灵感"等人文主义的内涵了。

鲁迅这种科学观渊源于古代希腊，在《科学史教篇》等文章中，他对"希腊罗马科学之盛"是极为赞尝的。科学在古希腊时期，是作为实现希腊人的人文理想，即达到自由的一种学问。当时，希腊人的人文理想是"自由"，自

① 《鲁迅全集》第1卷，人民文学出版社，1981年，第33页。
② 《鲁迅全集》第1卷，人民文学出版社，1981年，第35页。

由被他们看成是人之所以为人的根本。要实现这种自由，只有“理性”才能保证，而理性就体现在“科学”之中。“对古希腊人而言，能够保证人成为人的那些优雅之艺是‘科学’，而对‘自由’的追求是希腊伟大的科学理性传统的真正秘密之所在。”①古希腊科学理性的伟大传统在“科学——理性——自由——人文理想”这一流程中得以呈现，科学与人文血脉相融的渊源正在于此。鲁迅不愧为伟大的思想家，他深得古希腊科学理性传统的奥秘，适时地向国人强调了科学的人文精神、人文理想，纠正了“以器代道”、以工具理性淹没科学中的人文精神的偏误。因此，鲁迅在《科学史教篇》中还向科学家提出这样的人生准则：“故科学者，必常恬淡，常逊让，有理想，有圣觉。”其中，“恬淡、逊让”强调的是生存伦理，“理想、圣觉”则是指科学家在日常的生存与工作中决不能忘却科学的神圣之光。

鲁迅标举的科学的神圣之光，不仅烛照过20世纪初的中国，而且同样光照着今天的思想界。在慨叹工具理性泛滥、人文精神失落的今天，鲁迅上述之语，难道还不能惊醒世人吗？

（二）掊物质而张灵明

科学的繁荣发展，必然带来物质的丰裕盈余。当人们沉溺于物质文明所给予的便利与享受之际，惟物质是从的恶俗便弥散开来。这就是鲁迅在《文化偏至论》中所揭示的19世纪末叶以来的“物质也，众数也，其道偏至”的两大偏至之一，也就是国人“内曜”被遮蔽的又一现状。

对“物质主义”这一偏至，鲁迅以下的批判尤为犀利深刻，即使是今日之哲人都难有此力度：

递夫十九世纪后叶，而其弊果益昭，诸凡事物，无不质化，灵明日以亏蚀，旨趣流于平庸，人惟客观之物质世界是趋，而主观之内面精神，乃舍置不之一省。重其外，放其内，取其质，遗其神，林林众生，物欲来蔽，社会憔悴，进步以停，于是一切诈伪罪恶，蔑弗乘之而萌，使性灵之光，愈益就于黯淡；十九世纪文明一面之

① 吴国盛：《科学与人文》，《中国社会科学》2001年第4期。

通弊，盖如此矣。①

鲁迅揭示，由于19世纪"知识"、"科学"高速发展，单向地助长了"惟物质主义"，其失衡的偏误给人类的生存带来了巨大的恶果："物欲"遮蔽了"灵明"，外"质"取代了内"神"，物质文明的高涨，精神文明的低落，人的旨趣平庸，罪恶滋生，社会憔悴，进步停滞。这是19世纪的社会弊病的根源，但这难道不也是今日生存于21世纪工业化社会中人类的困境吗？因此，若不以科学主义、人文精神等为理论参照系的话，则永远无法领会鲁迅思想的深刻与伟大，以至于荒谬地把它评判为："在社会存在和社会意识的关系……的根本问题上，作者当时没有得到科学的解决。"

当然，我们不能一概否定作为现代现象标志的物质文明的出现，科学技术的发展使人类从中世纪的宗教愚昧和封建等级制度的压抑下解放出来，对文艺复兴时期人文精神的确立，有着巨大的功绩。但在科技理性、工业机械所创造的现代世界里，和谐与平衡被打破了，"物欲"无限度地急剧膨胀，技术思维的单向、片面的狭隘化，人与自然的日渐疏离，意识形态所涵盖的话语权力的渗透与控制，使人类应有的道德神性与生存诗性逐渐沦落、散失。这种趋势引发了思想家、哲学家们的忧虑及对"物化"现象的抗衡，在西方呈现为以卢梭为源端，历经康德，直至当代海德格尔等为代表的"诗化"的或曰广义的浪漫主义的哲学、美学思潮。鲁迅把这一思潮称为"新神思派"，给予高度评价，甚至把它比喻成在当今物欲横流时代，能救赎精神、灵明的"诺亚方舟"。他们"或崇奉主观，或张皇意力，匡纠流俗，厉如电霆，使天下群伦，为闻声而摇荡"。其代表人物，鲁迅列举了黑格尔、席勒、卢梭、叔本华、尼采、沙弗斯伯利、克尔凯郭尔、易卜生等。

"唯物极端，且杀精神生活"，鲁迅是警觉的，他的思考、主张，特别是在由科技而促发的"惟物质主义"和人文精神的分岐命题上，完全和近代、当代世界的哲学思潮合拍。正是在人文精神与科技理性对峙的巨大的世界性的历史语境中，鲁迅才发出了"掊物质而张灵明"的高昂呼声。如若脱离这一

① 鲁迅：《文化偏至论》，见《坟》，人民文学出版社，2006年，第52页。

历史语境，孤立地研究、讨论这句话，只会陷入误读的泥淖。至于把这句话作为鲁迅前期思想的核心，更是一种偏误，因为这句话出自《文化偏至论》，鲁迅是为着批判“物质”、“众数”这两大“偏至”而行文的，批判之笔锋，自然有所侧重，我们不能由此而以偏概全。鲁迅价值选择之“全”，在于《科学史教篇》之末，即如前述：牛顿与莎士比亚比肩，康德与贝多芬并重，这样才能“致人性于全，不使之偏倚，因以见今日之文明者也”。

（三）“张灵明”与“形上之需求”

鲁迅在《科学史教篇》中论及：“盖科学发见，常受超科学之力，易语以释之，亦可曰非科学的理想之感动，古今知名之士，概如是矣。”①他认为，科学与人文之间有一种兼容互动的关系，即使是运用客观实证、逻辑推演等方法而取得的科学发明，往往也不那么纯粹，其间多有“超科学之力”、“非科学的理想”，亦即前述科学家的“圣觉”等的作用。这在许多科学家的自述中可以得到印证，像爱因斯坦就从内心深处认为，科学的基础是理性而不是经验数据，科学本质上是“人类理智的自由发明”。② 这类“圣觉”，实质上就是古希腊科学理性传统的再现，和隐性的人文精神密切相关。

鲁迅在《破恶声论》一文中对此进行了寻根溯源：“夫人在两间，若知识混沌，思虑简陋，斯无论已；倘其不安物质之生活，则自必有形上之需求。”就是说，这种“形上之需求”是人这一族类的必然的心理动机，只要他稍有更进一步的自我意识与思考，只要他不满足于动物状态的纯物质需求，就会产生精神性的追求。鲁迅认为，这不是“迷信”，

此乃向上之民，欲离是有限相对之现世，以趣无限绝对之至上者也。人心必有所冯依，非信无以立，宗教之作不可已矣。③

即人之心灵从“有限”趋向“无限”，从“相对”追索“绝对”，心灵若无此依凭，

① 《鲁迅全集》第1卷，人民文学出版社，1981年，第29页。
② 《爱因斯坦文集》第1卷，商务印书馆，1976年，第314页。
③ 鲁迅：《集外集拾遗补编》，人民文学出版社，1993年，第24页。

则人之“正信”难立。宗教亦可作如是观:“宗教由来,本向上之民所自建,纵对象有多一虚实之别,而足充人心向上之需要则同然。”文学艺术与美学也与此同理:“顾瞻百昌,审谛万物,若无不有灵觉妙义焉,此即诗歌也,即美妙也,今世冥通神閟之士之所归也。”神话更是与此契合:“神话之作,本于古民,睹天物之奇觚,则逞神思而施以人化,想出古异,諔诡可观,虽信之失当,而嘲之则大惑也。”因此,哲学、美学、宗教、神话等,均是人这一族类的“形上之需求”,是人超越其动物性、有限性、相对性的“神思”之产物,是人文精神的具体展现。它不同于从经验出发,以数据实证的科学理性,有其固有的“神思”之特质,但和科学理性却多能相容互动,激发科学上新的发现与发明。

20世纪初的中国,却有一批“伪士”,即伪科学者,依凭从西方贩来的一知半解的科学知识,“哂神话为迷信,斥古教为谫陋”,对国内种种人文现象,妄加指斥。这对于国人之“内曜”来说,又造成一重遮蔽。在《破恶声论》中,鲁迅举例“有借口科学,怀疑中国古然之神龙”,他斥之:此乃“拾外人之余唾”也,“夫龙之为物,本吾古民神思所创造,例以动物学,则自白其愚矣”。这种“伪士”,既愚蠢,又可怜。鲁迅犀利地揭示其内心:“见中国式微,则虽一石一华,亦加轻薄,于是吹索抉剔,以动物学之定理,断神龙为必无。”这些人因国势衰微,则枉自菲薄,见自己国土上的一草一木、一石一花,均轻视之,连月亮也是西方的圆;更荒唐的是,竟以动物学上的定理来决断神话中的龙之有无。鲁迅引证,古之希腊、印度,近之东欧、北欧,其神话、传说,极为丰富,而民众之性亦瑰奇渊雅,甲天下焉;俄罗斯国徽之双头鹰、英国国徽之对立狮子,皆来自神话,均无人非议,惟独对中国的龙加以责难、诋毁,这合理否?“嗟夫,龙为国徽,而加之谤,旧物将不存于世矣!”鲁迅在慨叹之余,怒斥这类“伪士”:“科学为之被,利力实其心,若尔人者,其可与庄语乎,直唾之耳。”[①]科学实际上成了这类令人唾弃者的伪饰而已。

肯定人的形上之求,张扬人的精神向度,这是鲁迅在20世纪初破“恶

① 鲁迅:《集外集拾遗补编》,人民文学出版社,1993年,第27—28页。

声”、纠“偏至”的宗旨之一。其目的在于调整科技理性和人文精神之间的偏误，使两者达到平衡和谐、互动共容，使国人破除“伪士”之蔽，而臻于“内曜”。

（四）“伪士当去，迷信可存”

鲁迅在《破恶声论》中的这句话，在学界引发了多种猜测，至今未有定论。以笔者之见，其“伪士”主要是指伪科学者；“迷信”为反语借用，即指“神思”、“形上之需求”这类精神现象和精神追求。

鲁迅在文章中给“伪士”勾勒出一幅幅画像：“近世人士，稍稍耳新学之语，则亦引以为愧，翻然思变，言非同西方之理弗道，事非合西方之术弗行”，从儒学之非礼勿视、非礼勿动，翻然转为非西学勿说，非西学勿动。这批留学异国者，“近不知中国之情，远复不察欧美之实，以所拾尘芥，罗列人前，谓钩爪锯牙，为国家首事”，不懂国情、不识西学真义，拾人牙慧，妄加附会，把西学的枝微末节，夸大至无以复加的地步，只能是误国误民矣。这些人，貌似科学的崇拜者，“奉科学为圭臬”，以“科学为坚盾以自卫”，实际上并不懂得科学，“特于科学何物，适用何事，进化之状奈何，文明之谊何解，乃独函胡而不与之明言，甚或操利矛以自陷”。言必称科学，奉科学为万事之准则，却连科学为何物，适用于何事等，这些需具体阐释之处，却含糊不清，以利矛刺坚盾之窘态毕露。这些人中，更有心怀叵测者：

> 将借新文明之名，以大遂其私欲者乎？是故今所谓识时之彦，为按其实，则多数常为盲子，宝赤菽以为玄珠，少数为巨奸，垂微饵以冀鲸鲵。①

文明、科学，不过是这批“盲子”、巨奸的外衣、装饰而已，成了他们或满足私欲、或攫取权势的工具。此类“伪士”，理“当”除“去”，这就是鲁迅斩钉截铁的结论。

此类“伪士”，当时借托科学之名，发出两种“恶声”：“国民”说和“世界人”说。“国民”说曰：“破迷信也，崇侵略也，尽义务也”；“世界人”说曰：“同

---

① 《鲁迅全集》第1卷，人民文学出版社，1981年，第46页。

文字也，弃祖国也，尚齐一也”。若不做到前者，“则亡中国”；若不做到后者，“则畔文明”，均“将不足生存于二十世纪”，反对者所获之罪是够吓人的。“伪士”们之所以能如此恫吓世人，就在于他们“所持为坚盾以自卫者，则有科学，有适用之事，有进化，有文明，其言尚矣，若不可以易”。鲁迅斥之道，连科学为何物、进化为何状都不清楚的人，能有资格侈谈这些吗？

去“伪”，亦即鲁迅“立人”宗旨的第二方面——“心声”。何为“心声”？如何达到呢？“心声者，离伪诈者也。”鲁迅以奥古斯丁、托尔斯泰、卢梭为例，盛赞他们，“伟哉其自忏之书，心声之洋溢者也”，他们袒露襟怀、自我忏悔的著作，就是“心声”之经典。鲁迅认为，自我忏悔即如《庄子·天下》篇中的“白心”，有此“白心”，即可

> 荡涤秽恶，俾众清明，容性解之竺生，以起人之内曜，如是而后，人生之意义庶几明，而个性亦不至沉沦于浊水乎。①

庄子之“白心”，指的是表白一种不为世俗所牵累、不为外界而伪饰、不苛求于人，不与人有矛盾的心愿。有此心境，即可荡涤污秽，清除邪恶，心襟坦荡，神志清明。这样，人生的意义明晰，个性亦获得独立，于是天才涌现，国人“内曜”，凡事皆能通明洞悉。

> 内部之生活强，则人生之意义亦愈邃，个人尊严之旨趣亦愈明，二十世纪之新精神，殆将立狂风怒浪之间，恃意力以辟生路者也。②

这就是鲁迅当年所寄予新世纪的理想境界。

四、“吾行太远，子然失其侣”

鲁迅审视科学独特的人文视角，往往被后人所忽视，或者被误读。其因

---

① 鲁迅：《集外集拾遗补编》，人民文学出版社，1993 年，第 24 页。
② 《鲁迅全集》第 1 卷，人民文学出版社，1981 年，第 55—56 页。

出于学界过多地注目于救亡启蒙，以及章太炎思想对鲁迅早期思想的影响，而忽略了鲁迅所处的人文精神与科技理性对峙的宏大的世界性的历史语境。不错，1906 年章太炎出狱到了东京，在革命派欢迎会上提出了“用宗教发起信心，增进国民的道德”、“用国粹激动种姓，增进爱国的热肠”①的论纲，作为弟子的鲁迅确在一定程度上接受这一观念，并在《破恶声论》中有所体现，如对伪科学者的揭露、抨击，对“迷信”（即形上之需求、神思、宗教、神话等）的辨析、肯定。但章太炎思想仅是其渊源之一，对鲁迅思想产生影响的还有托尔斯泰、尼采等。

曹聚仁著《鲁迅评传》引孙伏园在《鲁迅逝世五周年杂感》上的一段话很值得注意：“从前刘半农先生赠给鲁迅先生一幅联语，是‘托尼学说，魏晋文章’，当时的友朋，都认为这副联语很恰当，鲁迅先生自己也不加反对。”“托”指托尔斯泰，“尼”指尼采，两人的学说也深刻地影响了鲁迅早期的思想。孙伏园进一步论析：鲁迅先生特别喜欢尼采的文章，“他的学说的精髓则在鼓励人类的生活、思想、文化日渐向上，不长久停顿在琐屑的、卑鄙的、只注意于物质的生活之中”②。孙伏园之论是较可靠的，因鲁迅在《文化偏至论》等文章中，一再标举尼采。在论析“新神思”派及主观主义者出现的原因时，他写道：“乃实以近世人心，日进于自觉，知物质万能之说，且逸个人之情意，使独创之力，归于槁枯，故不得不以自悟者悟人，冀挽狂澜于方倒耳。如尼怯、伊勃生诸人，皆据其所信，力抗时俗，示主观倾向之极致。”③作为先知先觉者的尼采，他看到了惟物质主义将使世人沉溺于鄙俗的物欲享受之中，导致创造力的萎缩，精神的槁枯，因而强调主观精神，力抗时俗，这正是鲁迅当时价值选择的重要趋向。“物质也，众数也，其道偏至”，他全力遏止、纠正“杀精神生活”之“唯物极端”，源出于此。

或物欲之横流，或精神之光耀，这是人类生存中面临着的最重要的悖论式命题，也是近几个世纪来人文精神与科技理性对峙的巨大的世界性的历

---

① 章太炎：《东京留学生欢迎会演说辞》，《民报》1906 年 7 月第 6 期。

② 曹聚仁：《鲁迅评传》，东方出版中心，1999 年，第 48 页。

③ 《鲁迅全集》第 1 卷，人民文学出版社，1981 年，第 54 页。

史语境的具体表现。鲁迅思想之所以博大精深，正在于他比同时期中国先进知识分子（包括后来“科玄”论战的参与者）更早地悟觉到这一重大命题，更早地进入到这一历史语境。应该看到，鲁迅早期思想有两大层面：一是对中华民族在西方殖民主义强制下，被迫进入现代化进程而丧失民族文化自我个性的焦虑，如《破恶声论》中，对“国民”说、“世界人”说的揭露与批判；一是超越国家、民族，对“人”这一族类整体的生存状况进行思考，如《文化偏至论》中，对“物质”、“众数”之偏至的纠正，以及《科学史教篇》中，对科学与人文两不偏倚、互动共容，使“人性于全”的倡导。后一个层面，标志着鲁迅思想完全跟上了当代世界最新的哲学思潮，进入了作为“人”的族类性的整体视野。如若忽视后者，你就无法看到鲁迅对章太炎的超越，而胶着于“受章太炎那种种谈国粹、讲道德、重宗教、轻物质、反对西方资本主义文明等观念的影响”[①]的论断，也就不可避免地贬低了鲁迅早期的思想。

但后一个层面问题，倒是日本学者注意到了。伊籐虎丸在《鲁迅、创造社与日本文学》一书中有专节“鲁迅文学的现实主义——‘科学主义’与‘文学主义’”，其内涵相当于我们今天论及文学现代性时的“历史现代性”与“审美现代性”的对立统一。伊籐虎丸从日本二战前后的历史语境出发进行考察，“战前的学问，由于思想与人脱离（确乎是缘于缺乏统一的文化观念），因而轻易地成为战争的效忠机器”。科学发明加速了军事竞争，刺激了贪欲与野心，在人文精神被工具理性、机械主义所压抑，日趋萎缩、枯寂之际，战争就不可避免地引爆了，社会个体也就沦为战争的工具与武器。

于是，到了20世纪60年代后半期，出于对这种已达到“高度发展”的学问即科学的现状的不满，爆发出我们所熟悉的、极其文学主义=反科学主义的思潮，即声讨“近代科学”及学问界的普遍现状，呼吁恢复情感的固有地位。[②]

今天，在这一宏大的世界性的历史背景下，反顾鲁迅思想之超前性，不

---

① 李泽厚：《中国近代思想史论》，人民出版社，1979年，第452页。

② ［日］伊藤虎丸：《鲁迅、创造社与日本文学》，北京大学出版社，2005年第2版，第136页。

能不为之惊叹。就日本思想界、文学界这一状况与鲁迅思想对比，伊籐虎丸指出：鲁迅早期对欧洲近代自然科学与19世纪个人主义文艺，“并不是从‘外形’，而是从产生这种外形背后所共通的‘精神’，即从‘人类’（作为将两者融为一体的‘内在本质’）那儿汲取。”[①]即科学与人文，在鲁迅早期的思想里是作为内在的“精神”而共融一体，互动互生。

在当年的中国思想界，鲁迅的确是走得太远，过于超前，以至于他的同辈者大多只是望其项背，即使是今天的后学者，又何曾能完全洞悉其精神全貌？在《文化偏至论》中，他引述了尼采的一句话：“吾行太远，孑然失其侣。”这何尝不是他自己的心声？但“吾未绝大冀于方来”！[②] 在孤独中前行的鲁迅仍充满希望地遥望将来！

第二节　徐志摩：人文的“圣水”洗涤科学的“斑点”

有一件往事人们可能多已淡忘，徐志摩曾翻译、介绍了爱因斯坦的相对论，而且是中国最早的译者之一。这在今天因精细的学科分类而造成的知识片面化的一些人看来，简直是不可思议的事，一位浪漫诗人居然和尖端物理学理论搅到了一块，但这却是史实。

1931年，徐志摩在《猛虎集》序文中这样写道：

在二十四岁以前我对于诗的兴味远不如我对于相对论或民约论的兴味。我父亲送我出洋留学是想要我将来进“金融界”的，我自己最高野心是想做一个中国的Hamilton。[③]

---

① ［日］伊籐虎丸：《鲁迅、创造社与日本文学》，北京大学出版社，2005年第2版，第137页。
② 鲁迅：《集外集拾遗补编》，人民文学出版社，1993年，第20页。
③ 《徐志摩全集》第1卷，广西民族出版社，1991年，第180页。

诗人的“自序”应该相对可信，这说明在正式进入文学创作领域之前的一段时间内，徐志摩对科学、经济学、政治学的兴趣超过文学，并在他以后的思想发展进程中留下印迹。其中，科学与人文的关系尤其引起他的关注，他所做出的价值判断及选择成为其思想的重要构成部分。可惜迄今为止，学界尚未对此做出相应的系统的整理与研究。

一、科学是“近代物质文明的柱子”

徐志摩出生于1896年，其求学、成人阶段正值中国国门初开，西方的科学与民主两大思潮奔涌而入，为国人所瞩目。正如胡适所说的那样，“科学”这个名词在当时几乎达到了无上尊严的地步，谁都不敢轻视或反对。1913年，还在杭州一中就读的徐志摩在其习作《论小说与社会之关系》一文中，这样评述科学小说、社会小说：“科学小说，发明新奇，足长科学知识；社会小说，则切举社会之陋习积弊，陈其利害，或破除迷信，解释真理，强人民之自治性质，与社会之改革观念，厥功最伟。”[①]虽然对科学小说的评定不如社会小说那么充分，但他把科学小说与社会小说、警世小说、探险航海小说、滑稽小说等并列而论，认为皆是有益小说，有着裨益社会的功用，宜竭力提倡之。志摩对科学小说的肯定，估计是受到《新世界小说社报》推崇小说的系列论文的影响，例如其中一篇《论科学之发达可以辟旧小说之荒谬思想》写道：“（科学）以真理诘幻状，以实验捣虚情，虽举国若狂，万人同梦，而迎刃而解，涣然冰消。是科学不发达则已，科学而发达，而一切无根据之思想，有不如风扫箨、如汤沃雪者哉？”[②]指出旧小说、传说中的如哪吒太子之踏风火轮、《水浒传》中戴宗之神行法等，在现今科学所发明的气球、铁路跟前已消解了虚幻的性质。科学小说就像徐志摩所肯定的那样，使幻想成为现实，使民众增长新的知识，理解新的世界。

1920年，徐志摩路过巴黎，张君劢送他一本爱因斯坦自著的《相对主义浅说》，让他研究一下科学界的最新成果。回到英国，他请教了许多人，包括

① 《徐志摩全集》第4卷，广西民族出版社，1991年，第9页。
② 郭绍虞等编：《中国近代文论选》，人民文学出版社，1981年，第271页。

理工科的留学生在内，居然没人说得出来。因此，他就发狠苦读，钻研揣摩，“连吃奶的力气都使出来”，写下《安斯坦相对主义》这篇通俗性的科学论文，发表于国内《改造》杂志。徐志摩解说“相对论”究竟到位没有，我们暂且不论，但在文中不少地方透露出他对科学推崇的态度。

首先，他高度肯定科学在人类历史发展中，特别是创造物质文明方面的功用：“科学的发明，本来是铢积寸累，等到一成立，就好比将宇宙的奇谜，猜破了一点儿，这一点儿究竟的价值不管，就论他帮助物质文明方面，已经是‘人力用天’的一个证据。”像牛顿的万有引力定律，

成了近代物质文明的柱子，试问那一件工程，不应用奈端（牛顿）的物理？①

其次，他对民众予以启蒙，指出掌握科学规律的必要性：“人的五官的能力是极有限的，就是用机器来帮助，也不能直接观察自然界内部的现象。科学的方法就是补这个缺憾，用简直的办法，找出许多不可思议的奥妙出来。安斯坦的相对论说也是如此。”因此，“我们只要跟着科学走，总错不到那里去”。②

再次，针对国内重政治、轻科学的思想动向，他还提出了批评：

蓝宁（列宁）自然比福禄益德（佛洛依德）来得有趣。马克思自然比安斯坦来得有味，阶级战争论自然比新心理学来得神气，“苏维埃”政府自然比“相对学说”来得俏皮。不过那些表面似乎乏味的东西，倒像陈酒橄榄一样，越吃滋味越厚。③

他把政治与科学作为对立的双方加以比较、权衡，其对科学的肯定，对政治的疏离，在1921年就表现得十分鲜明。

---

① 《徐志摩全集》第4卷，广西民族出版社，1991年，第31、32页。
② 《徐志摩全集》第4卷，广西民族出版社，1991年，第35、46页。
③ 《徐志摩全集》第4卷，广西民族出版社，1991年，第31—32页。

此时徐志摩对科学的肯定态度，甚至可以用上“迷恋”一词。在《印度洋上的秋思》这篇散文中，他居然以原子结构为喻，来给“愁”字做文字学的分析，而且充满了浪漫的文采与诗意的魅力：

“愁”字更是文字史上有数的杰作：有石开湖晕、风扫松针的妙处，这一群点画的配置，简直经过柯罗的画篆、米佗朗基罗的雕圭、Chopin 的神感；像——用一个科学的比喻——原子的结构，将旋转宇宙的大力收缩成一个无形无踪的电核；这十三笔造成的象征，似乎是宇宙和人生悲惨的现象和经验，吁喟和涕泪，所凝成最纯粹精密的结晶，满充了催迷的秘力。①

这大概可算是文字学史上独步千古的一家之说吧，也是人文与科学融合的典范的喻象，而他过人的才气也由此可见一斑。

因此，1922 年之前的徐志摩，其对待科学的态度基本上是随着历史潮流，持以肯定性的价值判断：科学可以启发民智，可以促进物质文明、增强国力，更重要的是可以扩大人们的视野，以把握世界万物，乃至宇宙空间。

二、机械主义、科学主义奴缚心灵的自由

但从 1922 年后期开始，徐志摩对科学就不是单纯的肯定与推崇了，他加入“人文”的维度，并开始使用“科学主义”这一带有贬义意味的概念，形成了立体的辩证的对科学观察的视野。

1923 年初，徐志摩翻译、发表了罗素《教育里的自由——反抗机械主义》一文，在译者序中，他写道：

罗素所主张的简单一句话，是心灵的自由，他所最恨最厌恶的是思想之奴缚。他所以无条件的反对机械主义，反对科学主义之流弊。②

---

① 《徐志摩全集》第 4 卷，广西民族出版社，1991 年，第 71 页。
② 《徐志摩全集》第 3 卷，广西民族出版社，1991 年，第 321 页。

这里,“科学主义”一词概念的出现,应引起中国现代思想史研究者的重视。按笔者所接触的史料,就像徐志摩是爱因斯坦相对论最早译者一样,他也是最早使用“科学主义”一词的论者。

罗素是徐志摩毕生所崇奉、所追随的大思想家,他在美国留学时,就深深地为罗素的学识见解和人格力量所折服,以至于“摆脱了哥伦比亚大学博士衔的引诱”,于1920年9月离开美国,横渡大西洋到英国欲师从罗素,欲“跟这位二十世纪的福禄泰尔认真念一点书去”。但因罗素远去中国讲学,他们直至1921年10月方才见面。罗素对徐志摩影响极大,可称之为他一生的精神导师。因此,徐志摩为罗素《教育里的自由》所写下的译者序决非泛泛之语,而是他穷研细读之后的会心所得。

他先是准确地抉出罗素思想的精要,即“机械主义”、“科学主义”和“心灵的自由”之间的对立矛盾。19世纪、20世纪初,由于科学的飞速进展,促成了工业机械的广泛运用,从而创造了繁荣的物质文明。由此,引发了人们对机械、对工业文明的崇拜,即形成罗素所批判的“机械主义”,也就是我们今天所说的“物化”、“机械理性”等。至于“科学主义”则是在此基点上所形成的一种观念形态,它关注的是科学的“精神”,而非技术操作方法,它把科学泛化、上升为一种形而上的,可以渗人包括人文社会科学在内的所有学科的价值信念与原则导向。

在人类社会的发展进程中,若过分地推崇科学主义、机械主义,如“科学万能”的口号的提出,势必压抑、减缩人文精神的领地,即罗素所说的奴缚了“心灵的自由”,亦如徐志摩所做的形象描述:“机器的磔格隆通就会代替人道的音乐,机器的镀垩就会淹没人道的光明,机器的硬酷就会代替人道的温柔,机器恶劣的产物就会代替思想、艺术与生命的欢乐。是的,机器是人道的仇敌。”对于人道主义,对于人的意志、情感,对于艺术与生命来说,僵滞的机械主义永远是与其对立的异质的力量。而且这种机械主义、科学主义还有更为恐怖的一面:

科学的进步又在层出不穷的创制杀人的利器,一面又因工业主义的结果,将原来活泼的人道的社会，制成蠢的盲的丑的毒的一座怪物似的机器。①

第一次世界大战中那尸横野地、血流成河的惨剧，不就和科学所制造出来的更为精良的杀人武器有关吗？不就和科学所激化的贪婪的物欲而转化为战争的掠夺有着内在的关联吗？

那么，造成科学主义、机械主义盛行的原因何在呢？罗素把它归咎于"教育目的之错误"，徐志摩对这一错误扼要地加以归纳："教育所应造成的是好的人，不是盲塞了性灵易于驱使的国民；是发展人类天性中利于人道的本能，不是利用人类的弱点——恨，忌，疑，忍，夺——致使同类相残，结果同归于尽。教育所应教的是各个人对于全体人类的义务，不是对一政府一社会的盲从；所应看重的是由心灵自由里发出的个性，不是机械的印模所制成的货品。"②这段文字相当重要，几乎是徐志摩而后的思想意识，乃至政治观念的写照。他一生所强调的心灵的自由、个性的独立、人道的精神、人类的义务，及对阶段性的政治、个别性的政府的超越与独立等，都在此呈露。因而在某种前提下，甚至可以说徐志摩的观念意识主要是由罗素思想所铸造的。

科学主义与人文精神的对峙，是贯穿19世纪末、20世纪，直至21世纪的世界性的宏大的哲学命题。罗素、徐志摩称之为"机械主义"，鲁迅则称之为"物质主义"。在1907年所写《文化偏至论》一文中，鲁迅把这种"物质主义"列为人类精神文化的两种"偏至"之一，揭示了"物质主义"的恶果："物欲"遮蔽了"灵明"，外"质"取代了内"神"，物质文明的高涨，精神文明的低落，人的旨趣平庸，罪恶滋生，社会憔悴，进步停滞。由此，可以看出，精神与物质、人文与科技的矛盾对峙是20世纪初的中国思想界所关注的核心命题。只是鲁迅在1927年后转换为马克思主义的阶级论视点，而徐志摩则一如既往，笃定地对物质主义、科学主义持批判的态度。

这一批判从以下几个方面具体展开：

---

① 《徐志摩全集》第3卷，广西民族出版社，1991年，第322页。
② 《徐志摩全集》第3卷，广西民族出版社，1991年，第321页。

其一，机械主义是理想社会、合理人生的障碍。

1923 年底，徐志摩发表了《罗素又来说话了》一文，文中他称罗素的思想言论如同闪电霹雳般击向、震撼着资本主义那一耸入云际的高楼。因为罗素揭露了资本主义的本质："工业主义的一个大目标是'成功'（Success），本质是竞争，竞争所要求的是'捷效'（Efficiency）。成功、竞争、捷效所合成的心理或人生观，便是造成工业主义日趋自杀的现象，使人道日趋机械化的原因。"这种残酷的生存竞争必然引发唯利是图、尔虞我诈的负面的人生观念，它使人性堕落，人格沦丧，人所应有的意志自由、性灵自由，即人文精神，或曰人的"诗性"、"神性"，就渐渐地沦落，慢慢地被扼杀了。"这就是说，现代的社会趋向于侵蚀，终于完全剥夺合理的人生应有的余闲，这是极大的危险与悲惨。"

徐志摩以当时英国社会为例，像中产阶级之顽、愚、嫉妒、偏执、迷信，劳工阶级之残忍、愚暗、酗酒的习惯，等等，都是生活的状态失去了自然的和谐的结果。因此，他对资本主义的工业文明始终持否定、批判的态度："我们只要想起英国的孟骞斯德、利物浦，美国的芝加哥、毕次保格、纽约，中国的上海、天津，就知道工业主义只孕育丑恶、庸俗、龌龊、罪恶、喧嚣、高烟囱与大腹贾。"在文章的最后，他归结道："归根的说，现有的工业主义、机械主义、竞争制度，与这些现象所造成的迷信心理与习惯，都是我们理想社会的仇敌，合理的人生的障碍。"①

其二，艺术不是科学。

科学主义思潮最集中的表现是它的"科学万能说"，科学神圣化了，泛化了，它具有无边的功能，甚至成为一种价值信念，一种原则导向，渗入到所有学科中去，包括文学艺术的创造也要受它的引导。例如，转向自然主义创作原则的茅盾，就肯定科学精神与写实主义文学之间的必然逻辑联系："近代西洋的文学是写实的，就因为近代的时代精神是科学的。科学的精神重在求真，故文艺亦以求真为唯一目的。科学家的态度重客观的观察，故文学也

---

① 《徐志摩全集》第 4 卷，广西民族出版社，1991 年，第 194—198 页。

重客观的描写。”①即科学精神决定了写实主义文学在近代的主流地位。

徐志摩不赞同这种看法，他在《哈代的悲观》中指出：

> 艺术不是科学，精采不在他的结论，或是证明什么；艺术不是逻辑。在艺术里，题材也许有限，但运用的方法各各的不同；不论表现方法是什么，不问“主义”是什么，艺术作品成功的秘密就在能够满足他那特定形式本体所要求满足的条件，产生一个整个的完全的独一的审美印象。②

这里，也就显出信奉浪漫主义与信奉写实主义的作家在艺术观念上的不同。

茅盾倾向于“为人生”而艺术，感时忧国的精神使他深切地关注自身生存的真实环境。写实主义、自然主义重在客观观察，重在精确表现人生，和科学所讲求的精确观察、事实实证、冷静解剖、客观叙述，在精神和方法上的追求是一致的。因此，从写实主义文学的创作原则来看，茅盾对科学的肯定有其合理性。但若从艺术本体的视角出发，徐志摩的艺术观念则带有根本性的意义，艺术与哲学、伦理学、社会学的不同之处，就在于它的“特定形式本体”，并在鉴赏者的心境中产生“独一的审美印象”。艺术不需要像哲学那样进行科学式的逻辑推导，也不需要像社会学那样做出科学式的明确结论，它重在“形式构型”、重在“审美印象”，它以形式意象唤起的美感为中介，间接达到其人生功用目的，即如康德所说的“无目的的合目的性”。徐志摩对艺术有别于科学及他种人文学科特质的两项概括颇为精到。

艺术不同于科学，徐志摩在散文《鬼话》中还以“月”为例，通过月亮的审美意象和月亮的科学形象的两相对照，明显地给出了美、丑的判断，其文笔明丽精美让人不能不多加征引。月之美，“在其慨锡慈辉，慰旅人之倦，慰夜莺之寂，慰倚阑啜泣之少女，慰石间独秀之野花，时或轻披帘幕，俯吻眠熟之婴孩，河边沉思之诗人，时或仰天默祷明辉照泪，粲若露珠，天真纯洁之孩童，见天上疾驶之圆艇而啼求焉，而展腴白之小手，以搂清光于怀，以示爱

---

① 《茅盾全集》第18卷，人民文学出版社，1989年，第271页。

② 《徐志摩全集》第4卷，广西民族出版社，1991年，第604页。

焉;此月之秘,此月之美,此月之人道,月之慈悲之效也。”这是人文视野之中,诗与情之中的月。但若从科学的角度出发,一切全都变形了,徐志摩仍以他善于勾勒描摹之笔写道:

然汝喜科学,问言天文者月何似,使即量镜而望月则向之婆娑者今圻侈为谷骸为岩髅,向之灵动者今僵寂如石沟如败椽,向妩媚流盼如少女,今皱颓丑首如老妇,予我慰使我爱者,今骇我视惑我思,向之神秘向之美,今变为科学之事实,幻象消而美秘俱逝。以此视焚琴煮鹤,其煞风景为何似?①

清光流溢之一轮皓月变成了谷骸岩髅,变成了颓丑老妇,这是达到科学的真实,但美的幻象消逝了,诗意的神秘消逝了。从人文的视野观照,纯粹的科学真实势必大煞风景,极不可取。

其三,感情不是知识。

艺术与科学之分属于学科上的分类,对于把握世界的人来说,则是心理因素上的区分。按徐志摩的话,感情不是知识。他的一生,他的意识观念中,极为重视感情这一心理要素,这在《落叶》一文有着淋漓酣畅的表达。他说,他是一个信仰感情的人,天生的感情性的人。他认为:“感情,真的感情,是难得的,是名贵的,是应当共有的;我们不应该拒绝感情,或是压迫感情,那是犯罪的行为,与压住泉眼不让上冲,或是掐住小孩不让喘气一样的犯罪。”人,作为一种族类性存在,他有认知世界的理智,有判断行为的道德,更有生存感应的情感。此三者虽然相互渗透,但决不能等同。因为,

感情是力量,不是知识。人的心是力量的府库,不是他的逻辑。有真感情的表现,不论是诗是文是音乐是雕刻或是画,好比是一块石子掷在平面的湖心里,你站着就看得见他引起的变化。②

① 《徐志摩全集》第4卷,广西民族出版社,1991年,第183页。
② 《徐志摩全集》第3卷,广西民族出版社,1991年,第7—8页。

徐志摩强调艺术中的感情力量，指出感情不是僵滞刻板的“知识”，不是可供推导的“逻辑”，它是一种人对自身的生存状况喜悦或厌恶的感应。它引发作家的创作冲动，决定了作品的倾向、基调、气势和规模，是艺术创造的动力，构成“艺术创造动力学原则”。艺术作品中情感的有无，是艺术生命之所在。徐志摩反向述之：没有情感的知识与理论，是没有生命的，就像石块扔在沙漠里，仅发出一点干枯的声响，此外只是一大片死一般的沉寂。

对于无生命的知识与理论，徐志摩以德国的玄学与文艺批评为例来说明之：

想着德国的批评家，我就联想起中西大药房一类的药铺子，铺子里架上排列着整齐的药瓶，药瓶上贴着整齐的签条，签条上写着整齐的药名……他们不把一个作者生生的装进一个瓶子塞上软木贴上题签放上分类架上至万寿无疆的永远安着才算完事，他们的良心，就不得安顿，晚上就不得安眠。①

徐志摩认为，科学认知是一种理性活动，它要求精确地把握对象，所以科学需要分门别类，研究中有一定的逻辑规范，但文艺作品是人类的情思外化，人类的灵性活动，是各种心理因素的互渗共容，表现为复杂混沌的状态，是不能勉强用某某主义去标类的。

其四，人文精神具有崇高的价值。

1918 年秋，梁巨川先生投入北京净业湖自尽，此举震动了社会各界，当时陈独秀、陶孟和等均撰文悼念，并对此自杀事件发表了自己的看法。7 年后，梁先生的遗书由其哲嗣焕鼐、漱溟编印出版，徐志摩读后，深有感慨，于是写下了《论自杀》一文。他认为巨川先生的自杀决不是单纯的“殉清”尽忠，而是尽忠于世道，也就是说，他是“再也看不过革命以来实行的，也最流行的不要脸主义；他活着没法子帮忙，所以决意牺牲自己的性命，给这时代一个警告，一个抗议”。即以生命来抗衡这一堕落衰败的社会世态，来唤醒沉沦蒙昧的人心。由此引发，徐志摩延伸至一个民族的“国民性”的问题，他

---

① 《徐志摩全集》第 4 卷，广西民族出版社，1991 年，第 331 页。

激动地说："在一个最无耻的时代里往往诞生出一两个最知耻的个人，例如宋末有文天祥，明末有黄梨洲一流人。"这一批以生命铸造精神的先驱者，"取得了一种永久的象征意义"，因为"他们是为他们民族争人格，争'人之所以为人'……在他们性灵的不朽里呼吸着民族更大的性灵"①。由此，我们可以看到徐志摩对社会事件的价值判断，决不仅仅停留于庸常的生活事态中，也不仅仅停留在某个阶段性的政治形态中，如"殉清尽忠"等，他更多的是上升到民族性、国民性，甚至是人这一"族类特性"（"人之所以为人"）的高度上来进行考察。而这，则趋向于人的形上的精神，趋向于人的精神终极，难于用通常的准则来判断之。

徐志摩归结道：

这种精神性的行为，它的起源与所能发生的效果，决不是我们常识所能测量，更不是什么社会的或是科学的评价标准所能批判的。在我们一班信仰（你可以说迷信）精神生命的痴人，在我们还有寸土可守的日子，决不能让实利主义的重量完全压倒人的性灵的表现，更不能容忍某时代迷信（在中世是宗教，现代是科学）的黑影完全淹没了宇宙间不变的价值。②

问题的终点又回归到科技与人文对峙的范畴。

科学主义、科技理性所引发的机械主义、工业主义，它带来的是唯利是图、尔虞我诈的实利主义、物质主义，它使整个中国社会堕落为鲁迅在《文化偏至论》中所揭示的那样：事物质化，灵明亏蚀，旨趣平庸，性灵黯淡，物欲来蔽，社会憔悴，诈伪罪恶，乘之而萌。要拯救这废弛衰败、疮痍满目的社会，人们要从对机械主义、科学主义的迷信中解脱出来，要倡导人格意志的操守，建立人文精神的信仰，从而促成人文精神的回归与升华，因为人文精神是一种崇高的"宇宙间不变的价值"。

有这种人文精神的人，往往是一个理想主义者，在散文《迎上前去》中，

---

① 《徐志摩全集》第3卷，广西民族出版社，1991年，第69—70页。
② 《徐志摩全集》第3卷，广西民族出版社，1991年，第72页。

徐志摩袒露心怀：

我相信真的理想主义者是受得住眼看他往常保持着的理想煨成灰，碎成断片，烂成泥，在这灰这断片这泥的底里，他再来发现他更伟大更光明的理想。我就是这样的一个。①

有人文精神作为思想的支柱，任何艰难挫折都征服不了他的意志，他的理想。形似浪漫不拘、风流倜傥的徐志摩，在内质上却是一个坚韧、真挚的理想主义者，这也正是到今天他的论著仍具有价值的原因所在。正如穆木天在《徐志摩论》所指出的：

诗人徐志摩所要求的，是反抗现代的堕落与物质主义的革命运动，是心灵解放的革命。②

他点到了徐志摩的思想内核。这就是徐志摩在 1925 年前后的精神趋势与价值取向。

三、用人文的“圣水”洗涤科学的“斑点”

但徐志摩并非一味地、笼统地反对科学，在《罗素又来说话了》一文中，他把科学分为“纯粹的科学”与“科学的运用”两种：“科学有两种意义，我们应得认明：一是纯粹的科学，例如自然现象的研究，这是人类凭着智力与耐心积累所得的，罗素所谓‘The most god-like that men can do’；一是科学的应用，这才是工业文明的主因。”只有对科学进行具体的、深一层次的类别划分，才能对其做出客观的、公允的价值判断。

徐志摩进而分析道，科学的运用，才是工业文明的主因。由它引发、促成了工业主义、机械主义。而另一种“纯粹的科学”，

---

① 《徐志摩全集》第 3 卷，广西民族出版社，1991 年，第 201 页。

② 穆木天：《徐志摩论》，《文学》1934 年 7 月 1 日第 3 卷第 1 期。

真纯的科学家，只有纯粹的知识是他的对象，他绝对不是功利主义的，绝对不向他寻求与人生有何实际的关系。孟代尔（Mendel）当初在他清静的寺院培养他的豆苗，何尝想到今日农畜资本家的利用他的发明？法蓝岱（Faraday）与麦克士惠尔（Maxwell）亦何尝想到现代的电气事业？①

也就是说，纯粹的科学研究是完完全全的求“真”过程，它的目的是探索自然物的内部奥秘，揭示其构成及运动的规律。在这一进程中，它不会去考虑“善”的价值意义，不沾染任何功利意欲，有着一种形而上的纯净的意味。这种超然与纯粹，才是真正的科学大师的精神品格与生存方式。

但是，人类的私欲与贪婪，今日盛行的功利主义、物质主义，却使科学大师们的探索变异了。他们竭尽一生的精力，开拓了人类知识的疆土，末了却“似乎变了人类的罪人”。徐志摩列举出“科学的运用”给人类社会所带来的弊端与灾难：“（一）倍增了货物的产品，促成资本主义之集中；（二）制造杀人的利器，奖励同类自残的劣性；（三）设备机械性的娱乐，却掩没了美术的本能。”②科学技术制造了商品，促成了资本主义这一异化的社会；科学技术制造了武器，引发人类自相残杀；科学技术的片面发展，扼杀了人的审美本能。这是徐志摩所揭示的科学在运用中的三大罪责，概括得相当准确与简要。因此，反抗机械主义、科学主义并不等于反对“科学本体”，至于那种把科学等同于实际的工商业，则更是一种误解。

徐志摩对科学的“二分法”，不仅源自罗素，而且也受启于泰戈尔。1924年，泰戈尔访问日本，在西京帝国大学作了《科学的位置》的讲演，此讲演曾由徐志摩翻译成中文，刊载于《东方杂志》。泰戈尔说：

科学是一个伟大的事业。人间有了科学比如骤得了一部灿烂的财富，但不幸他福利人间的功效不曾实现，那魔鬼已经伸手劫夺了去。他那舞弄科学的成

① 《徐志摩全集》第4卷，广西民族出版社，1991年，第196页。

② 《徐志摩全集》第4卷，广西民族出版社，1991年，第196页。

绩都在我们的眼前，各式杀人的武器，毒药与毒气与毒光，帮助侵略与剥削的种种机械与机器。为是曾经与恶的鬼灵相交接；科学的颜面也不期的变成了乖戾，他的姿态也沾染了魔性。我们应得赶快合力去求这部分伟大的真理，从人类的恶性的误用里去拯救这部分光荣的真理。①

泰戈尔也是一分为二地看待科学，一方面，科学是伟大的真理，伟大的事业，它造福于人类，给人类以丰富的物质文明；另一方面，科学却被魔鬼劫夺而去，加以运用，制造出杀人的武器和毒气等。正如一盏灯，它可以驱散黑暗，但也可以用以盗窃。因此，不能因为人类的贪欲、杀欲而亵渎了科学，而应当重视科学给予我们的神圣的灵感。

要解决科学自身的这一悖论，改善人类社会的状况，关键在于有否人文精神的引导。徐志摩认为：

合理的人生，应有几种原素——自然的幸福，友谊的情感，爱美与创作的奖励，纯粹知识——科学的寻求——都是与机械式的社会状况根本不能并存的。除非转变机械主义的倾向，人生很难有希望。②

在他的心目中，合理的、完美的人生，于真、善、美三者，缺一不可。就像我们今天所说的那样，科学这把双刃剑要握在“人文精神”的手里，以善与美作为导向，才能消解其悖逆的内在矛盾，才能调整好人生的存在状态。

人文与科学的对峙与统一，这是人类发展进程中无法回避的一个命题。徐志摩认为，西方在人文精神的探索与建构上有其深厚的传统。他曾粗线条地勾勒出西方人文精神演进的三段过程。第一，希腊文化时期。他认为：“希腊文化最伟大的成就不在政治，更不在科学和玄学，而在于发现了人体的尊严和美。”在古希腊，美就像天才或高贵的地位一样，成为一种荣誉。美妙的人体结构，清秀的面部轮廓，与美丽的自然风光合为一体。而完美健全

① 《徐志摩全集》第3卷，广西民族出版社，1991年，第396页。
② 《徐志摩全集》第4卷，广西民族出版社，1991年，第197页。

的智力，使最终的善成为可能，并以美的形式最终表现出来。他们把美奉献给生活，把不同的灵魂完美地融合在一起，艺术与人生成为统一体。第二，文艺复兴时期。徐志摩写道："十五世纪意大利文艺复兴带给我们的礼物就是人的精神的发现和体现。"因为它使"长期受压迫、遭抑制的人们，恢复了独立与尊严，恢复了对理智和想象的事物的爱，恢复了更自由美好地构想生活的渴望，使人们感觉自身"。第三，十八、十九世纪。这一时期由于"太过于自信的理性主义和源于十八世纪盛行于十九世纪的唯物主义，都有趣地转了向，最后在自相矛盾的灾难中收场，只留下几个伪科学家狂怒地死抱着实验的工具不放。"①即科学主义与工具理性的泛起。

但与此同时，西方还有另一道脉流在涌动，即从卢梭到哈代的浪漫主义思潮或诗化哲学观念。徐志摩论析道：

> 从《忏悔录》到法国革命，从法国革命到浪漫运动，从浪漫运动到尼采（与道施滔奄夫斯基），从尼采到哈代——在这一百七十年间我们看到人类冲动性的情感，脱离了理性的挟制，火焰似的迸窜着，在这光炎里激射出种种的运动与主义，同时在灰烬的底里孕育着"现代意识"。②

科学主义与人文精神的交织、冲突，这是"现代性"的重要特质之一，从卢梭开始的对人类现代化进程负值效应的质疑，甚至还延伸到了21世纪的今天。

卢梭—法国大革命—欧洲浪漫主义思潮—尼采—哈代，由哲学的浪漫主义、文学的浪漫主义、政治学的浪漫主义纠合一体的思潮，在徐志摩的笔下呈现出一脉相承的逻辑演进形态。可以看出，徐志摩有着广博的学识修养和深刻的哲学意识，虽然他的理论见解多半是散见于抒情性的散文等非理论性的文体中，但并不削弱其理论的深度与广度。在这点上，学界似乎要调整一下已往偏重其诗歌作品分析，而忽略对其哲学意识探索的偏向。否

---

① 《徐志摩全集》第4卷，广西民族出版社，1991年，第85—87页。

② 《徐志摩全集》第4卷，广西民族出版社，1991年，第592页。

则，就无法解释他的作品何以在今天仍具有艺术魅力与思想力度。

以西方浪漫主义思潮作为参照系统，徐志摩深切地感受到中国当时人文精神的巨大欠缺。1922 年秋末，他在清华文学社所作的《艺术与人生》讲演中沉痛地说："我们今天习惯于把实利主义的西方看成没有心脏的文明，那另一方面，我们自己的文明则是没有灵魂的，或根本没有意识到其灵魂的存在。"一个民族"没有灵魂"，或意识不到自己灵魂的存在，这是何等可悲的事，它也就根本谈不上人文精神的建构。当时的中国在徐志摩的眼中，"是一个体质羸弱、理智残废、道德怯懦、精神贫瘠的堂皇国家"，人们体验不到音乐的激情、理智的亢奋、崇高的爱的悲欢，甚或宗教、美学上的极乐瞬间，更谈不上理想主义的追求，人的精神已经死亡，成了一具没有灵魂的躯壳。具体地说来，在艺术领域，20 世纪初中国的音乐已退化到粗俗的京胡和琵琶手里，只能为戏院子造点气氛；绘画充满了难以忍受的匠气，假冒的模仿、欺骗，没有半点独到之处和创造力；戏剧中没有悲剧，缺乏对一个民族精神危机的艺术再现；诗歌界尚未有真正的诗人出现，新诗迄今为止的尝试实在不尽如人意。在意识观念上，

> 中国人不承认灵魂，否认知觉，在原生力下活动着的独特意志，部分通过抑制，部分通过升华，被引入到"安全"、实效的途径。中国人成为这样一种生物，没有宗教，没有爱，甚至没有任何的精神冒险。①

徐志摩这里的判断可能偏激了一些，但确是点到 20 世纪初中国精神形态的痛处，引导人们关注人文精神的建构。

在上述的历史背景下，1923 年初中国思想界爆发了著名的"科学与人生观"大论战，论战的核心在于人生观问题能否由科学及科学精神来解决。徐志摩当时没有直接加入这场论战，但他关注到了。在 1923 年 12 月发表的《罗素又来说话了》一文中写道："我们中国近来很讨论科学是否人生的福音，一般人竟有误科学为实际的工商业，以为我们若然反抗工业主义，即是

---

① 《徐志摩全集》第 4 卷，广西民族出版社，1991 年，第 79—83 页。

反对科学本体,这是错误的。"①对论战中混淆"纯粹的科学"与"运用的科学"的错误提出批评。但是学界迄今为止,在研究中国思想文化史上第三次大论战——"科学与人生观"之争的有关论著中,却从未提及徐志摩,这不能不说是一个大疏漏。因为作为徐志摩哲学、美学、社会学等思想源头的罗素和泰戈尔,在科学与人文关系的问题上已有着深刻的论析,并对全球思想界产生了巨大的影响,他们的观念与看法很大一部分是经由徐志摩翻译、介绍到中国的。所以,若要全面地论述"科学与人生观"这场论战,必须增添上徐志摩在科学与人生之争中所起的作用及价值选择与判断。

在翻译泰戈尔《科学的位置》一文后,徐志摩曾加上一段"赘语",他写道:

> 撒旦有侵占天庭的魔力,真理不免遭受亵渎;私利的动机与无奈的贪心是污损现代文明与科学的主体。这时期最重大的使命是在"从罪恶的污泥里成出那真理的神圣宝辇",用道德的圣水来洗净真理颜面上沾染的斑点。②

如果把这一选择取向纳入20世纪初全球思想界所关注的物质功利和人文精神对峙这一宏大的历史语境中来考察,显然,徐志摩相对倾向于强化人文精神,他对人生自由意志的肯定超越了机械决定论,对心界的价值判断重于物界的事实判断,其内质是对人类社会现代化进程中负面成分的批判,属于质疑、反思"现代性"的理论范围。也只有在这一高度上,我们才能真正理解徐志摩有关科学与人文论析的价值与意义。

用道德、人文的"圣水"洗涤科学的"斑点",正如今天所说的,以人文之手握住科学这把双刃剑,徐志摩这一形象的比喻具有相应的真理性。

---

① 《徐志摩全集》第4卷,广西民族出版社,1991年,第197页。
② 《徐志摩全集》第3卷,广西民族出版社,1991年,第400页。

第三节　林语堂："可见"与"不可见"有融合之势

林语堂在中国现代文学史上一直以"幽默大师"、"性灵文学"享负盛名，但这些却遮蔽了他在论述科学与人文关系方面的许多真知灼见。相关的研究论文只是在20世纪末才出现了几篇①，但尚未能充分挖掘出林语堂对现代科学予以人文批判，并试图整合的脉理。

林语堂是中国现代文学史上一位十分罕见的对科学与人文问题做了系统阐述的作家。他从东方人的视角，以西方人作为受众，阐述了西方的科学文化的先进和偏误之处，倡导以中国传统的人文主义来遏制西方物质主义的泛滥。20世纪40年代，林语堂曾综合中西文化的长处，在科学与人文关系方面提出新的见解。他认为科学上"相对论"的发现，将使"可见"之物质与"不可见"之心灵，有融合为一之趋势。这反映出他在哲学观念上的创新，在中国现代文学史上是颇为罕见的。

一、从喜好科学到反思科学

林语堂出生在闽南沿海山区的一个严格的基督教家庭，教育背景主要是西方式的。他一开始就远离了中国严格的儒家文化的传统教育，这在中国现代作家中是十分独特的。正是如此独特的家庭文化背景，使他得以摆脱传统文化的拘束，敞开胸怀接受西方科学文化的熏陶。因此，他从小就对科学产生了浓厚的兴趣："很想以后做个物理教员。"②"现在他是专心致力于文学，可是他总以为大学一年级时不读科学是一项错误。"③可见，对科学世界的探寻是林语堂学术生涯不可或缺的重要组成部分。

---

① 参阅陈旋波：《科学与人文：林语堂的两个文化世界》，《江海学刊》1997年第5期；周可：《反智主义与林语堂文化理想的人文偏至》，《河北学刊》1996年第4期等。

② 林语堂：《八十自序》，工爻、张振玉译，《林语堂自传》，陕西师范大学出版社，2005年，第78页。

③ 林语堂：《八十自序》，工爻、张振玉译，《林语堂自传》，陕西师范大学出版社，2005年，第54页。

随着知识的深化，阅历的丰富，他对科学及西方文明的认识更为深刻，更为全面。如果说，早期的科学兴趣不过是童年时代的好奇心，那么，亲历西方社会后，林语堂对物质文明的认识与批判，则表现出对科学及科学文化的深刻反思。这种反思亦使他能客观地审视中国传统文化，而非站在国粹主义的立场上故步自封。从中国现代作家整体来观察，林语堂属于真正意义上以世界性的目光，来思考科学与人文的冲突与融合的问题。

林语堂对科学的认知，经历了从感性爱好到理性反思的发展过程。小时候，他对西方传教士留下的一个光亮的纽扣，猜测了半天，不知为何物。稍大些后，他对厦门港上行驶的蒸汽机汽船着了迷，独自呆呆地看着，漠然不语。林语堂从小就酷爱数学和几何，后来，在圣约翰大学，选语言学为专攻科目，乃因语言学是一门科学。尤其引人注目的是，林语堂发明了中文打字机，显示出科学上的独特天赋。这些均可以见出林语堂科学思维的敏锐性，倘若在科学领域亦可大有作为。但是，林语堂后来工作的重心偏于文学创作及社会批判方面，而没有成为真正意义上的科学家。

林语堂是亲历了五四新文化运动的作家，当时他站在革新者的立场上，支援胡适发起的白话文运动。他的文章引起胡适的注意，两人成为挚友。林语堂对新文化运动的支持，实际上是对科学的肯定，因为新文化运动的主题之一就是科学。他“在北京的报上写文章，支持用白话写作，理由是欧洲各国文学在十五与十六世纪兴起时，都是用当时的白话，如意大利的但丁和包加邱都是”①。中世纪意大利文学主要是宗教文学，最初多用拉丁文写成，像圣徒传、祈祷文、宗教故事，以及在宗教仪式中演唱的圣歌等，与大众语言脱节很大，和我国的文言与白话的脱节类似。自但丁起，其文学创作冲破了宗教的樊篱，开始用意大利民间俗语写作，极大地促进了意大利现代民族语言的形成与发展，解决了文学创作与民间语言脱节的问题，代表了文学发展的大众化趋势。参照这一动向，中国有悠久历史的文言文势必要被白话文所淘汰。显然，林语堂为白话文辩护的理由，与胡适的“一代有一代之文学”

① 林语堂：《八十自序》，工爻、张振玉译，《林语堂自传》，陕西师范大学出版社，2005年，第87页。

的文学进化论是一致的。

不过林语堂对科学态度在前后期有着变化，由前期的热衷、拥护，到后来的审慎接纳，甚至激烈批判，但林语堂对用西方文明促进中国社会发展的观念始终没有动摇。在他反思科学及科学主义的霸权地位时，表现出了对中国传统的人文精神的青睐，但其立足点并不仅是为了复兴中国传统文化，而是强调以中国传统文化纠正西方科学文化之偏颇。所以，他渴望中国传统文化的现代发展，而不是以虚无主义的态度割裂之，因此从根本上有别于故步自封的国粹主义。

就当时的中国现状而言，林语堂认为：

> 吾国今日正应大声疾呼，提高生活程度，一救吾民之穷，使衣食住行得以改良，而衣食住行无一非物质条件，故必赶上物质文明。今日吾民穿的苦，吃的苦，住的苦，行路苦。民生主义便是我们共同的好梦，大家应赶紧把我们的国家弄好，希望老百姓大家穿得好，吃得好，住得好，行路便利，成一富强康乐气象。且应大家留心，这个世界并不是好世界，是强权世界。故尤应大声疾呼，提倡生产救国，靠一股气赶入工业时代，否则不能自存于世界。①

林语堂的这种观点与保守派对科学文化的简单拒斥完全不同。科学对物质生活条件起到改进作用是应予以肯定的，尤其是对中国这样一个穷弱衰败的国度而言更显必要。林语堂所提倡的"生产救国"，在根本上区别于传统文化的"以德治国"，所谓"礼义廉耻，国之四维"，不过是对人的日常行为的规范化，充其量不过是一个国家的软实力。而真正构成一个国家立足于世界的根基，在林语堂看来，当为经济实力，即今天所谓富强。国家的富强毫无疑问需要科学文化的支持，简而言之，就是林语堂上述提及的"工业化"。

但随着林语堂对科学认识的不断深化，他慢慢意识到西方过分注重物质主义的弊端，由于对科技理性的过度信赖，导致了思维上的机械主义、生活上的物质主义及政治上的强权主义。他开始反思西方一系列严重的思想

---

① 林语堂：《啼笑皆非》，《林语堂名著全集》第23卷，东北师范大学出版社，1994年，第3—4页。

与社会问题。

二、批判唯物机械论　弘扬自由意志

正如斯宾格勒在《西方的没落》一书中所揭示的那样，西方在社会物质方面日渐繁荣，而在精神方面却日渐萎缩。这只有那些对西方世界有着深刻的体验，对人类命运前途有着高度责任感的思想家方可察觉，林语堂便是其中的一位。他深刻地揭示出以下几点。

第一，西方思维深陷于唯物机械主义的偏误之中。

林语堂在《信仰之旅》中批评道：

> 笛卡尔在假定人类的存在必须透过认识的推理来寻求它的实在的证据上，造成了首要的错误。他完全信赖认识的理性，及这种今天仍是近代哲学的基础方法的优越性，结果造成近代哲学差不多退化为数学的一支，与伦理及道德完全分家，且有点羞于承认上帝为不可思议、不可量度、超过他们的方法所及之领域。因为在科学范围中，人必须设法避开一切不可量度的东西，而上帝及撒旦，善及恶，都确是不愿受公尺的量度。在笛卡尔的方法中，对全局及对“物之适”合理的衡量，也是科学思想日常程序的主要部分。肉眼看不到的，必须用心眼来看，否则科学家不会有任何进步。而笛卡尔在完全不许可心物的分离上，造成第二种错误，成为当代科学中日益难以防守的理论。①

像梁启超运用“物界”与“心界”一样，林语堂也运用了“肉眼”与“心眼”这一对概念。从笛卡尔起，对理性的过度崇信，导致一切以事实实证的“唯物机械主义”，它对物界的客观规则的遵从，促进了科学的昌明。但是，人不但面对着物界，还内怀着心界，即哲学、伦理、宗教等人文精神之所在。而这些人文精神之载体是无法以数理来度量的，但唯物机械主义却强制把它们变成“数学的一支”，想以“肉眼”替代“心眼”，这是思维上的巨大偏误。

作为精神哲学来说，它不仅要估计物界的理性原则，还必须思量心界的

---

① 林语堂：《信仰之旅》，胡云译，四川人民出版社，2000 年，第 164—165 页。

道德标准。而唯物机械论者无法通过数理的纯粹计算来论析价值判断问题，所以他们干脆就对上帝、灵魂、善恶等，统统采取回避方法，把它们排斥在理性的原则之外，甚至否定这类问题的存在，从而导致了人们的道德失范和信仰危机。对此，林语堂也不无悲观地写道，“今人思想方法之机械化，无可补救”①。

第二，科技理性引发现代恶俗经济学。

林语堂指出：“十九世纪科学的物质主义和达尔文的自然主义，影响了人类的思想，终而产生政治和经济的物质主义。”②“今日银钱商已把上帝的庙宇转成一个股票交易所了。”③这是我们生活上趋向于物质主义的一个重要体现。对于此类经济学，林语堂厌恶透顶：

> 世上如有一事引起我的残酷野性，那便是养人如养猪一般见识的经济学。此生唯一的宏愿就是看见欧洲称雄称霸的经济学家枭首示众。我看见百分之几的数字就怒不可遏。如果经济学家对他的枝节数字，不那么沾沾自喜、踌躇满志，也不至于惹我这般怀恨。脸上是那副候补哲学博士之神容——迂腐乖僻，给条目数字、统计的平均及机械的公例灌醉了，此乃医学所谓身上发毒，自己毒昏。拐子至少会说会笑，但是经济学家确是正襟危坐，道貌岸然。④

人们印象之中的喜好幽默、宽容大度的林语堂，对这类恶俗的现代经济学竟恨之入骨，或许会令人惊讶。但是，作为人类心灵自由的自觉守护者，林语堂痛感当代经济学家对人文精神的冷漠，对数字、统计、平均及公例的顶礼膜拜，其义愤自在情理之中。一旦经济思想取代了其他一切思想，经济问题蒙蔽了所有人文精神问题，人类社会就走入歧途。当人们相信，社会的发展可以全凭人类的技术理性来推进；当人们认为，社会的烂疮可以让经济学家像医生一样地治愈，这个社会就处在危险的边缘了。

---

① 林语堂：《啼笑皆非》，《林语堂名著全集》第 23 卷，东北师范大学出版社，1994 年，第 74 页。
② 林语堂：《啼笑皆非》，《林语堂名著全集》第 23 卷，东北师范大学出版社，1994 年，第 172 页。
③ 林语堂：《啼笑皆非》，《林语堂名著全集》第 23 卷，东北师范大学出版社，1994 年，第 169 页。
④ 林语堂：《啼笑皆非》，《林语堂名著全集》第 23 卷，东北师范大学出版社，1994 年，第 61 页。

在林语堂看来，恶俗经济学家之语是妖言惑众，耽误病情，因为他是治标不治本，永远解决不了人类精神的深层次问题，即灵性与道德信仰的问题。经济学家企图以数字来解决社会问题，只会将人类在物质主义的道路上越引越远，因为由“肉眼”把握物界的科技理性，永远无法独立解决“心眼”所关注的心界的问题。

第三，科技理性激发政治强权，引发世界大战。

对于世界大战与科学之间的关系问题，林语堂在中国现代作家中是论析最为深刻的一位。他不像多数作家那样，一味地指责科技制造了杀人的武器，引发史无前例的现代战争，而是通过分析科技理性如何导致的物质主义与定数论，从更深的层面上，寻找科学与现代战争的关联。

在《啼笑皆非》的“中译本序言”中，林语堂曾这样介绍该书的结构：

> 盖本书构法，似抽芭蕉，钱大昕“养新”之余意也。今日战事及国际政治，仅系外层而已；剥其外层，便见强权政治（卷一、卷二），再剥强权主义，便见物质主义（卷三），复剥第三层，便见科学定数论，自然主义、悲观主义（卷四“当代篇”、“化物篇”），是为诊断之结论；最后三章（“齐物”、“穷理”、“一揆”），乃言哲学人道之新建设，及世界和平之原理。末附后序，以寄感怀。①

从这一节序言中，显露出林语堂对科学与人文这一论题辨析的思维逻辑——“从果到因”：第二次世界大战—强权政治、强权主义—物质主义—科学定数论、自然主义悲观论，最后才是以“哲学人道之新建设”以谋取和平的解决方案。这种“似抽芭蕉”、层层剥笋，即钻探式的逐层深入的逻辑演绎进程，揭示了作为现象、作为“果”的第二次世界大战，其产生的最深层的“动因”是唯科学主义。

我们就按林语堂的思维逻辑，逆向地由“因”到“果”展开评述。

首先，造成20世纪动乱最根本的“因”是“唯科学主义”。

---

① 《林语堂名著全集》第23卷，东北师范大学出版社，1994年，第2页。

在欧洲，改变了对人灵性的历史路线的，是由自然科学提供的唯物主义者的展望，因为自然科学坚定而光荣的进步，逐渐侵犯人文科学及对人生的一般看法。结果人文主义的适当发展，被在后一世纪——十九世纪——唯物主义的进步所截短。①

作为对物质世界认知的自然科学的高速发展，使人类取得了征服自然的主动权，从而奠定了唯物主义基础，这是它的功绩。但由此导致了人们对自然科学的绝对崇拜，使它的功能从“物界”逐步扩展到对“心界”，即主张以科技理性、逻辑演绎来掌控心灵与意志。显然，这是科技理性对人类心灵的侵犯、僭越，也就是唯物机械论对自由意志、人文精神的压抑与排斥。

林语堂还从学理上做进一步分析：

欧洲知识界的毛病是当笛卡儿把宇宙切分为心与物两个方便的部分开始时，它没有清楚地说这种演绎的方法也应用于人类生命及人类意识范围，像应用于自然的考查一样。但趋势是如此。这种趋势达到了上帝的“灵”及人类的“灵”必须服从笛卡儿方法的程度。②

在人类哲学史上，笛卡尔首先明晰地确立了心物对立的二元论，但由于过于强调科学理性的认知作用，使人的注意力由精神转到物质上去，而精神和超自然的，以及自由意志、道德价值等，则被贬斥了。而当人类的自由意志沦落、价值判断迷失之际，物质主义的欲念便疯狂地增长了。

其次，由唯科学主义引发了物质主义，使人类的生存陷于物化的困境。

林语堂尖锐地批判道：

近代思想整个骨子里就是物质主义。这物质主义垄断一切战后的计虑，致使和平哲学无地置足于其间。

---

① 《林语堂名著全集》第 23 卷，东北师范大学出版社，1994 年，第 210 页。

② 《林语堂名著全集》第 23 卷，东北师范大学出版社，1994 年，第 202 页。

科学的催命手抓住了西方,科学或客观的研究方法,已染化了人的思想,引进自然主义、定数论和物质主义。所以说,科学已毁灭了人道。自然主义[信仰竞争]已毁灭了行善与合作的信仰。物质主义已毁灭了玄通知远的见识及超物境的认识信仰。定数论已毁灭了一切希望。①

由于科学的纯客观认知的原则,使自然主义、定数论和物质主义盛行其道。自然主义把自然界的优胜劣汰、物竞天择的法则用于人类社会,引起国家与国家之间、民族与民族之间的争斗;而物理世界的公式、定理被移用于人事,人变成事实与公例的现象,变成数学上可计算的物质定数的范型,这一"定数论",造成宿命的悲观主义;至于物质主义,由于披上科学的外衣,有了尊严,强权政治便可托庇于其门下。这种唯物机械论使整个人类社会变成一片争斗不息、弱肉强食,毫无人道、理想、温情的荒林。

在这座荒林中,人们的生存形态是怎样呢?林语堂以散文的笔调作了精彩的描述:

今日的人,神经紧张到达极点,血管硬结症已起。世界时局的迈进,引起强权之斗争,其力若蒸气爆发之可怕。熔炉怒吼,金色热白,灿烂的钢液潺潺滚流,机声轧轧,铁钳叮当,大铁桶在半空中悬行往返,左右的人,一不留神,便有断臂折足或生命之虞。钢铁,钢铁,钢铁——液流的,闪烁的,凝固的,变黑的钢铁。在吼声隆隆的熔炉前,人们体温增高,火气盛旺,虽想用脑思索,但是思想已染有钢铁色彩;不禁又怕自己,又怕自己所发展的威力。②

林语堂把整个世界比喻成一座炼钢厂,人在这里已变得毫无意义与价值,人只成为宇宙大机器中的一个零件,在这可怕的物质喧闹声中心惊胆战,惶惶不可终日。这与前所述徐志摩对工业化场景的描述与抨击,几乎完全一致。

最后,由物质主义的强盛奠立了强权政治,强权刺激贪欲与掠夺,引爆

① 《林语堂名著全集》第23卷,东北师范大学出版社,1994年,第59、161页。
② 《林语堂名著全集》第23卷,东北师范大学出版社,1994年,第119页。

了世界大战。

林语堂设问：

> 试问十九世纪的帝国主义怎样起来，白种人怎样征服全球，怎样会自信是优胜的民族呢？因为白种人有来福枪大炮，而亚洲人没有。简简单单如此而已。你研究庚子之乱及百年前中法之战就明白。那时中国兵士带洋伞持刀枪，有些还带弓箭。①

他认为这一问题答案十分简单，用来福枪大炮来对付大刀弓箭，其间的优劣胜负早已定局。而来福枪大炮的武器优势从何而来呢？来自科技的发达。由于西方的科学技术在那一时期走在世界的前列，它在创造物质财富的同时，也推进了军事工业的发展。西方帝国主义列强正是依靠这一武器的优势，建立了它的强权政治，开始了向落后国家的掠夺，而他们之间的抢劫与分赃的不均，便引发了一次次世界大战。使全球变成一个屠戮的大战场，使世界化为血染的疆场的原因就在于帝国主义的强权政治。

以上的逻辑推演，显示了这样的流程：若世界大战为"果"，强权政治为第一层之"因"；若强权政治为"果"，那么物质主义就为第二层之"因"；若物质主义为"果"，那么"唯科学主义"就为最根本的"因"。林语堂就是这样地揭出了世界大战—强权政治—物质主义—唯科学主义之间的因果逻辑关系。

林语堂这一论析，使世人在迷惘中得以醒悟：人类之所以走向自相残杀的歧途，根本原因就在于"唯物机械论"对"自由意志"的吞并，亦即自然律对道德律的替代，科技理性对人文精神的僭越。

早在《中国与印度之智慧》一书中，林语堂就尖锐地指出：

> 我们可以证明，天下骚动是科学的物质主义侵入了我们的文学和思想的直接结果。人文学科的大教授们已降低到寻求机械律以解释人类行动的田地。愈

---

① 《林语堂名著全集》第23卷，东北师范大学出版社，1994年，第20页。

证明"自然律"之精严,及自由意志论之荒谬,教授先生也愈自鸣得意……科学的物质主义必产生定数论,定数论必产生失望。所以悲观论者成为今日最受人崇拜的人——并非最伟大,而是最负盛名的人——实不足为怪。今日国际间的紊乱,是发源于哲理上的悲观。①

对于"科学的物质主义",西方也有一道批判的脉流,从卢梭始,历经康德、尼采,直至海德格尔、马尔库塞,学术界称之为哲学浪漫主义,或美学的浪漫主义思潮,其批判性的宗旨亦在于此:科学技术带来物质的丰裕、社会的进步与人类的生活享受,但也刺激了人的物欲与贪欲的恶性膨胀,从而引发了弱肉强食的掠夺与战争,最终将导致人文精神的沉沦与消亡,这是人类难以卸脱的悖论性的困境,这也是悲观主义哲学产生的源头。在此批判向度上,也可以看出林语堂哲学、美学观念与欧洲浪漫主义思潮在内质上是通融一体的。

三、西方科技理性偏误之原因

西方科学文化以事实为根据,以物质为对象,以逻辑理性为路径,在人类文明的发展史上取得了令人瞩目的成就,加深了人类对宇宙万物的认知深度,甚至改变了人类自身的思维方式。物质方面的巨大成功改善了人类的生存条件和生活质量,这一点得到了林语堂的充分肯定。就落后贫穷的近代中国而言,他认为:"吾国今日正应大声疾呼,提高生活程度,一救吾民之穷,使衣食住行得以改良,而衣食住行无一非物质条件,故必赶上物质文明。"毫无疑问,西方的科学文化所创造的物质文明是值得十分肯定的,其所创造的物质神话是史无前例的。

但是,林语堂没有放弃其批判性视野:"二十世纪的人在科学上前进得太远,反而看不出其中真谛,而日趋于混乱。"②那么,西方科技理性发展中的偏误、混乱的原因何在呢?林语堂作出了具体分析。

---

① 《林语堂名著全集》第 23 卷,东北师范大学出版社,1994 年,第 166 页。

② 林语堂:《啼笑皆非》,《林语堂名著全集》第 23 卷,东北师范大学出版社,1994 年,第 109 页。

第一，因事实的绝对可信原则排斥了人们心中的价值判断原则。

自然科学无疑以事实说话，具有非常高的可信度。问题在于，这种事实原则一旦运用到社会领域，极容易遮蔽我们心中的价值判断，即是非、善恶原则。而当我们对社会问题少了是非的价值原则的话，存在的就不一定是合理的了。例如，为着强权政治，有人就认定杀人是合理化的。那么，这样的事实存在是合理的吗？若从机械理性的原则来说，强权政治有种种理由逼使人们认为这种事实是必然、可靠的，甚至是命定的。在这种环境中，我们若随之而放弃价值判断的是非原则，极有可能就成为强权政治的一个帮凶。所以，林语堂在谈到他那个时代的国际政治时，说道："事实总是复杂的，是非原则总是简单的，若无是非原则，我们必为事实所困住。"①

事实的绝对可信性的预设，为何会遮蔽是非原则呢？原因在于我们将社会事实与自然事实等同了。自然事实可以理解为一种不以人的意志为转移的客观事实，在很大程度上确实是可信的。而社会事实则完全是另一层面的问题，用林语堂的话说："外交家所指他们'知道'的事实，也许不是。有一点可以确定，上面所说这些'事实'，都是人所不知，并不得而知的。在黑暗中，什么蠕动的东西，都可能是老鼠尾巴。不论如何，这些'事实'，都是我们自己行动招致的结果，可有可无，与自然科学中的客观事实不同，所以不该有科学之威严。"②因为社会事实不过是时间进程中的人类印象，存在巨大的个体差异性，没有一个人能肯定，其所叙述的事实是客观的事实。因此，事实原则在社会领域应当止步，在社会事实面前，往往原则比事实更重要。林语堂以此责备强权政治下的军事分配，"太重'事实'，而忘却平等原则"③。

是非、善恶，平等、自由，代表了人类社会的一些原则，它来自人的道德自律和信仰自觉。林语堂说：

---

① 林语堂：《啼笑皆非》，《林语堂名著全集》第23卷，东北师范大学出版社，1994年，第99页。
② 林语堂：《啼笑皆非》，《林语堂名著全集》第23卷，东北师范大学出版社，1994年，第108页。
③ 林语堂：《啼笑皆非》，《林语堂名著全集》第23卷，东北师范大学出版社，1994年，第130页。

我们知道任何地带的人民，不论是否基督徒，都有一个人生处世哲学；若无道德传统，没有一个国家能生存。中国人相信“礼义廉耻，国之四维”，在基督教国内之人民的道德传统便是基督教。①

无论是道德还是信仰问题，均属于人类的精神层面的问题，今天多概括为人文精神范畴。林语堂始终坚持，“肉眼看不到的，必须用心眼来看”。他以“心眼”这一概念，充分肯定人文精神存在的合理性与必要性。然而，现代人文精神却在科技理性的侵蚀下，逐渐变成了科学的一个分支。

第二，因“科学的物质主义”遮蔽了道德的崇高及人的神性。

唯物主义的思潮肯定客观现实的存在，却将人的生存的意义和人生的价值，局限在对自然物质的认识之中，而我们心灵中的信仰、崇高，对宗教的虔诚和对道德的自律，就被数理逻辑排除、遮蔽了。

林语堂指出，人们对宇宙的解释大致有三类：

第一类属于万物皆神论。第二类在宇宙及人类生命中，都为上帝留有余地，一个完全无神的人文主义者是很少见的。第三类唯物主义，不是怀疑上帝的存在（不可知论），就是坦白地断定没有神（无神论），后者在思想史上也是比较少的。②

除了唯物主义的解释之外，几乎都相信神的存在。即使是孔子、苏格拉底及伏尔泰等，虽然不相信偶像或民间的神祇，但也不否定神的存在，甚至愿意参加某种宗教集会，如孔子主持祭祀活动等。从万物皆神到尊从上帝，人们似乎天生就有一种偶像崇拜的心理。林语堂说：“我相信崇拜某些东西的本能是在每一个人之中，而没有一个不崇拜任何东西的社会，甚至无神的社会也是有所崇拜的。”③林语堂认为，甚至号称无神论的苏维埃也摆脱不了偶像崇拜，如对列宁和斯大林的膜拜。

① 林语堂：《啼笑皆非》，《林语堂名著全集》第23卷，东北师范大学出版社，1994年，第169页。
② 林语堂：《信仰之旅》，胡云译，四川人民出版社，2000年，第188—189页。
③ 林语堂：《信仰之旅》，胡云译，四川人民出版社，2000年，第213页。

然而，唯物主义思潮却将人们天生的神性与道德感抹煞殆尽。如果说万物皆神是对神意的遵从，那么人文主义则是人们对神性的认同，而唯物主义则是对神的彻底否定。在20世纪，人们公然地抛弃自己心中神性的存在。“十九世纪科学的物质主义和达尔文式的自然主义，影响了人类的思想，终而产生政治和经济的物质主义。”[①]在林语堂看来，崇拜心理是人的一种本能，而一旦失去了崇拜的对象，人类必然走向道德的失范和信仰的缺失。

第三，因理性的逻辑推演压抑了人们的直观感悟。

林语堂强烈地批判人们“用笛卡尔的逻辑来接近上帝”，他认为一些神学家企图通过逻辑理性方法来证明上帝的存在的做法是荒谬的。在他看来，宗教信仰在本质上是人的感性直观活动，是无法通过逻辑理性的方法来证明的。

> 因为宗教是赞赏、惊异，及心的崇敬的一种基本态度。它是一种用个人的全意识直觉地了解的天赋才能，一种由于他道德的天性而对宇宙所作的全身反应。而这种直觉的赞赏及了解比数学的推理精妙得多，高尚得多，且属于一种较高级的了解。科学气质与宗教气质的抵触，就是由于这种方法的乱用，以致于道德知识的范围被只适于探索自然范围的方法压抑。[②]

文化本身从深层次的意义上讲，正是人的一种气质。中国孟子的“养气”说和曹丕的“文以气为主”等，从某种意义上讲，实际上已经将文学与气质等同。20世纪后期英国哲学家斯诺提出的两种文化理论，也可以说是区分科学家与文学知识分子的不同气质，他们“在智力、道德或心理状态方面都很少共同性”[③]。

这种不同主要表现在对事物的直觉感悟与逻辑推演这两种把握世界的方式上。直觉感悟在林语堂看来甚至是一种宗教感，因为它包含了赞赏、惊

---

① 林语堂：《啼笑皆非》，《林语堂名著全集》第23卷，东北师范大学出版社，1994年，第172页。
② 林语堂：《信仰之旅》，胡云译，四川人民出版社，2000年，第164页。
③ 参阅[英]C. P. 斯诺：《两种文化》，纪树立译，生活·读书·新知三联书店，1994年，第2页。

异、崇敬、信仰，是人的天赋才能，是人的道德天性，但在今日，它却被冰冷僵滞的数理逻辑推演方式所淹没，所压抑，这是一种严重的偏误。因此，林语堂明确指出：

不，宗教不能屈膝去乞求科学的临床证据，它应有更多的自尊心。科学的武器是显微镜；宗教知识的武器，是人心低沉轻柔的声音及热情，是一种用直觉的能力来猜测真理的微妙警觉。但近代人缺乏的刚好就是这种技巧及机警。[①]

当然，理性本身并没有错，是人类伟大的认识能力。林语堂也说过："我相信人的理性，相信如柏拉图所提供的，人有把握环绕他世界的实在能力。"[②]因此，"柏拉图说得对，我们所能看见及知道的，只是一个影子的世界。我们官感的知觉只能给我们一个现象世界的图；这是理性所能告诉我们的一切；在现象的背后是本体，物自身，我们永不能凭我们心的推理来知道的绝对真理"[③]。但在张扬理性的同时，必须给理性限定范围，它不能僭越、披覆人文精神领域，必须给信仰、直觉、悟解等精神方式留下一席之地。科学与人文的界限，在林语堂看来，是不容混淆的。人文精神的修养必须付诸直觉的感悟，任何理性的证据与逻辑推演均不能解决。

四、科学与人文的融合

林语堂对科学与人文关系的考察是十分系统的，他既论析了两者对峙的深刻性，也探讨了两者融合的可能性。他将中国传统文化中的人文精神，作为一种与西方科学文化异质的体系，介绍到西方世界，倡导两者的相互借鉴与融合。在这一过程中，他借鉴了基督教文明，但更多的是对中国传统文化中人文精神的弘扬。科学与人文问题，在他看来，也就是中西文化的互补问题。林语堂曾自称"两脚踏东西文化"，对西方科学文化的谦逊与对中国

① 林语堂：《信仰之旅》，胡云译，四川人民出版社，2000 年，第 165—166 页。
② 林语堂：《信仰之旅》，胡云译，四川人民出版社，2000 年，第 175 页。
③ 林语堂：《信仰之旅》，胡云译，四川人民出版社，2000 年，第 177 页。

传统文化的心仪，令其在两者之间采取较为公允的、趋于调和的态度与立场。

1. 科学与人文融合的必要性

当林语堂发现科学对物质的终极意义避而不谈时，就越加感受到精神信仰等的重要性。他用形象的语言表述："肉眼看不到的，必须用心眼来看，否则科学家不会有任何进步。"也就是说，科学不能舍弃，但科学的推进也不能仅靠"肉眼"的观察，它最终的进步还得靠精神性的信仰，即"心眼"的寻索。科学与人文是人类思维发展的两个方式，只有同步协调，才能到达理想终极。

林语堂指出，科学思想存在着致命缺陷，它只回答如何能这样，却不能回答为什么会这样。科学的公理与定律是建立在大自然的规律性之上，它可以解释自然事物的发展与变化，但难以揭示大自然何以有此神奇的魅力。

> 在物质界上，科学说明事物之"然"（how），却永不曾说明"其所以然"（why），"何所为而然"（where for）。科学的范围是事物之过程，不是事物之本因，或是成绩结果之意义。事物之过程属于数学之内，其本因及意义位乎数学之外。科学说明原子如何行动，而不知其所以必如此行动。知道两粒钠碳分子结合，而不知道何以这分子必须如此结合。①

现代科学就是对事物及原理成因的一种追问，因为科学本质上是一种怀疑精神，采取的是存疑的态度，这就是丁文江所谓"存疑的唯心论"。（可参照前文"科玄论战"一章）但问题是现代科学在对事物原理的认识取得巨大的成就之时，却在本体性的追问上举步维艰。例如，人们可以说，人类的祖先是猿猴，但猿猴又是来自哪里？人们可以说，物质由原子构成，原子由质子和电子构成，甚至更加细化，但这些的源头在哪里？这只会给人留下无穷的困惑。所以牛顿在发现万有引力的时候，一直困惑于万有引力的成因，最终只能付诸上帝的无所不能。在宗教的关怀下，他才度过难得的平静的

---

① 林语堂：《啼笑皆非》，《林语堂名著全集》第23卷，东北师范大学出版社，1994年，第71页。

晚年。

林语堂揭示,现代科学一方面没有回答事物之所以然,即本体性问题;另一方面也回避了人类社会的意义与价值问题。科学成了一种理性的物质游戏,离人类社会的意义世界越来越远,甚至将人类的意义世界推向崩溃的边缘。林语堂对科学的意义缺乏的担忧不是没有道理的,当我们在享受现代科学带来的丰厚的物质财富时,却没有了对自然的敬畏之心与依赖之情,没有了一颗感恩的心。这是对我们已有的人文信仰,即宗教情感及道德准则的巨大冲击。所以,科学本身需要一套完整价值体系来与之配套。既然它自己不能内在生长出一个意义世界,我们就只能从外部移植了。

在林语堂看来,人类的信仰十分重要。他"相信崇拜某些东西的本能是在每一个人之中,而没有一个不崇拜任何东西的社会,甚至无神的社会也是有所崇拜的"。他对柏拉图的"洞穴比喻"深信不疑:"柏拉图说得对,我们所能看见及知道的,只是一个影子的世界。"①这也正是林语堂认为的科学局限所在。既然科学也无法解答事物的本体性存在,我们对上帝的虔诚则仍为必要,这是"知识所不及的剩余区域"。林语堂肯定了信仰问题的重要性:

在一个健全的社会中,一个有宗教信仰的人,应比一个无宗教信仰的理性主义者,比一个只顾他的俗世责任及物质享受而以此自得,不再理会较高灵性渴望的人,及比一个自甘及故意限制人类知识和睿智的范围,紧抱着人类冷淡态度,靠近火炉舒适角落的唯物主义者,保有较高的荣誉。②

他认为,宗教信仰在本质上是对人的价值与荣誉的肯定,有别于物质生活的灵性的生活,是一种超越现实羁绊的理想状态。他以自己信仰的基督教为例,将爱与宽恕作为人类意义世界的永恒价值:"如果一个人不遵行他的爱及宽恕的诫命而只悔改及信,羔羊的血绝不能洗去他的罪。拯救既不是机械的,也不是呆板的。一旦这个重心恢复,而基督徒在他的生活中'结出果

---

① 林语堂:《啼笑皆非》,《林语堂名著全集》第 23 卷,东北师范大学出版社,1994 年,第 177 页。

② 林语堂:《信仰之旅》,胡云译,四川人民出版社,2000 年,第 174 页。

子’，没有任何东西能抵抗基督教的势力。”①

所以，林语堂以带有警告的语气说道：“科学家应该注意信仰问题，与传教士应该注意科学问题一样，因为两者都在探求人生的意义。当代人第一急务，是利用聪明，恢复人生的意义。”②林语堂将科学与人文融合的问题看作“当代人第一急务”，可见，两者的融合问题十分必要，且万分紧迫。

2. 科学与人文融合的可能性

林语堂论述科学与人文的问题，经常出现心物二元论的倾向，如精神与物质、理性与情感、科学与信仰的分立，但他一直致力于两者的融合，直至最后的心物一体化。

林语堂认为，科学与人文融合主要存在两种可能性：一是科技理性的缺陷可以通过科学自身发现，得到一定程度上的弥补，最典型的表现为现代物理学对物质的光能转换原理的重大发现，以及相对论的提出；二是西方的科学与人文，主要表现为科学与宗教的问题，而西方科学思想的迅猛发展却是在脱离宗教的约束下才得以实现的，要让两者再一次融合，势必不易，它必须借助外来思维方式方可实现，即东方传统文化中（包括中国和印度传统文化）心物一体化的思维方式。应该说，这两种可能性缺一不可，前一种是科学思想自我完善的内在过程，后一种是科学思想取得人文化这一外在力量。

现代科学思想的哲学基础是心物二元化的认识论，认识主体与认识客体是分立的存在。然而，爱因斯坦之后的物理学发展，却越来越显出主客二分法的局限性。林语堂认为，它对经典物理学的超越，显示出科学思想中人文之维的重要意义。

一方面，现代科学正在突破传统的物质概念，“把这世界精神化”。

传统的物质概念把物质理解为一个实体的可见存在物，而现代的物理学的质能转换原理已经证实，物质的存在从某种意义上说，是能量的存在；能量的存在，从某种意义上讲，是物质的存在。但能量却是一种没有任何可见形式的存在，是物质之质存在的另一种方式。所以，林语堂带有预测性地

① 林语堂：《信仰之旅》，胡云译，四川人民出版社，2000 年，第 231 页。

② 林语堂：《啼笑皆非》，《林语堂名著全集》第 23 卷，东北师范大学出版社，1994 年，第 170 页。

说："科学毁灭了物质，所以也在毁灭物质主义。"①

人们发现曾经津津乐道的现代科学研究的物质对象，不全然是一个可见形式，还需要通过人类的想象和意志去把握。也就是说，我们对现代科学理解还必须借助人类理性之外的另一种能力，这就预示着传统的人生观与宇宙观将会重新塑造，人类思维将面临着新一轮变革。林语堂以深邃的目光透视到未来：

> 今日科学排斥了物质的旧概念，也必影响人类的思想，使物质主义的价值倾跌，而完全改造这时代思情的机械性。有一天我们总必设起道德行为的"场地"（"field"），历史发展的"时空间流型"（"time-space-continuum"，相对论名词），没有一点物质的成分在内。在这种世界内，只有没有体积、体量及重量的"意念"，才算有真实性。人的心思，必反照他所认识的宇宙。科学已在把这世界精神化，但是要产生哲学的影响，尚费几十年。②

林语堂看到，科学思想中物质概念的深刻变革具有巨大的颠覆性，当质量与能量可以画上等号的时候，人们不禁要想起"意念"的存在，因为两者均是没有体积、体量与重量的抽象存在物。科学发展到了今天，似乎是人类思维的一个轮回。当初人们将世界看作一个神性的存在物时，唯物论被驱逐在外，任何人均不敢亵渎神明；而当科学从神学的羁绊下解放出来，人们又将世界的神性解剖得支离破碎，一切均变成物质的存在。而今，人们在科学的道路上又发现了物质的抽象性，科学又披上了神秘的面纱。从神性世界到物质世界，再到"世界精神化"，像是历史的循环。林语堂的预测来自科学的最新成就，说明他当时完全处于西方科学与哲学发展的最前沿地带，他心目中科学与人文将达到理想的融合形态。这一新的观念似乎也昭示了存在论哲学对此前客体哲学与主体哲学二元对立体制的改造与超越。

另一方面，相对论的产生，颠覆了对宇宙的传统认识方式。

---

① 林语堂：《啼笑皆非》，《林语堂名著全集》第23卷，东北师范大学出版社，1994年，第170页。

② 林语堂：《啼笑皆非》，《林语堂名著全集》第23卷，东北师范大学出版社，1994年，第172页。

当时间、空间与物质及能量可以相互转化的时候，宇宙已经不全然是一个天文现象，而是与我们的生存方式息息相关的动态形式。当时光倒流与时间的停滞真的可能存在的时候，我们之前的任何确定性认识均经不起科学的考验了。我们的宇宙似乎重归于神秘。面对这日新月异的理论更新，林语堂尤其重视爱因斯坦的相对论：

科学不仅已毁灭物质的传统概念，并已产生了相对论。这相对论在哲学上的含义，要到几十年后方能明白。相对论乃是借数学通往玄秘主义的路径。由穷研时间、空间及动等观念的究竟，他把这些观念的基础动摇；他相信或假定，空间是圆弧的，而时间或者就是我们心中所加于行动的形容法——两者在数学上皆可与“动”互换的——这样一来，相对论便引我们接近万物消长起伏之理了。①

林语堂认为，人类以往科学思想中的确定性追求，在宇宙万物可变性面前，开始动摇了。来自科学内部的这种深刻变革，使人们重新反思科学思想的哲学基础与现实的合理性。由此，必然重新引发人们对心与物的关系的再思考：神性世界的心物一体，或者物质世界与精神世界割裂的心物分离，似乎都存在巨大的片面性。林语堂在晚年曾总结道：

在一较广泛的意义中，物质和心灵移动得较为接近。关于心灵，我们没有发现什么事情，但对于物质习惯的看法已不能再维持。它不是固定的，它事实上是空的，而它并非常常可见。物质已经改变了它的色彩及外观。心灵又有什么遭遇呢？心灵减少了它的超自然性，进入物质本身的组织；或至少我们可以说可见与不可见已有融合为一之势。②

如果说神性世界是心灵包容物质的心物一体化，物质世界是物质排斥心灵的心物二元论，那么，现代科学思想可能导致的精神世界，则是物质包

① 林语堂：《啼笑皆非》，《林语堂名著全集》第23卷，东北师范大学出版社，1994年，第172页。
② 林语堂：《信仰之旅》，胡云译，四川人民出版社，2000年，第201页。

容心灵的心物融合。所以,从这个意义上说,现代科学思想的精神化趋势已不是一个向神性世界的简单循环,两者有本质上的区别。现代科学中"世界的精神化",是物质世界沿着"物包心"方向的自我改造,与神性世界中的"心包物"的定性截然有别。林语堂认为,物质与精神的交融,科学与人文的融合,是当代科学的一次自我完善过程。

3. 中国人文主义精神的拯救功用

那么,如何破解科技理性与人文精神对立这一困扰人类的难题呢?林语堂似乎与现代新儒家的观点有些合拍。他力求从中国传统文化中,发掘出具有精神生命力的结构与因素,提取有价值意义的观念内涵,参与到新的世界文化的创造中去,以期拯救这迷失前程的世界。

他指出,在世界美学思想的范围内,最早提出"物质主义"问题的,是中国儒家的《礼记·乐记》:

人生而静,天之性也。感于物而动,性之欲也。物至知知,然后好恶形焉。好恶无节于内,知诱于外,不能反躬,天理灭矣。夫物之感人无穷,而人之好恶无节,则是物至而人化物也。人化物也者,灭天理、穷人欲者也。于是有悖逆诈伪之心,有淫泆作乱之事。是故强者胁弱,众者暴寡,知者诈愚,勇者苦怯,疾病不养,老幼孤独不得其所,此大乱之道也。

林语堂在引录了《乐记》这段话后,即加上一注释:

按物至而"人化物",正是人为物欲所克,而成物质主义。"人化物"即已失人道,故可译为"dehumanized";又是为物所化,故并不可译为"materialistic"。所以"物质主义"之形容词见于古籍者,当以"人化物"一语为最早。①

也就是说,近现代西方美学所津津乐道的"物化"问题或"物质主义"的概念问题,中国早在两千多年前的儒家典籍中就已论及。在物与人这一对立体

① 《林语堂名著全集》第23卷,东北师范大学出版社,1994年,第67页。

中，人常被物所惑，为物所化，此一倾向发展到极致，即通常所说的“物欲横流”。人若彻底被“物化”，彻底为物欲所左右，则人类社会的一切弊端全都涌生而出：悖逆诈伪、淫泆作乱、强者胁弱、众者暴寡、知者诈愚、勇者苦怯、老弱病残无人奉养……《礼记·乐记》归纳为“人化物”乃“天理灭矣”，即“物质主义”乃“大乱之道也”。

根据笔者已有的阅读范围，在中国现当代美学研究界，解读、揭示出《礼记·乐记》中“物化”概念所具有的如此重大的美学意义，林语堂可能是第一位。由此，你方能了解到，林语堂在幽默诙谐、谈笑风生的表象深层，蕴含着极为深刻的对人生、对世界的哲理悟解。

从上述的“物化”概念，可以看出，中国古代传统思想中仍具有强大的当代性意义。因此，林语堂就从儒学、道学中寻求拯救这混乱世界的途径。他提出了以下几点：

其一，“以礼治国”。

林语堂先论析“礼”之含义。礼的表层意义为礼貌与仪节，但在中国文字中，礼又引申、发挥为伦常秩序，即立邦治国的基础这一精义。而社交（乡饮酒礼、冠礼、射礼等）、宗教（尝类郊禘等）及宗庙（如宾军大祀庙礼等）之仪节，只是成为这伦常秩序之仪表法文。

> 礼者，乃儒家之中心思想，其哲学的目的，在由于心理建设好治恶乱之心造成社会间移风易俗的伦常秩序。①

在礼乐揖让、文明礼貌的推行中，移风易俗，感化人心，从而奠立“伦常秩序”，规范社会，并成为安邦立国的基石。这就是说，治国不仅限于“治理”之治，儒家的政治之道有四，礼、乐、刑、政同为社会政治之方。

其二，“取信于民”。

林语堂引《论语》“子贡问政”段论及，当立国的三大前提——足食、足兵、民信，在不得已的情况下，须去其一时，孔子回答依次为“去兵”、“去食”，

---

① 《林语堂名著全集》第 23 卷，东北师范大学出版社，1994 年，第 76 页。

而“民信”不可动摇，因其为治国、立国之本。

林语堂由此而论及：

我选儒家说礼说乐这方面来讲，所以证明儒家之重精神文化，以显示西洋经济学政治之术之陋，就可不辩而知。[①]

纯粹以经济观念立国的只是物质主义的延续，在人类社会的发展中，已造成种种弊端，引发了一场场战争的惨剧。林语堂认为，像中国儒家学说中，其对“诚信”这一人文精神的崇奉，已到了极致。它在“立国”中的地位，超出了应对战争之“兵”、维系生命之“食”，成为一个民族、一个国家之根本。因为，作为人与人在生存关系上建立起来的社会，不管是为政者，还是为民者，若失去了“诚信”，那这个社会必然解体；在这一社会上建立起来的国家，也必然崩溃。

其三，“相对齐一”。

林语堂对爱因斯坦的相对论给以很高的评价：“相对论不仅是解释宇宙的数学公式，也是一种人生哲学。”他认为，相对论是借数学通往玄秘主义的路径，它动摇了旧的时空间的观念，引导我们接近万物消长起伏之理。万事万物，一消一长，华盛必衰，权大必削，这不仅是事象规律，更是一种人生哲学。他把相对论与中国道家学说联系起来，如庄子《秋水》篇、《齐物》篇所论及的一切标准的相对性，即具有重大意义，老庄实为人类之先知先觉者。

中国道家哲人透识此理，整个阴阳之说便是基于现代所谓“波浪”之理。十九世纪美国作家爱默生（Emerson）在“循环”（“Circles”）一文中，也阐明此人生至理。宇宙中之至奥，乃万物循环起伏，复归于一，如庄子所言“齐物”之道。地球既作圆形，东西南北即失其意义，同样的，在这“齐物”的相对哲学立场看来，生死盛衰、强弱大小、是非坚白等分别，都是相对的。[②]

---

① 《林语堂名著全集》第 23 卷，东北师范大学出版社，1994 年，第 65 页。

② 《林语堂名著全集》第 23 卷，东北师范大学出版社，1994 年，第 173 页。

确立中国道家的"相对齐一"的观念，其作用何在呢？林语堂认为，"当懂得一切标准的相对性以及生命之韵律，世上的争执以及强力之愚信，必可烟消云散"①。争执无所意义，强力不必凌人，宇宙、社会之道乃是"循环起伏，复归于一"的，若人们均有此观念，世界定当安宁祥和许多。

其四，"平等大同"。

林语堂引孟子之语："恻隐之心，人皆有之。羞恶之心，人皆有之。恭敬之心，人皆有之。是非之心，人皆有之。"他认为孟子

> 指出人心四大共同点。这四点的要义是：第一，它们立定了人类的平等；第二，它们证明了人类的共同点；第三，一人如果失去这四点，便不成为"人"。②

因为人和动物不同，动物都把生命看作最可宝贵的东西，但人有时对生命却并不在乎。因为人在生存之外，尚有着更有意义价值的目的，如自由意志、道德伦理等，其间就包括了人类间的平等关爱、是非判断等，对此类人文精神的弘扬，即是人类走向大同的基石。

"以礼治国"、"取信于民"、"相对齐一"、"平等大同"，林语堂这些从人文精神角度设立的政治乌托邦途径，究竟有多大功用，我们认为可暂不必加以评论，因为他是从人类终极性的视野来反观现实的，处于阶段性时空中的我们的判断也只能是相对的。

当西方的宗教文化在彼岸的关怀与终极的追问中越走越远的时候，科学也在对宇宙真理的探寻过程中，渐之忘记了人的存在。西方社会所欠缺的，正是中国儒家文化的现实性关怀和日常伦理道德的修养所可弥补的。所以，中国的传统文化与西方的科学文化既具有理论上的互补性，又具有现实意义上的互融要求。科学与人文的融合，或许会在中西文化的交流与借鉴中打开新的局面，这正是林语堂所希冀的结果。

---

① 《林语堂名著全集》第23卷，东北师范大学出版社，1994年，第175页。
② 《林语堂名著全集》第23卷，东北师范大学出版社，1994年，第189页。

第四节　梁宗岱：诗是真底最高与最终的实现

在中国现代文学史上，梁宗岱以其"纯诗"理论及诗歌创作等享负盛名。学界对梁宗岱的研究，多集中在诗歌理论及创作方面，对其他理论深入不够，像他对科学及科学精神的深刻思考多被忽略了。在中国现代作家中，梁宗岱是对科学有着比较突出而清晰认识的一位，他对科学与人文关系问题有着独特的思考。

从梁宗岱相关的论述中可以看出，他将艺术与科学等同看待。首先，作为准绳的科学与美感的直觉可以融在一起，诗即达到终极性意义的真；其次，在"文化"的荣耀里，科学与艺术缺一不可；最后，在认识的历程中，人文想象与理智逻辑应互为促进，缺一不可。

一、科学之真与艺术之真

梁宗岱的诗论尤其引人关注，其象征主义的倾向颇为明显。在诗美的殿堂中，他竭力排除来自科学对人物质化的威胁。他将诗歌的真与科学的真予以区别，这是其诗论的最大特色，也是对人文理想自觉追求的表现。他认为，诗或艺术不是一种纯粹的娱乐，或者游戏，而是一种超然的、具有终极性意义的"真"的追求，所以他将自己的诗论集命名为《诗与真》。为何取此名呢？他在"序"中谈到，是受歌德自传的暗示，但"立名虽似蹈袭，命意却是两样"。他写道：

哥德底意思——如其我底了解不差，是指回忆中诗与真，就是说，幻想与事实之不可分解的混合，所以二者是对立的。在作者底意思里，它们却是他从粗解文学以来所努力追求，不偏不倚地追求，而且，假如境遇允许的话，将毕生追求的对象底两面：真是诗底唯一深固的始基，诗是真底最高与最终的实现。①

梁宗岱的解说有些“绕”，不那么清晰。是否可这样解读：在歌德的心目中，诗与真为幻想与事实，事实可为科学所认知，而幻想则不可，所以二者是对立的。但在诗中，二者又是“混合”的，在诗人以毕生之力永恒的追求中，诗又是融科学认知为一体，达到超然的、带有终极意义的“真”。

可以梁宗岱致徐志摩《论诗》中言及歌德一诗为辅证：“一切的峰顶／无声，／一切的树尖／全不见／丝儿风影。小鸟们在林间梦深。／少待呵，俄顷／你快也安静。”他评述道，这只是一首小诗，“然而他给我们心灵的震荡却不减于悲多汶一曲交响乐。何以故？因为它是一颗伟大的，充满了音乐的灵魂在最充溢的刹那间偶然的呼气。偶然的呼气，可是毕生底菁华，都在这一口气呼了出来”②。歌德偶然在山林一间猎屋壁上写下的小诗，却成了不朽的杰作。就像“子在川上曰：‘逝者如斯夫！’”一般，触到了宇宙之脉搏，万物之玄机，人类之灵魂，也就是一种与意象合体的终极性的“真”。这就是梁宗岱所追求的艺术幻想与科学真实在终极意义上的融合的“诗与真”。

这种终极意义上幻想与事实、诗与真的融合，我们还可以从梁宗岱对法国著名的象征主义诗人瓦莱里的诗的分析中得到解答：

梵乐希底诗底内容是什么呢？所包含的是什么意思呢？那是永久的哲理，永久的玄学问题：我是谁？世界是什么？我和世界底关系如何？它底价值何在？在世界还是在我，柔脆而易朽的旁观者呢？——但如果我们想向他底诗找寻直接明了的答案，我们也许会失望。因为它所宣示给我们的，不是一些积极或消极的哲学观念，而是引导我们达到这些观念的节奏；是充满了甘、芳、歌、舞的图画，不是徒具外表与粗形的照相。③

瓦莱里诗歌的内容是“永久的哲理，永久的玄学问题：我是谁？世界是

① 梁宗岱：《诗与真》，《梁宗岱文集Ⅱ》，中央编译出版社，2003年，第5页。
② 梁宗岱：《论诗》，《诗与真·诗与真二集》，外国文学出版社，1984年，第34页。
③ 梁宗岱：《诗与真》，《梁宗岱文集Ⅱ》，中央编译出版社，2003年，第23页。

什么”等,显然,这些是科学认知的范畴的问题。但是,他在诗中的回答不是像科学认知那样,给出“直接明了的答案”,而是以节奏、以芳香、以歌舞,即以色、香、味、形、义等与哲理、玄学糅合的“诗与真”的形体而呈示出来。瓦莱里

一方面致力于从前在学校时格格不相入的数学,一方面更在想象中继续他的真之追求与美之创造,希望要把准绳的科学与美感的直觉融在一起:数学是训练他的膂力的弓儿;柏拉图教他深思;达文希和笛卡儿教他不特深思而且要建造;悲多汶和瓦格尼教他怎么能使诗情更幽咽更颤动;拉芳登,腊莘,尤其是马拉美,教他怎么用文字来创造音乐的工具。①

也就是说,瓦莱里的诗“把准绳的科学与美感的直觉融在一起”,即达到理性探索与感性直观的融合,这就是梁宗岱所希冀的最高境界,终极美的境界。但在这一境界中,人文精神仍起着主导作用。

这种诗学是象征主义诗学。其追寻的“真”,既是参悟人生宇宙的奥秘之旅,又是追求天地万物之美的历程。所以,梁宗岱在《谈诗》中宣称:“一切伟大的诗都是直接诉诸我们的整体,灵与肉,心灵与官能的。它不独要使我们得到美感的悦乐,并且要指引我们去参悟宇宙和人生底奥义。”②在梁宗岱看来,艺术之真既有科学之真的真理性,又有其自身独特的文学性方面的真实,这种真在终极意义上就是美。

既然艺术之真与科学之真是紧密联系的,那么,科学与人文问题当不是两个独立的问题。科学的真实性的诉求与艺术的真理性探索,应当是人类生存的两种重要的相互联系的方式,它们在艺术探求与创造中能融合一体。科学的真实性探求是人类认识和改造自然的武器,而艺术的真理性塑造是人类社会前进的指南。它让我们在美的享受中,既有亲临生活的境遇,又有超越生活的导向。一句话,在梁宗岱看来,艺术是科学的,科学是艺术的,艺

① 梁宗岱:《保罗梵乐希先生》,《诗与真·诗与真二集》,外国文学出版社,1984 年,第 15 页。

② 梁宗岱:《诗与真二集》,《梁宗岱文集Ⅱ》,中央编译出版社,2003 年,第 99 页。

术和科学一样具有认识的功能，而科学的长远进步也有待艺术性主体的发展。

二、人文艺术与科学精神

艺术之真与科学之真联系密切，二者不可贸然分割。因为科学的形成与发展，有来自艺术方面的功劳，人类的艺术文化的生存方式促进了科学认识主体的形成与发展。

科学认识主体的本质内涵是科学精神，它的外延内涵是科学方法，包括抽象推理和具体实验两个方面①，这才是科学的核心所在。按照梁宗岱的理解，"所谓科学精神就是那无所为而为的好奇心，就是那超功利的求知欲望，就是那对于事物的平正通达的客观的观照"②。显然，科学精神本质上是认识主体的一种心态。无论是好奇心、求知欲，还是通达的胸怀，无不是认识主体的精神修为，而这种精神修为就是人类的文化存在。因为，在梁宗岱看来，人类文化的本质是人类"多方面精神努力底结果"③。从这一层面上讲，科学和艺术均是人类的文化生存方式。

就艺术对科学的文化普遍意义而言，梁宗岱在以下几个方面的论述，是十分值得注意的。

首先，科学的形成与发展离不开人类久远的宗教生活。

人类的宗教生活要求人类否定眼前的观感所见，预设了一个肉眼所看不见的存在，那就是上帝的存在，这就预设了一个文化前提。上帝虽然是肉眼看不见的，却是一个最大的"真实"，他导致人类一直执着于精神真实性方面的追求，而对眼前所见的表象采取的却是一种怀疑的态度，这是科学产生的必要前提。梁宗岱充分肯定了科学精神产生于这种宗教前提，他说：

要产生科学，第一步必定要我们底头脑习于摆脱我们平常信以为真的属于

---

① 梁宗岱：《非古复古与科学精神》，《梁宗岱文集 Ⅱ》，中央编译出版社，2003 年，第 265 页。
② 梁宗岱：《非古复古与科学精神》，《梁宗岱文集 Ⅱ》，中央编译出版社，2003 年，第 261 页。
③ 梁宗岱：《非古复古与科学精神》，《梁宗岱文集 Ⅱ》，中央编译出版社，2003 年，第 263 页。

我们底官能和常识的形相世界。我以为这实在是解释科学起原的确切不移的哲学基础。①

梁宗岱十分欣赏瓦莱里的一个观点："如果没有宗教，科学也许不会存在，因为人类底头脑就不会习于摆脱那使它相信为现实的恒定直接的形相。"②可见，在梁宗岱看来，人类社会中科学的形成与发展离不开远古以来的宗教生活。

其次，科学精神的产生离不开认识主体的无功利性心态。

梁宗岱十分强调科学精神的无功利性特征。科学的发展需要人类求知的欲望作为动力，但是这种欲望应是超功利的，或曰无功利的。科学的诞生是源于人类的认识热情，而不是目的的驱使；最早的科学发现确实来自人类的好奇心，而不是改变世界的豪情壮志。所以，梁宗岱说：

科学精神底核心就是拒绝去把我们底欲望和好恶当作理解世界的钥匙，或者，较准确点，就是要我们为了求知的欲望而抹煞其他的欲望，为了研究的热情而抑制其他的热情。③

这道出了科学发展中的美学因素，因为美的本质是一种无功利性的心灵求索。一个缺乏审美情怀与艺术素养，执着于功利的人，很难在科学方面取得杰出的成就。科学在早期起步阶段，人们根本没有奢望科学的发展会对自身的生活和世界产生巨大的应用功能。早期科学实际上是和艺术一样，是"无为而为"的，而当科学发展到了今天，人们在享受科学的巨大功用成就时，已很少去关心科学得以发展的超功利性心态。梁宗岱这一观点，和前述徐志摩把科学分为"纯粹的科学"与"科学的运用"两大类的提法遥相一致。

今天，人们在从事科学事业时，已经缺少了无功利性的心态，更多的是

① 梁宗岱：《非古复古与科学精神》，《梁宗岱文集Ⅱ》，中央编译出版社，2003年，第261页。

② 转引自梁宗岱：《非古复古与科学精神》，《梁宗岱文集Ⅱ》，中央编译出版社，2003年，第260页。

③ 梁宗岱：《非古复古与科学精神》，《梁宗岱文集Ⅱ》，中央编译出版社，2003年，第261页。

追求某项科研的现实意义。这导致了“纯粹科学”滞后，而“应用科学”却日渐繁荣的畸形状态。这种趋势不利于当今科学的发展，要纠正科学发展的这种畸形状态，科学家们有必要培养无功利性、纯粹的心态，其关键是要加强审美与艺术方面的修养。

再次，科学进展过程中必备的抽象推理离不开人类的直觉感悟。

科学的推理似乎纯粹是理性的逻辑演进，梁宗认为，事实上并非如此，任何一种推理均有来自直觉方面的感悟。这种直觉感悟很大程度上就是人类的想象力，对某种不可能性的挑战。如果说宗教生活方式有利于人类摆脱肉眼所见，那么艺术的直觉感悟则有利于人们对某种确定性的反思。众所周知，理性的逻辑推理不是漫无边际的演绎，而是对某种确定性结果的追问。这种确定结果在不少时候会来自人的直觉感悟，来自人类丰富的想象力。当人们看到天上飞鸟，梦想嫦娥飞月，这才有了种种飞行器创造的可能。而美和艺术的神思功能，人类登天的梦想，为科学创造开拓出无限的空间。所以，梁宗岱认为：

骤然看来，科学底创造和发展，似乎应该是那按部就班、循序而进的理性底工作；可是一个像普恩伽赫那样卓越的数学家和物理学家，分析他自己的发见底经过，却告诉我们，科学大多数的创获——定律底发见和假设底成立——实有待于那相当于我国底“灵机”和“预悟”的“洞见”和“直觉”——一种超常的组织的想象力与抽象力。唯理主义的思想家如罗素和梵乐希，也一再断言：“就是在纯粹逻辑的区域里，没有洞见，决不能发生新的事物。”这是因为理性或逻辑的功能只是防止的而非创造的。“像桥栏，”十八世纪法国哲学家孔狄雅(Condillac)说，“它只能防人跌倒，而不能推他前进。”①

理性逻辑没有想象力方面的憧憬，则失去了前进的方面。科学方面的创造成就虽不乏偶然性，却多多少少与来自想象方面的直接或间接的推动有关。所以说，科学的抽象推理过程离不开人类艺术思维，艺术的直觉感悟

---

① 梁宗岱：《非古复古与科学精神》，《梁宗岱文集Ⅱ》，中央编译出版社，2003年，第265—266页。

与巨大想象力成为了科学前进的“动力系统”。

最后，科学的实验精神需要来自“对于细微的事物的浓厚兴趣”①。

早期科学的发展是由于人类的好奇心，而非功利心。这种好奇心促进了人类科学实验精神的形成。任何一种可能性都会引起人类的好奇；任何一种好奇心都促使人类进行创造。本着向大自然学习的态度，人类的科学成就才有今天的辉煌；本着对世间奥秘的执着追问，人类的科学事业才得以蒸蒸日上。人们受到鸟儿飞翔的启示，在好奇心的驱使下制造出了飞机及航天器。科学的实验精神正是来自对细微事情的浓厚兴趣，而艺术的优势在这方面尤为突出。一个有着高度艺术修养的人往往对细微事物持有兴趣。艺术的审美意趣在培养和发展人们对细微事物的兴趣方面是不可或缺的。

从以上几个方面可以看出，科学、科学精神是和艺术思维密切相关、互为一体的，艺术思维在科学的认知主体全面发展上起到重要作用。艺术的无功利性特征与早期科学的好奇心、纯粹性也有相似之处；艺术思维有利于促进科学认识主体的心理结构、想象力及对细微事物的兴趣等方面的发展。梁宗岱告诉我们，科学文化与艺术文化，这两种文化是密切相关的。这与林语堂和丰子恺对科学与艺术的互补性的论述是相互一致的。科学解决的为“是什么”的问题，但缺少追问“为什么”，而艺术（包括宗教）为代表的人文精神正是在追问“为什么”这种人类生存价值问题。所以，艺术与科学对人类文化来说，均是不可或缺的。

三、“两种文化”的分裂

梁宗岱文论值得推崇之处，是比英国人文学者斯诺早十几年就指出人类思想发展中“两种文化”分裂的问题。

1956 年，斯诺发表了《两种文化》的专文，三年后又在剑桥大学作了《两种文化与科学革命》的演讲：

---

① 梁宗岱：《非古复古与科学精神》，《梁宗岱文集Ⅱ》，中央编译出版社，2003 年，第 265 页。

> 我相信整个西方社会的智力生活已日益分裂为两个极端的集团(groups)。……一极是文学知识分子,他们趁着人们不注意把自己看作独一无二的“知识分子”。……另一极是科学家,特别是最有代表性的物理学家。二者之间存在互不理解的鸿沟——有时(特别是在年青人中间)还互相憎恨和厌恶,当然大多数是由于缺乏了解。①

斯诺在这篇演讲中所指出的“两种文化”问题,通俗一点讲,就是从事文科的人与从事理科的人,相互鄙视,文人相轻,互不理解。搞科研的人不懂文学艺术,搞文学艺术的是科学盲人。“非科学家有一种根深蒂固的印象,认为科学家抱有一种浅薄的乐观主义,没有意识到人的处境。而科学家则认为,文学知识分子都缺乏远见,特别不关心自己的同胞,深层意义上的反知识(anti-intellectual),热衷于把艺术和思想局限在存在的瞬间。”②实际上,这就是我们教育中经常提到的偏科问题。

如果说文化是人类社会发展过程中一切精神遗产的总和,那么,文化本身由于体系过于庞大复杂,就避免不了条块分割的问题,学科之分成了老死不相往来的壁垒。

梁宗岱在1942年就提出了类似于斯诺提出的“两种文化问题”。他在《非古复古与科学精神》一文中,批评现代知识分子:“缺乏理想,也就是缺乏鸟瞰的目光、广博的兴趣,以致把学术看作许多不相联属的断片,而养成一种狭隘、褊窄、互相歧视互相排挤的风气。”③这与斯诺所谓“互相憎恨和厌恶,当然大多数是由于缺乏了解”,几乎是同出一辙。梁宗岱虽然没有具体地划分出两个知识集团,但是,他说的基本上就是斯诺“两种文化”的意思。

梁宗岱类似于斯诺“两种文化”的观点,还有如下表述:

> 我在欧洲留学的时候,使我在文学尤其是图画音乐底欣赏上收切磋之效的,

---

① [英]C. P. 斯诺:《两种文化》,纪树立译,生活·读书·新知三联书店,1994年,第3—4页。
② [英]C. P. 斯诺:《两种文化》,纪树立译,生活·读书·新知三联书店,1994年,第5页。
③ 梁宗岱:《非古复古与科学精神》,《梁宗岱文集Ⅱ》,中央编译出版社,2003年,第271页。

> 并不限于一些文学院的同学；反之，提起我对于科学理论的兴趣的也不一定是理学院的学生。这和我国底情形刚好成一个对照。大体来说，我国底文科学生不独对于科学表示厌恶，就是对于音乐图画雕刻一类的姊妹艺术也很少感兴趣；在另一方面呢，一个自命为心理学家或生物学家的可以毫无愧赧地质问外国文学系底“欧洲名著选读”一类的课程有什么用处，一个自命为经济学家的把研究文学的看作废物。①

他尖锐地指出了中国人的知识结构的不合理性，文理分科泾渭分明，导致了文学家与科学家各自为政，互不往来，彼此鄙视。这种见解与隐患在一个科学欠发达的国度，很难取得普遍性的共识。尤其是五四新文化运动以后，人们对科学趋之若鹜，对自己的传统文化失去了往日的自信。大多数知识分子都忙于引介西方的科学文化、民主制度等，能够对科学文化进行反思的人屈指可数。

梁宗岱在这样一种文化与时代背景下，能敏锐地察觉到类似后来斯诺提出的“两种文化”问题，并呼吁人们不要忽略“学术底连贯性与完整性”，这呈现出了其理论的预见性，十分难得。

梁宗岱也清楚，现代学术的发达程度远远超过了某个人的承载能力，分门别类的研究是必要的。现代学术不可能再产生历史上那样全面发展的大哲，孔、庄、柏拉图、亚里士多德以及达·芬奇等这样的中外大哲将永远成为历史。然而，这并不是说，社会文化的发展潮流是越专门化越好。既然艺术之真与科学之真是互为联系的，既然科学及科学精神与艺术修为有着千丝万缕的关联，作为文化的历史发展也就不可能完全专业化、独立化。

梁宗岱非常喜欢作为诗人的瓦莱里，也非常崇敬作为科学家的爱因斯坦。因为两者都有着丰富扎实而又全面的知识结构。诗人瓦莱里对科学的兴趣十分浓厚，物理学家爱因斯坦对音乐的造诣超越凡人。所以，作为诗人的人文文化与作为科学家的科学文化，本应当协调发展，而不是各自为政。文化作为一个整体，不应该出现难以弥合的内部裂痕，这就需要人类文化的

---

① 梁宗岱：《非古复古与科学精神》，《梁宗岱文集Ⅱ》，中央编译出版社，2003 年，第 272 页。

协调互补，全面发展，避免出现过度的专业化而相互挤压。

当然，梁宗岱的“两种文化”理论也难以摆脱时代的局限。与五四思潮一样，梁宗岱是以肯定西方来映衬中国学术界的“两种文化”分裂的严重性。在中西对比的天平上，就两种文化的合理性而言，梁宗岱站在了现代西方文化一边。这与斯诺提出的两种文化问题又有所区别。斯诺提出问题的初衷是对本土文化自身的反思，而梁宗岱则是中西文化比较的过程中发现了自身文化的偏颇。斯诺的问题根植于英国乃至西方发达的科学文化的土壤，而梁宗岱的思考则是在一个科学文化落后国度敲响的警钟。所以，斯诺的观点得到了普遍的重视，而梁宗岱的警示则“曲高和寡”，很少引起人们的重视，或许当时是因为中国强国救亡之梦尚未实现，令许多先进的知识分子无暇顾及。

如前所述，古希腊的科学与艺术是融合在一起的，近代以来科学与艺术分道扬镳之势却愈演愈烈，造成了今天严重的“两种文化”分裂与对立。自上个世纪 50 年代以来，斯诺基于西方社会文化发展的现实，警告世人提防“两种文化”分裂的危险，已经引起世界范围的广泛关注。由此，梁宗岱当年在这方面的思考与预告，对今日的中国类似的人文与科学分裂问题有着重要的启示作用。

综上所述，梁宗岱指出，艺术与科学虽是两种不同的文化体系，但均是人类社会发展过程中不可或缺的精神成就。

艺术之“真”，既有科学认识之真，又有其自身的美学特征，是艺术幻想与科学真实在终极意义上的融合。科学成就虽然助长了学术的功利性眼光，但真正意义上的科学精神是超功利性的，纯粹的。用梁宗岱的话讲，我们应该，

> 从各方面——文艺在想象方面，科学和哲学在理智方面，政治经济在人事方面——去展拓我们认识底领域，增加我们意识底清明的。①

---

① 梁宗岱：《非古复古与科学精神》，《梁宗岱文集Ⅱ》，中央编译出版社，2003 年，第 285 页。

科学的理智性追问与艺术的想象性思维，均是人类认识能力与生存形态不可或缺的部分。我们对科学技术突飞猛进的领悟是，要多一些对文学艺术这类人文精神载体的敬畏，尽力去弥合科学文化与人文文化业已产生的鸿沟，拓展我们认识领域与精神领域，塑造良好的人类个体的文化结构，从而促进整体社会文化的全面发展，这就是梁宗岱所冀盼的人类的未来。

第五章

崇奉科学主义思潮

第一节　胡适：科学，全国一致的崇信

胡适是五四新文化运动的先驱，其《文学改良刍议》一文揭开了白话文运动的序幕，在中国五四新文化运动史上具有里程碑式的意义。为什么是胡适担当了这一开时代之风气之先的角色呢？是什么促使胡适的声音成为新时代的号角呢？这与胡适崇奉科学思想是分不开的。

五四新文学革命的先驱者一般都赞同西方科学在中国的引进，像陈独秀、胡适、周作人、鲁迅、钱玄同等，无不是本着求真的精神和务实的态度参与到这场文化革命运动之中。在《敬告青年》一文中，陈独秀将科学抬到了至高无上的地位，认为科学与人权“若舟车之有两轮”，是欧洲社会之所以优越的动力。无论是介绍西洋的科学理论，倡导务实的科学精神，还是谴责封建礼教的残酷，先哲们都力求纳入到科学主义的语境之中，进行思考与判断。而白话文运动本身就是语言的合理化使用过程，所谓科学，实质也就是一个合理化过程，而不是传统中国封建社会的“合经化”。用科学来对抗孔孟，用民主来对抗君主；用科学来寻求富强，用民主来寻求独立，其中就渗透了自觉的科学精神。

一、胡适的科学思想

在中国现代思想史上，胡适以弘扬科学为己任，极力颂扬西方的物质文明。

首先，胡适崇尚科学精神。所谓科学精神，按照他的理解，就是一种对宇宙人生的大胆的怀疑精神：

大胆的怀疑追问，没有恐惧也没有偏好，正是科学的精神。①

胡适将科学精神界定为一种怀疑与批判的精神，有其独到之处。它打破了中国对古人，尤其是圣人之言过分崇信的传统。这种怀疑与批判一切的精神，在当时的历史语境中，不亚于尼采“重估一切价值”的呼号。

只有确立怀疑与批判的精神，人们才有求知的动力。如果人们对于世间万物均持理所当然的态度，那么，就不可能有对世间万物的求索、钻研精神。这种钻研、怀疑、批判的精神，一方面，建立在个人的理性自觉的基础上；另一方面，又是忠实于万事万物客观规律的体现。即不唯书、不唯典、不唯上，一切知识、道理等均来自对客观事物的主观探索与认识，从而可以大胆地去怀疑一切经典及圣贤之书。这种怀疑与批判的科学精神，正是五四文学及文化思潮的精神内核所在。

无论是对传统文化的再认识，还是对西方文化的自觉吸收，均应持有一种选择的目力。对传统文化的怀疑，凸显为整理与批判；对西方文化的怀疑，凸显为引进和吸收。所谓整理与批判，胡适提倡的“整理国故”就是一个例子；所谓引进与吸收，可以参照鲁迅先生的“拿来主义”。所以说，胡适不仅是怀疑与批判的科学精神的倡导者，而且是行之有效的实践者。

本着这种怀疑与批判的科学精神，胡适认为，无论是做学问，还是做其他任何事情，我们均是建立在假设的前提下，而且这种假设是不断修正的，一切科学发现无不如此，这就是胡适所说的科学的态度。他说：

只要我们的假设处处建筑在已知的事实之上，只要我们认我们的建筑不过是一种最满意的假设，可以跟着新证据修正的，——我们带着这种科学的态度，不妨冲进那不可知的区域里，正如姜子牙展开了杏黄旗，也不妨冲进十绝阵里去试试。②

---

① 胡适：《中国哲学里的科学精神与方法》，《胡适学术代表作》下卷，安徽教育出版社，2007年，第236页。

② 胡适：《〈科学与人生观〉序》，《胡适学术代表作》下卷，安徽教育出版社，2007年，第333页。

由此可见,胡适所谓科学态度就是一种唯理的态度。

他强调,一方面,作为“科学的公民”,每个人均要有修正自己错误认识的勇气;另一方面,作为“科学的公民”,每个人均应有容忍异己的宽容。这种科学的态度不仅仅是一种敢于自我解剖的坦诚,更是一种容纳百家争鸣的宽广胸怀,这在胡适的《容忍与自由》一文中阐述得淋漓尽致。

在此文中,胡适坦诚地承认自己年轻时的草率与狭隘,修正了自己之前的错误认识,同时批评自己缺少宽容异己的心胸。这种态度,也正是胡适所常言的实验主义的态度,即要不断地修正自己的假设与认识,又要敢于吸收他人新的合理的观点。没有“绝对之是”,只能“实事求是”。这种“求”,是一个漫长的过程,甚至是永无止境的。因此,如果说怀疑批判的精神是胡适科学思想的核心,那么,“实事求是”的态度则是其科学思想的灵魂。

无论是科学精神,还是科学态度,实际上都是一种个人对待世间万物的心态。问题的关键是实践活动,所以,在胡适科学思想体系中,科学方法尤为重要。胡适的科学方法,主要包括三方面。首先,它以事实作为起点,注重事实;其次,它注重假设,因为假设是科学方法的切入点;最后,既然是假设,故而必须证实,这就需要实验,这在科学方法中至为关键。①

如此看来,这种科学方法似乎将学问与知识抛开了,似乎“学”并不重要,关键是“思”与“做”。而我国的传统文化是很注重“学”的。孔子说:“吾尝终日不食,终夜不寝,以思,无益,不如学也。”荀子说:“吾尝终日而思矣,不如须臾之所学也。”可见,孔子虽有“学而不思则罔,思而不学则殆”的辩证观点,但在学与思之间,是偏重于学的。这从积极意义上讲,有利于典籍的传承,但也可能导致人们好学却不善思考的思维缺陷。所以,胡适力倡科学方法,避免重蹈我国传统文化的偏颇。

为避免矫枉过正,胡适也主张科学的方法需要学问的积淀:

正是因为博学才可以有许多假设。②

---

① 胡适:《“少年中国”的精神》,《胡适学术代表作》下卷,安徽教育出版社,2007 年,第 279 页。

② 胡适:《“少年中国”的精神》,《胡适学术代表作》下卷,安徽教育出版社,2007 年,第 279 页。

所以，科学方法是在事实的基础上，以学问作为根基，大胆地假设，然后，借助证实的过程，来获取真理性的认识。用胡适的话讲，就是

大胆的假设，小心的求证。[①]

他在一生中不遗余力地倡导这种做学问、做研究的科学方法，以增进现代中国人的科学意识。在这方面，胡适是有巨大功绩的。

当然，他的科学方法不免有偏颇之处。例如，他就没有注意到科学的方法不但可以证实，而且可以证伪；他将更多的注意力放在归纳法，而忽视了演绎法的重要作用。但从当时的历史语境来看，胡适的科学方法的主张已经达到了相当高的水准。

在胡适的科学思想中，除了有关科学精神、科学态度和科学方法的论述，还有科学的目的问题，即科学的理想是向善还是向恶的问题，也至关重要。胡适主张科学的理想是向善的，因为，“科学文明的结果是人类痛苦减除，寿命延长，增加生产，提高生活”[②]。胡适认为，科学文明的进步意义是有目共睹的，它极大地改善了人们的生活，减轻了人类生存的痛苦，从而增进了人生的幸福。

针对当时由梁启超《欧游心影录》对科学的批判，而引起的人们对科学的诋毁等的言论，胡适写道：

在一个大战争的时期，为了国家的生存，为了保存人类文明，为了缩短战争，科学不能不尽它的最大努力，发明有力量的武器，如第二次大战争里双方发明的种种可怕武器。但这种战时工作，不是科学的经常工作，更不是科学的本意。科学的正常使命是充分运用人的聪明才智来求真理，求自然界的定律，要使人类能够利用这种真理这种定律来管理自然界种种事务力量，譬如叫电气给我们赶车，

① 欧阳哲生编：《胡适学术文化随笔》，中国青年出版社，1996 年，第 103 页。
② 胡适：《眼前文化的趋向》，《胡适学术代表作》下卷，安徽教育出版社，2007 年，第 201 页。

叫电波给我们送信，这才是科学的本分，这才是利用科学的成果来增进人生的幸福。①

胡适认为二战中科学所发明的新式武器，不是科学的本意，不能归罪于科学，因为科学的正常使命是发现、运用自然规律来造福于人类。他对科学的拥护，可谓不遗余力。而对一切有损科学威严的言行，胡适的斥责可谓掷地有声：

几个反动的哲学家，平素饱餍了科学的滋味，偶尔对科学发几句牢骚话，就像富贵人家吃厌了鱼肉，常想尝尝咸菜豆腐的风味；这种反动并没有什么大危险。那光芒万丈的科学，决不是这几个玄学鬼撼得动的。②

胡适的科学思想是一个庞大的体系，除上述几个方面之外，他还花费大量的精力去搜寻中国传统文化中的科学精神与科学方法，并思考、追索中国近代以来科学落后的原因。尤其值得一提是，他还站在科学的立场上，思考科学与人生观及文化的问题。在这方面，胡适显然没有王国维"可信者"与"可爱者"之困惑，更没有梁启超"心影"破灭后的惆怅，代表了当时崇尚科学的时代精神。

二、科学与人生观及文化问题

1923 爆发的"科玄论战"，在中国现代思想史上具有十分重要的意义。它超越了东方与西方、传统与现代的藩篱，进入到世界范围的现代性语境中，来探讨物质存在与人文精神的意义问题。当然，这场讨论不可能处在势均力敌的状态，充其量不过是一场人文精神争取适量生存地盘的保卫战，因为当时科学主义已成为一股笼括思想界的潮流。借用胡适的话说：

---

① 胡适：《眼前文化的趋向》，《胡适学术代表作》下卷，安徽教育出版社，2007 年，第 200—201 页。

② 胡适：《〈科学与人生观〉序》，《胡适学术代表作》下卷，安徽教育出版社，2007 年，第 329 页。

这三十年来,有一个名词在国内几乎做到了无上尊严的地位;无论懂与不懂的人,无论守旧和维新的人,都不敢公然对他表示轻视或戏侮的态度。那个名词就是"科学"。这样几乎全国一致的崇信,究竟有无价值,那是另一问题。我们至少可以说,自从中国讲变法维新以来,没有一个自命为新人物的人敢公然毁谤"科学"的。①

这场论战,胡适没有加入,"在这回空前的思想界大笔战的战场上,我要算一个逃兵了"②。但是,他以这场论战的总结者的身份撰写了一篇长序,这篇序基本上代表了胡适对科学与人生观问题的认识和态度。

胡适对科玄论战双方均提出了批评,当然,他的批评是有所侧重的。他站在科学的立场上,指出玄学的主张不利于科学思想在中国的传播。因为,"中国此时还不曾享着科学的赐福,更谈不到科学带来的'灾难'"。"中国人的人生观还不曾和科学行见面礼呢!"③他认为,中国当时正是急需科学的时期,不应纠缠于科学的"灾难"问题。

当然,胡适对己方的反驳也提出了批评,认为唯科学主义阵营,除了吴稚晖外,对张君劢等人所谓"科学不能解决人生观问题"的主张的反驳,是不得要领的。因为只有吴稚晖一个人把问题的落脚点,放在了"科学的人生观"问题上,其他则都是在"旁敲侧击",致使整场科玄论战的主题发散,各自为政,没有将问题落到实处。所以,论战双方均难以胜出,而且没有实质性的意义。胡适认为,应当将论战的焦点集中在"科学的人生观"上。如果唯科学主义阵营可以提出"科学的人生观"的方案,那么,玄学派所谓"科学不能解决人生观问题",就不攻自破了。换言之,胡适认为,用科学解决人生观问题是可能的。

所谓"科学的人生观",是指立足于已有自然科学成就之上的人生观。"这种新人生观是建筑在二三百年的科学常识之上的一个大假设。"④所以,

---

① 胡适:《〈科学与人生观〉序》,《胡适学术代表作》下卷,安徽教育出版社,2007年,第327页。
② 胡适:《〈科学与人生观〉序》,《胡适学术代表作》下卷,安徽教育出版社,2007年,第326页。
③ 胡适:《〈科学与人生观〉序》,《胡适学术代表作》下卷,安徽教育出版社,2007年,第329页。
④ 胡适:《〈科学与人生观〉序》,《胡适学术代表作》下卷,安徽教育出版社,2007年,第329、339页。

也可以称作“自然主义的人生观”。胡适据此提出了“科学的人生观”的十条主张，从而解决了“科学的人生观”是什么的问题。例如，胡适提出：“根据于一切科学，叫人知道宇宙及其中万物的运行变迁皆是自然的，——自己如此的，——正用不着什么超自然的主宰或造物者。”[①]简而言之，科学可以破除迷信，驱逐宗教的存在。在西方文化语境中，所谓科学与人文的问题，具体来讲，是科学与宗教的问题。因此，胡适的科学主义的立场是十分明显的。

1930 年，胡适为苏州青年会作“科学的人生观”的演讲时说：

> “科学的人生观”有两个意思：第一拿科学做人生观的基础；第二拿科学的态度、精神、方法，做我们生活的态度、生活的方法。[②]

也就是说，“科学的人生观”实际上要解决对人生的观念，即人生价值是什么，即如何选择和实现这种人生价值的问题。而要阐明上述问题，关键是要明确“人是什么”的问题。所以，在他的“科学的人生观”的十条主张中，就鲜明地提出：“根据于生物学、生理学、心理学的知识，叫人知道人不过是动物的一种，他和别种动物只有程度的差异，而无种类的区别。”[③]这种观点既否定了人是万物之灵的优越性，又放逐了所谓“有好生之德”的主宰者。人不过像自然万物一样普通，一样渺小，生存与生活不过是对尘世“幸福”的追求。这也正是胡适的“科学的人生观”的真实含义所在，即对人生还俗的肯定，卸去了人的神圣光环。人生的价值不过是对“幸福”的追求而已，这就从根本上区别于玄学派人生观对道德“崇高”的信仰。如此，我们就不难发现胡适所谓“科学的人生观”形成的内在机理，它一方面源于对科学的崇信，即唯科学主义的信仰；另一方面，源于对人生尘世的肯定。这在五四时期反传统文化的时代潮流中，具有积极的意义。

胡适的“科学的人生观”的积极意义在于，一方面，它肯定了科学，这有

---

① 胡适：《〈科学与人生观〉序》，《胡适学术代表作》下卷，安徽教育出版社，2007 年，第 329、338 页。

② 葛懋春、李兴芝编：《胡适哲学思想资料选》上册，华东师范大学出版社，1981 年，第 319 页。

③ 胡适：《〈科学与人生观〉序》，《胡适学术代表作》下卷，安徽教育出版社，2007 年，第 339 页。

利于当时科学精神的广泛传播，对中国的现代化进程具有积极意义；另一方面，这种“科学的人生观”否定了传统的“圣人情结”，肯定了人的存在的现实意义。在中国传统文化中，一直有一种“圣人情结”，它体现为对圣人崇拜，放弃尘世生活中的幸福追求。就像佛教否定尘世而追求彼岸一样，人们总以牺牲人性作代价来肯定神性或圣心。在这点上，胡适的“科学的人生观”对中国人个体的自由解放有着重大的历史意义。

当然，胡适的“科学的人生观”也存在一定的消极意义，最明显的莫过于助长了当时“科学万能”之风，即唯科学主义的偏向。依胡适的本来性格，原不至于如此偏于极端的，就像他提倡“全盘西化”一样，实际上是为了倡导一种时代之风，而宁愿矫枉过正，成为“片面的深刻”。所谓“取法乎上，仅得其中”，就有此意罢。所以，在“中国人的人生观还不曾和科学行见面礼”的时代，任何菲薄科学的言论及行为，都是胡适所深恶痛绝的。

另外，胡适的“科学的人生观”极易使人远离道德上的“崇高”。事实证明，人如果没有崇高的道德理想，人格的完善与生活的自由是得不到保障的。在这方面，梁启超的观点是值得认可的，他对这类“死后既没有天堂，只好尽这几十年尽地快活。善恶既没有责任，何妨尽我的手段，来充满我个人欲望”[①]及时行乐而忘却伦理道德的行为，力加批判。梁启超这一观点也可视为对胡适的“科学的人生观”的有益补充。

在“科玄论战”中，双方对文化问题有着不同理解。张君劢在《人生观》的演讲中认为，“文化转移之枢纽，不外乎人生观”[②]。依张君劢的观点，人生观问题是科学难以认知的，所以，作为人生观具体表现的文化，不是科学认知的领域。然而，在胡适看来：“最初人类本身是制造器具的动物。发明新的器具，以胜过物质的环境，因而就构成了所谓文化。后来人类感觉得与自然奋斗太辛苦了，于是躲避在精神生活之下，而造成中古之黑暗时代。直到后来科学与机械兴起，大家才又恢复从前那种自信心，而产生现代西方的新

---

① 梁启超：《〈欧游心影录〉节录》，《饮冰室文集点校》第六集，云南教育出版社，2001年，第3480页。

② 张君劢：《人生观》，张君劢等：《科学与人生观》，辽宁教育出版社，1998年，第36页。

文化。”[1]人类制造器具，毫无疑问是一种科学行为。如此看来，胡适认为，文化实际上起源于科学。换言之，文化似乎成了科学的附属品。所以，他说，“文化之进步就基于器具之进步”，“东西文化之区别，就在于所用的器具不同”。[2] 这种观点与张君劢等玄学派的观点针锋相对。

由上可知，胡适不但认为科学可以解决人生观问题，而且科学还是文化产生、形成及发展的根源与动力。因此，胡适经常运用科学上的发现及原理来探讨文学的形成与发展等问题。例如，他的历史的文学进化论，实际上是把社会学的进化论运用于文学领域；他的实验主义的文学创作观，则借鉴了科学研究的实验主义方法论。

三、历史的文学进化观

胡适的历史的文学进化观是其所引导的白话文运动的理论基础。它主要建立在达尔文生物进化论的自然科学理论的基础上，认为

一时代有一时代之文学。[3]

这种进化论的文学发展观对传统文学与传统文学观来说，是一场巨大的颠覆。因为传统的儒家的文学观，立足于循环论，文学的发展表现为兴极必衰、衰而复生的类似四季轮回的过程。这从周作人在辅仁大学的演讲《中国新文学的源流》一文中可以明了，他认为，中国文学的发展是言志派与载道派的此消彼长，“今次的文学运动，和明末的一次，其根本方向是相同的”[4]。

胡适的历史的文学进化论，建立在达尔文生物进化论的自然科学理论的基础上，他对此理论主动地接受和加以应用，并将进化论上升到方法论的高度，他的这种主张鲜明地体现了当时的唯科学主义的倾向。但是，这种应用只有在科学作为强势话语的情况下才有可能，因为文学就其学科的本质

---

① 胡适：《东西文化之比较》，《胡适学术代表作》下卷，安徽教育出版社，2007 年，第 160—161 页。
② 胡适：《东西文化之比较》，《胡适学术代表作》下卷，安徽教育出版社，2007 年，156 页。
③ 胡适：《胡适学术文集·新文学运动》，中华书局，1993 年，第 32 页。
④ 周作人：《中国新文学的源流》，华东师范大学出版社，1995 年，第 51 页。

特征来说，毕竟不同于自然科学。

对于白话文的合理性，胡适并非强制地运用进化论，得出现在的比过去的好的结论。白话文之所以比古文更合理，是因为他在研究中国文学的发展历程中，发现了白话文是中国古代文学源泉的证据。胡适在《白话文的意义》中论及："孔子、孟子是用当时山东西部的语言，《左传》这部书的文字就是代表当时几个地方的方言。所以我们所谓的古文，在当时都是白话，不过这个白话已经隔了两三千年，时代旧了，白话就变成了古文：活的语言变成了古的语言，活的文学变成了古的文学。"①

胡适认为，《论语》在孔子的时代，实际上是白话文，汉以前的文章在当时基本上也都是白话文，只是时代变迁了，以及后来独尊儒术和科举制度等，才促成了古文的正统地位。但是，这仍然压制不了白话文的发展：

惟愚纵观古今文学变迁之趋势，以为白话之文学种子已伏于唐人之小诗短词。及宋而语录体大盛，诗词亦多用白话者……元代之小说戏曲，则更不待论矣。此白话文学之趋势，虽为明代所截断，而实不曾截断。语录之体，明清之宋学家多沿用之……近人之小说，其可以传后者，亦皆白话也……故白话之文学，自宋以来，虽见屏于古文家，而终一线相承，至今不绝。②

其中，杰出的代表作有《西游记》《三国演义》《水浒传》和《红楼梦》等。

由此，基本可以梳理出胡适历史的文学进化论的立论过程。首先，他认为进化论虽是自然科学理论，但在文学中也普遍适用，因此，"一代有一代之文学"。其次，在历史上，白话文学一直延绵不息，这就是证据，所以，文学的发展指向当今时代的白话文是合理的。这种论证的逻辑线索是，胡适相信，进化论是一种科学精神和科学方法，而且白话文发展进程来自历史的事实，"子曰诗云"的圣人之言缺乏依据。他的这种科学的精神是值得肯定的，但是，他将自然科学的进化论推导至人文科学，并视之为普遍的、万能的理论，

① 胡适：《胡适学术文集·新文学运动》，中华书局，1993年，第276页。
② 胡适：《胡适学术文集·新文学运动》，中华书局，1993年，第32—33页。

则不免陷入唯科学主义的泥淖。

四、实验主义文学观

胡适的历史的文学进化论提出新文学运动展开的必然性和紧迫性，而他的实验主义的文学方法则具体地解决白话文建设的可能性问题。换言之，历史的文学进化论是强调新文学运动破的一面，而实验主义文学观则是强调新文学运动立的一面。

新文学运动在打倒孔孟学说等传统文化之后，迫切需要解决的是中国文学向何处去的问题。当时，守旧派攻击白话文运动的一个理由是，白话不能做诗，写不出美文，只能用于写小说，如《三国演义》《红楼梦》等，而小说在古代文学中的地位则十分低下。梅光迪有言："小说词曲故可用白话，诗文则不可。"[①]如果白话果真做不出好诗，白话文运动或许会功亏一篑。在此刺激下，胡适认识到，白话文运动是为了造就中国人的国语，若没有"文学的国语"则不能称作真正的国语，新文学运动的重中之重是要造就"国语的文学"，即用白话写成的文学。所以，胡适开始尝试着用白话做诗。

胡适受美国现代哲学家杜威的实验主义影响很深，杜威认为艺术即经验：艺术是经验的理想化，而经验即生活，生活就是适应环境，这种适应不是去克服环境，而是主观上规定环境以获取经验。换言之，经历过的并不一定成为经验，只有知觉到了并有作为的经历才能构成经验。[②]胡适自己也认为："实验主义的学者，把所有的意思都看作假设，再去试验他的效果。譬如甲有一个意思说这样方可以齐家，乙有一个意思说那样方可以治国。我们都不可立刻以为是的或否的，先得试验他的结果是否可以如此。"[③]他明确指出：

① 胡适：《胡适学术文集·新文学运动》，中华书局，1993 年，第 378 页。
② 参阅石文年：《杜威和〈艺术即经验〉》，《西方文艺理论名著教程》下册，北京大学出版社，1989 年。
③ 胡适：《谈谈实验主义》，《时事新报》1921 年 10 月 27 日《学灯》。

实验主义的两个根本观念:第一是科学实验室的态度,第二是历史的态度。①

本着这种精神,胡适从现实生活出发,以白话作为工具,开始了中国新诗的尝试过程。

中国第一部新诗集,胡适的《尝试集》1920年终于出版了。谈到为什么叫"尝试集",胡适说:"诗还不曾做几首,诗集的名字已定下了,那时我想起陆游有一句诗:'尝试成功自古无!'我觉得这个意思恰和我的经验主义反对,故用'尝试'两字作我的白话诗集的名字,要看'尝试'究竟是否可以成功。"②很明显,《尝试集》就是用白话做诗的一个实验,成功与否需要得到现实的检验。但是其中贯穿的一种务实的"科学态度"却是胡适颇为自得的。

谈到《尝试集》急于印行的理由,胡适认为至少有三点:"我的第一个理由是因为这一年以来白话散文虽然传播得很远很快,但是大多数的人对于白话诗仍旧很怀疑;还有许多人简直怀疑,简直持反对的态度……第二,我实地试验白话诗已经三年了,我很想把这三年试验的结果供献给国内的文人,作为我的试验报告……第三,无论试验的成绩如何,我觉得我的《尝试集》至少有一件事可以供献给大家的。这件可供献的事就是这本诗所代表的'实验的精神'。"③

胡适的实验主义文学观并不仅仅是一种"实验的精神",它还强烈地体现为一种实用主义的目的性,这也受到了杜威的经验主义的影响。如前所述,经历并不构成经验,还必须有作为,所谓作为即是有用性。从上述引文中,可以明显看出《尝试集》的目的,既为了解决白话不能做诗的难题,又体现了某种"实验精神"。后来,胡适将他的文学改良主张纳入到国语运动的轨道上来,更加显示出其实用主义精神,这是一种科学主义语境下的自觉选择。

---

① 胡适:《实验主义·引论》,《中外文学关系史资料汇编(1898—1937)》上册,广西师范大学出版社,2004年,第74页。

② 胡适:《胡适学术文集·新文学运动》,中华书局,1993年,第378页。

③ 胡适:《胡适学术文集·新文学运动》,中华书局,1993年,第381页。

五四时期之后，胡适转入整理国故，其目的性也很明显。整理国故贯穿的是一种务实的"大胆的假设，小心的求证"的科学方法，当然，有时不免陷入考据学的弊端。但胡适在整理国故中，所整理的大多是流传下来的白话文学，如他的《红楼梦》研究等，可见他的整理国故运动很大程度上还是为他的国语运动服务，当然，其中也不乏对传统文学精辟之见。这与他严谨的科学方法和务实的科学态度不无关系。

总体上看，胡适对科学推崇的同时，似乎又保持着一定程度上的清醒，他明显看到当时"科学万能"的社会文化语境，同时又不否定传统文化存在的必要。这一态度与他提倡的整理国故运动是一致的。胡适在新文化运动的潮流中既是进步的，又是保守的；进步的同时不忘传统，保守传统文化精华的同时又寻求进步，这就造就了胡适不同于陈独秀等人的独特的文化品质。

胡适在寄陈独秀的信中说："吾辈已张革命之旗，虽不容退缩，然亦决不敢以吾辈所主张为必是而不容他人之匡正也。"①这也正体现了胡适所主张的是文学改良而不是文学革命。但在回信中，陈独秀却义正词严地认为："鄙意容纳异议，自由讨论，固为学术发达之原则；独至改良中国文学，当以白话为文学正宗之说，其是非甚明，必不容反对者有讨论之余地，必以吾辈所主张者为绝对之是，而不容他人之匡正也。"②所以，最后高举起文学革命大旗，直捣黄龙的，是陈独秀，而不是胡适。

五四新文学运动是科学主义语境下的一次文学革新运动，作为这次运动的主将的胡适，提出了历史的文学进化论，彻底颠覆了传统文化的循环论思维，为白话文的提倡扫清了道路。同时，他的实验主义文学观又为新文学的建设找到了科学的方法论。这些都无不打下了当时影响深广的科学主义的烙印。科学主义与胡适的文学观是一致的，对科学主义的遵从，才是胡适文学观的真正内质所在。一言以概之，胡适的人文理想与文学观念，均建立在其深刻的科学思想之上。在科学与人文的天平两端，他明显将思想的砝

① 胡适：《胡适学术文集·新文学运动》，中华书局，1993年，第29页。

② 胡适：《胡适学术文集·新文学运动》，中华书局，1993年，第31—32页。

码偏向了科学的一端。有时不免有片面之嫌，但“片面就是深刻”，他那登高一呼的气势具有开风气之先的历史意义。

第二节　郭沫若：吸吮欧西的纯粹科学的甘乳

崇尚科学是五四精神的主调之一，科学主义盛行的历史语境影响、制约了郭沫若前期的文学选择。他不但以现代科学观念为导引，论析了文学的本质、文艺的创作过程等，而且还在思辨理性、情感性格上接受了科学的训练。崇奉科学的倾向，使郭沫若对萌生于反科学技术、反工业文明、属于“现代性的自我批判”范畴的西方浪漫主义思潮，采取了摒弃的态度。在文学的选择上，当时的郭沫若更趋近于重视心灵展现、强调“动”的精神、敢于与现实抗争的表现主义流派。

一、郭沫若对科学主义的崇奉

五四时期，科学，这位“赛先生”，与民主这位“德先生”一道取代了“至圣先师”孔子的地位，成为中国知识界新的偶像。当时，以胡适、吴稚晖、陈独秀、李大钊等为代表的知识分子激进派，竭尽全力地宣扬、传播科学。

胡适侧重于把科学当成一种学术研究与拓展的方法，如假设、证验、演绎、归纳等，认为科学可以提高人类的知识，使人们求知的方法更精密，评判的能力更进步，也就更切近真理。陈独秀对待科学与民主则更带有政治性、社会性的价值信仰态度，甚至渗入了强烈的感情色彩：“这两位先生可以救治中国政治上、道德上、学术上、思想上的一切黑暗，若因为拥护这两位先生，一切政府的压迫，社会的攻击笑骂，就是断头流血，都不推辞。”①科学已成为一种信仰，一种价值，一种主义，成为当时主流意识形态的一个重要的

① 陈独秀：《本志罪案之答辩书》，《新青年》第6卷第1号。

组成部分。而作为意识形态形式之一的文学及文学的创造，也就必然受到其影响和制约。

处在这样历史语境中的郭沫若，以他激进的政治倾向和爱国的情操，对科学理所当然抱着崇奉的心态。加上他在日本所学的又属于自然科学的医学专业，更使他时时以科学的规律规范自我，探索未知，解答课题，乃至影响到对文学性质的判断及文学主张的选择等。

王瑶先生在《中国新文学史稿》中曾经写道：

> 代表了“五四”期的科学观而发展成为泛神论的世界观的，是郭沫若的诗。①

他十分敏锐地察觉到郭沫若文学观念中的一个重要侧向，一个在50年代后逐步消淡了的构成因素，从而揭示了一个独特的研究视角。这可能和他在50年代初的相对开阔的视野有关。但遗憾的是，而后的中国现代文学研究界却似乎忘却从科学主义这一角度，来分析郭沫若的文学观念及文学选择的动因。因此，王瑶先生这一论断十分值得我们进一步加以探索。

1922年8月，郭沫若在《论国内的评坛及我对于创作上的态度》一文中分析了自己的创作个性，他认为自己是一个冲动性的人，在写诗冲动时像一匹奔马，冲动窒息时又像一只死了的河豚。他看到了“自己性格的偏颇，意志的薄弱”，便想借助于科学来纠正和锻炼：

> 我研究科学正想养成我一种缜密的客观性，使我的意志力渐渐坚强起去。我研究医学也更想对于人类社会直接尽我一点对于悲苦的人生之爱怜。②

在郭沫若的心目中，包括医学在内的科学，不仅是疗救悲苦人生的实践性操作工具，而且也是锻炼自我意志力和训练理性思维能力的最佳方式。由此，科学的思维形式、思辨力度，科学的某些学科的术语及内容（尤其是医学），

---

① 王瑶：《中国新文学史稿》，开明书店，1951年，第52页。
② 《郭沫若全集》第15卷，人民文学出版社，1990年，第226页。

常渗入他的有关文学论文的内理，或作为参照的体系、比喻的意象等，出现在他的论证的逻辑进程中。

对于文学的本质，郭沫若从现代科学的时空论视角着眼，得出了一种异于现有文学理论的独特的结论。写于1925年的《文学的本质》，开篇的文字就是：

科学的方法告诉我们：我们要研究一种对象总要先把那夹杂不纯的附加物除掉，然后才能得到它的真确的，或者近于真确的，本来的性质。

基于科学的方法论，郭沫若认为，当时关于文学本质之争尚属于非纯净的层面，立足于小说、戏剧一方的，偏重客观，主张摹仿、无我；立足诗歌一方的，偏重主观，主张自我表现、绝对“主我”。这两种主张的极端对立，只有在“净化”之后，寻得如同化学“纯粹元素”、生物学“细胞”一样的文学的“原始细胞”才能得到调整。而这“文学的原始细胞”，它“所包含的是纯粹的情绪的世界”。

郭沫若进而指出：“空间艺术的发生是后于时间艺术的”，诗属于时间艺术，在于它是情绪自身的表现；而小说、戏剧属于空间艺术，因为它是构成情绪的“素材再现”，增加了认识的分析及意志的综合等。所以诗先于小说、戏剧，它是文学的本质，“文学的本质是有节奏的情绪的世界”。这样，“一切两绝端的主观说和客观说，唯美说和功利说，都可以沟通，可以统一了”。[①] 可以看出，论题及论辩的进展，均由缜密的科学方法导引，深蕴着思维逻辑推演的必然性。

对艺术创造过程的论析，郭沫若也多从属于自然科学的生理学、心理学等角度出发。他把艺术创造比喻成人的受精、怀胎、分娩的过程：

艺术是从内部发生。它的受精是内部与外部的结合，是灵魂与自然的结合。……人的受精以至于分娩，在娘怀中总要住九个月以上。在这九个月中的

① 《郭沫若全集》第15卷，人民文学出版社，1990年，第342—352页。

胎儿的营养，自然要仰诸母体。①

形象生动地说明艺术创造过程中，创造主体与所要表现客体之间的双向交流，相互融汇，孕育新质的特点。

又如诗的创造，郭沫若认为，它不仅在于符合平上去入、高下抑扬、强弱长短、宫商徵羽、双声叠韵这些“外在律”，诗之精神更重要的是体现在类似“音乐的精神”的异常微妙的、纯粹的“内在律”上，他明确地说明：“内在的韵律便是‘情绪的自然消涨’。这是我在心理学上求的一种解释。”他还进一步强调：要研究诗的人恐怕当得从心理学方面，或者从人类学、考古学——不是我国的考据学方面着手，去研究它的发生史，然后才有光辉，才能成为科学的研究。②

即使是在论析艺术的审美性与功利性，即艺术的无目的性与有目的性，这一在当时学界争论激烈的矛盾命题时，郭沫若仍以自然科学的实例来解答。他指出，“为艺术而艺术”与“为人生的艺术”的争执，

不过是艺术的本身与效果上的问题。如一株大树，就树的本身来说并非为人们要造器具而生长的，但我们可以用来制造一切适用的器物。科学亦如此。如自然科学，纯粹科学的研究是在探讨客观的真理，人类即使不从而应用之，其所研究之真理仍然存在。③

艺术必须首先是艺术，正如科学寻求到真理首先具有客观的纯粹性一样，正如大树首先是为自身的预定目的而生长的一样。至于而后用之盖房或造床的实用功利目的，则是后起的效果问题。康德《判断力批判》中关于审美判断第三契机的深奥而玄妙的命题，在郭沫若引入科学的例证后，得到清晰浅显的解答，颇有举重若轻之感。

如果说上述事例是在学理的层面上表现出郭沫若对科学的理性遵从的

① 《郭沫若全集》第15卷，人民文学出版社，1990年，第218页。
② 《郭沫若全集》第15卷，人民文学出版社，1990年，第337—340页。
③ 《郭沫若全集》第15卷，人民文学出版社，1990年，第201页。

话,那么,在另一向度,即在感性乃至潜意识的层面上,更能体现出他那崇奉科学的热烈程度。

1920 年 2 月,田汉到博多湾首次探访郭沫若,而后,两人乘火车前往太宰府。郭沫若事后在给宗白华的信中是这样描绘当时的心境:

> 火车在青翠的田畴中急行。好像个勇猛忱毅的少年向着希望弥满的前途努力奋迈的一般。飞!飞!一切青翠的生命,灿烂的光波在我们眼前飞舞。飞!飞!飞!我的"自我"融化在这个磅礴雄浑的 Rhythm 中去了!我同火车全体,大自然全体,完全合而为一了!①

在当代时工业文明的代表——蒸汽机车的轰鸣声中,他与其声响节奏化融一体,情不自禁地吟诵起美国立体派诗人麦克司·威伯的《瞬间》一诗。科学,代表着希望;科学,充满了前途;科学与大自然、与生命个体亲密无间,完全"合而为一"了。这,就是郭沫若当时对科学痴迷的形貌。

诗歌为情感的外化与凝定。写于 1920 年 6 月的《笔立山头展望》一诗更是郭沫若对科学和工业文明的一首从内心深处发出的赞歌:

> 大都会的脉搏哟!/生的鼓动哟!/打着在,吹着在,叫着在,……/喷着在,飞着在,跳着在,……/四面的天郊烟幕蒙笼了!/我的心脏呀快要跳出口来了!……黑沉沉的海湾,停泊着的轮船,进行着的轮船,数不尽的轮船,/一枝枝的烟筒都开着了朵黑色的牡丹呀!/哦哦,二十世纪的名花!/近代文明的严母呀!

若以 20 世纪末全人类共同奉行的环保意识来衡量的话,郭沫若几近于在赞美、歌颂"工业污染"。形形色色的打着、吹着、叫着、喷着、飞着、跳着的工业机械的运动,成了社会生命的脉搏;而笼罩蓝天的烟幕,竟让他激动得心都快要跳出口来;轮船烟筒吐出的黑色浓烟,居然成了国色天香的牡丹花,成了世纪的名花,成了人类文明生身的母亲。现在看来,这是荒诞的,但这正

---

① 《郭沫若全集》第 15 卷,人民文学出版社,1990 年,第 122 页。

是郭沫若当时真实的情感写照。当然，我们不能超越历史对前人的作品做出苛刻的审美判断，但从中可以明晰地看出，郭沫若当时对科学在情感态度上的崇奉及价值判断上的认同。

二、郭沫若对浪漫主义的摒弃

上一部分，笔者以实证的方式论述了郭沫若对科学的崇奉与迷恋的情况。那么，这一趋向如何影响，即如何导引或制约了他当时的文学选择呢？以下两个部分，笔者将以推理的方式，来释解郭沫若缘何摒弃浪漫主义而趋近于表现主义这一谜题。

笔者曾就创造社与浪漫主义关联的问题查阅过有关的资料，并做了累计。如：1922 年 8 月，郭沫若的《创造》季刊《编辑余谈》；1923 年，郁达夫的《文学上的阶级斗争》；1923 年，成仿吾的《写实主义与庸俗主义》；1926 年，郭沫若的《革命与文学》；1927 年，郁达夫的《文学概说》；1928 年，冯乃超的《冷静的头脑》……这些文章均对浪漫主义文学思潮持摒弃、批判，以至否定的态度。郭沫若甚至这样写道："在欧洲的今日已经达到第四阶级与第三阶级的斗争时代了。浪漫主义的文学早已成为反革命的文学。"①把浪漫主义文学推演为与无产阶级对立的、政治上"反动"的文学形态，对其批判与否定已达到极限。

就此否定的原因，孙玉石先生曾作过分析："问题不在于怎样回顾中国浪漫主义诗歌和自身命运的历程，而在于自我构建而又自我摧毁的这种艺术悲剧所根源的'左'的思想和畸形思维的绵延，持续在诗歌和艺术领域里不断制造自身的萧条和毁灭。"②笔者以为，问题恰恰在于不对中国所谓浪漫主义诗歌的历程作一次历史的回顾，而把答案仅仅断定为"左"的思想和畸形的思维所导致的。文艺上"左"的思想，可以成为郭沫若否定浪漫主义文学思潮的动因之一，但更重要的事实是，郭沫若在 1930 年以前，就没有表示

---

① 郭沫若：《革命与文学》，《创造月刊》1926 年 5 月 16 日第 1 卷第 3 期。

② 孙玉石：《郭沫若浪漫主义新诗本体观探论》，《郭沫若百年诞辰纪念文集》，社会科学文献出版社，1994 年，第 536 页。

过他是以浪漫主义构建自我诗歌美学体系的。既未构建，何来“自我摧毁”呢？单一的政治倾向毕竟是外在动因，正如孙先生惯常所提倡的那样，作家的艺术选择更多的是出自艺术发展的内部规律，是为它所制约的。

那么，郭沫若为什么摒弃浪漫主义呢？其内部规律是什么呢？笔者以为，原因之一，在于他对科学主义的崇奉，从而对浪漫主义持否定态度。

1922 年 4 月，茅盾发表《语体文欧化问题和文学主义问题的讨论》一文，内中一段话与本论题有关：

老实讲，中国现在提倡自然主义，还嫌早一些，照一般情形看来，中国现在还须得经过小小的浪漫主义的浪头，方配提倡自然主义，因为一大半的人还是甘受传统思想古典主义束缚呢。但是可惜时代太晚了些，科学方法已是我们新的金科玉律。浪漫主义文学里的别的元素，绝不适宜于今日，只好让自然主义先来了。①

20 年代初，由于科学主义成为主流意识形态的重要组成部分，文坛也盛行一种属于科学性质的“文学进化论”：古典主义——浪漫主义——自然主义——新浪漫主义……，各种文学流派成了此起彼伏、彼此取代的浪潮。按茅盾的意见，当时中国文坛应跳过浪漫主义这一阶段，原因是“科学方法已是我们新的金科玉律”。当年 7 月，茅盾在《自然主义与中国现代小说》中再一次强调了这一看法。② 那么，浪漫主义与科学主义有什么内在关联与矛盾呢？为什么科学方法盛行，浪漫主义就应该退隐而去呢？其关键是要解答这种对立与矛盾究竟是什么，以及茅盾所说的“浪漫主义文学里的别的元素，绝对不适宜于今日”，这“别的元素”究竟是什么。

这，就必须溯源至西方作为哲学、美学的浪漫主义思潮萌生的端点。国内外学术界一般都认可卢梭为“浪漫主义运动之父”，而代表浪漫主义思潮诞生的理论著述，则是他发表于 1750 年的《论科学与艺术》这篇论文。文中

---

① 《茅盾全集》第 18 卷，人民文学出版社，1989 年，第 187 页。
② 《茅盾全集》第 18 卷，人民文学出版社，1989 年，第 242 页。

充溢着卢梭强烈的反封建的激情，他猛烈地抨击了18世纪法国封建专制社会的虚伪与腐朽，揭示了贵族的奢侈生活是建立在民众的贫困之上，但更重要的是，他把科学、艺术、文化和资产者的掠夺及上流社会的奢侈腐败、道德沦丧等联系在一起："天文学诞生于迷信，辩论术诞生于野心、仇恨、谄媚和谎言；几何学诞生于贪婪；物理学诞生于虚荣的好奇心；一切，甚至道德本身，都诞生于人类的骄傲。因此科学与艺术的诞生乃是出于我们的罪恶。"① 他第一次把科学技术与文化及其所促成的资本主义工业文明等，置于人类历史的审判台之上。

的确，从20世纪末的视点来反观、反思，"人类的骄傲"、"野心"、"贪婪"等，已给人类的生存带来了巨大的灾难和隐患。科学技术的发展虽然创造了辉煌的现代文明，但同时也带来负面效应：人的物欲无限度地急剧膨胀，人与自然环境、自然本性的日渐疏离，商品交换逻辑的泛化让人的价值与尊严沦落，技术思维的隘化使人的生存诗性丧失等……这一异化的现状促发卢梭以始的思想家、哲学家们的警觉与思索，他们提出经久不息的质疑，进行持之以恒的批判，亦即现在学术界所说的"现代性的自我批判"。这就是人类思想史上浪漫主义思潮的渊源及其深层的本质内涵。因此，浪漫主义在本质基点上是与科学主义相对立的。上述茅盾所指出的，浪漫主义文学里"绝对不适宜于今日"的"别的元素"，也就是其所内蕴的反科学主义的要质了。弄清这一问题，郭沫若摒弃浪漫主义的原因也就可释解了。

1936年，郭湛波先生出版了《近五十年中国思想史》一书，认为此前50年，中国思想界论战有以下五次："孔教"与"文体论战"；"东西文化"论战；"科学与人生观"论战；"中国社会史"论战；"中国本位文化"论战。② 其中第二次、第三次论战均涉及科学主义问题。在"东西文化"论战中，胡适、吴稚晖、陈独秀为代表的一方，拥护"德先生和赛先生"，欢迎西洋文化；而另一方，则以梁漱溟、梁启超为代表，认为中国文明是精神的，西洋文化是物质的，应拥护中国文化，反对西洋文化。

① 卢梭：《论科学与艺术》，商务印书馆，1959年，第16页。
② 郭湛波：《近五十年中国思想史》，山东人民出版社，1997年，第8页。

特别是梁启超在第一次世界大战后，作为中国赴欧观察组成员目睹了战争给欧洲人民带来的巨大的灾难：生灵涂炭、民生凋敝、思想混乱、精神失落，这一切都使他震惊不已。但他更关心的是战祸及危机的根源，他也像卢梭一样把它归罪于“科学万能”论：“当时讴歌科学万能的人，满望着科学成功，黄金世界便指日出现，如今功总算成了，一百年的物质的进步，比从前三千年所得还加几倍，我们人类不惟没有得着幸福，倒反带来许多灾难。……欧洲人做了一场科学万能的大梦，到如今却叫起科学破产来。”[①]梁启超此说，极大地震动了当时中国思想界，并引发了第三次，也是历次中最激烈的“科学与人生观”论战。1923年2月，张君劢在清华大学作了题为“人生观”的讲演，对科学万能的倾向提出质疑，要求重新审视精神的价值；同年4月，丁文江发表《玄学与科学》一文，进行反驳，他称张君劢等为玄学鬼，意即沉溺于虚幻之境中，他主张只有科学精神才能对人生观的树立起积极的作用。

在这一历史语境中，郭沫若做出了怎样的反应呢？1923年6月，郭沫若发表了《论中德文化书——致宗白华兄》一文，在文中论述欧战的一段文字之后，特地加上注释：“此处有意反对梁启超的《欧游心影录》，该书正尽力鼓吹科学文明破产。”亮出自己反梁、拥护科学的鲜明的立场。郭沫若分析道：

此次大战，欧洲人所受惨祸诚甚深剧。然而酿成大战的原因，科学自身并不能负何等罪责。科学的精神在追求普遍妥当的真理……唯在资本制度之下而利用科学，则分配不均而争夺以起。[②]

这一分析，几乎与丁文江如出一辙，不妨引录加以比较。丁文江在《玄学与科学》中写道：“欧洲文化纵然是破产（目前并无此事），科学绝对不负这种责任，因为破产的大原因是国际战争。对于战争最应该负责的人是政治家同教育家。这两种人多数仍然是不科学的。”[③]由此可见，郭沫若当时是坚定地

---

① 《梁启超哲学思想文选》，北京大学出版社，1984年，第262页。
② 《郭沫若全集》第15卷，人民文学出版社，1990年，第151页。
③ 丁文江：《玄学与科学》，《科学与人生观》，山东人民出版社，1997年，第55页。

站在主张科学主义的一方，态度十分鲜明。尤其有意思的是，1923 年 8 月，郭沫若写了《自然与艺术》一文，有两段文字，最初发表时为："但是到了近代，文艺又成了科学的奴隶了。自然派的末流，他们的目的只在替科学家提供几个异常的材料。"收入《文艺论集》时，把"科学"与"科学家"二词改成"市侩"与"变态心理学家"。① 这虽然只是小小的更动，但从中也透露出郭沫若对科学崇尚的态度。

在《论中德文化书》的末段，郭沫若再次强调指出："我国自佛教思想传来以后，固有的文化久受蒙蔽，民族的精神已经沉潜了几千年，要救我们几千年来贪懒好闲的沉痼，以及目前利欲薰蒸的混沌，我们要唤醒我们固有的文化精神，而吸吮欧西的纯粹科学的甘乳。"②把接受西方的科学作为唤醒中华民族固有的文化精神的前提，其倾向性尤为明晰。值得注意的是，郭沫若对于"东西文化"的对立矛盾，所持的态度不像胡适和梁漱溟那样走极端性。他认为中国古代精神和希腊文明两相契合，都是一种"活静"，是一种动的群力合作的平衡状态，即尼采所说的酒神精神祈求静的日神式的表现。两者都包含科学的内涵，中国古代像伏羲氏仰观象于天，俯观法于地，始作八卦；像《诗经》中天文学知识之丰富；像《墨子》中的伦理学、物理学之萌芽；像邹衍的归纳法、惠施的学说等等，都"具有纯粹科学的面目"。现在，世人均把希腊文明当作近代科学之母，那么，我们也"不能忘情于我国的传统"，所以"科学文明不当加以蔑视"。③

总之，在 1923 年中国思想界的"科学与人生观"这场论战中，郭沫若是以鲜明的态度支持科学的，具有明确的科学主义倾向。如上节所述，西方浪漫主义思潮的萌生，其本质要义是反对科学主义的，是反对科学技术所促生的工业文明，是"现代性"的自我批判。这一本质要义也就是茅盾一再指出的浪漫主义内含的"不适宜于今日"的"元素"之所在。因此，作为科学主义的崇奉者的郭沫若，当然不会去选择在"文学进化论"流程中已属于"过去"，

---

① 《郭沫若全集》第 15 卷，人民文学出版社，1990 年，第 215 页。
② 《郭沫若全集》第 15 卷，人民文学出版社，1990 年，第 157 页。
③ 《郭沫若全集》第 15 卷，人民文学出版社，1990 年，第 148—158 页。

属于历史流逝中的反科学主义的浪漫主义美学及文学思潮。

三、郭沫若的文学选择

那么,郭沫若当时的文学选择是什么呢?笔者以为,趋近于表现主义。

综观1926年以前郭沫若的文学主张,他明确地表示肯定、"共感"的艺术流派唯有"表现派"这一家。1923年8月,在《自然与艺术——对于表现派的共感》一文中,他批评道:19世纪的文艺是"受动"的文艺,像自然派、象征派、印象派、未来派,都是"摹仿"的文艺,都还没达到"创造"的阶段(笔者提请注意,浪漫派连提及的资格都没有)。他呼吁:"艺术家不应该做自然的孙子,也不应该做自然的儿子,是应该做自然的老子!"能符合这一美学创造要求的,当时看来只有表现主义流派了,所以郭沫若激动地"共感"道:

> 德意志的新兴艺术表现派哟!我对于你们的将来寄以无穷的希望。①

在1932年所写的《创造十年》中,郭沫若回忆20年代初创作《棠棣之花》等诗剧的情况,他说:除了受歌德影响之外,

> 助成这个影响的不消说也还有当时流行着的新罗曼派和德国新起的所谓表现派。特别是表现派的那种支离灭裂的表现,在我的支离灭裂的头脑,的确得到了它的最适宜的培养基,妥勒尔的《转变》,凯惹尔的《加勒市民》,是我最欣赏的作品。②

这说明表现主义流派在当时郭沫若文学选择中占据着较重要的地位。

那么,郭沫若当时在文学创作上为什么要选择表现主义流派呢?原因可以从以下几点进行探讨:

第一,表现派重视心灵、崇尚主观的倾向与郭沫若关于文艺本质的理解

---

① 《郭沫若全集》第15卷,人民文学出版社,1990年,第148—158页。

② 郭沫若:《学生时代》,人民文学出版社,1979年,第68页。

是一致的。

按鲁迅所译的日本片山孤村的《表现主义》一文,表现派的状况比较复杂,“但要而言之,隐约地推崇着心灵、精神、自我、主观、内界等,是全体一致的”[①]。郭沫若在《创造十年》回忆做诗剧所受表现派的影响时,还有一段话:“那一派的人有的是崇拜歌德的,特别是把歌德‘由内而外’的一句话做为了标语。在把《浮士德》第一部译过了之后的我,更感觉着了骨肉般的亲热。”[②]表现派从主观的“内界”,表现自我的心灵,这与郭沫若主张文学的本质是“情绪的世界”,是“内心的要求”,遥相合拍。郭沫若在《文艺的生产过程》中还引用表现主义理论家朗慈白曷教授的一句话“艺术是现,不是再现”,他认为“这句简明的论断,把艺术的精神概括无遗了”。[③] 可以看出当时郭沫若对表现主义认同的程度,所以他才会对它感到“骨肉般的亲热”。

第二,表现派强调“动”的精神与郭沫若当时的反叛意识、创造情绪相一致。

片山孤村指出,表现派第二个要质是:“将他们所要表现的精神(心灵,灵魂,万有的本体,核心),解释为运动,跃进,突进和冲动。‘精神’是地中的火一样的,一有罅隙,便要爆发。一爆发,便将地壳粉碎,走石,喷泥。”[④]在《论中德文化书》中,郭沫若就一再强调要把中国古代传统中“动的文化精神恢复转来,以谋积极的人生之圆满”[⑤]。“动”就是要拯救我们这衰老僵滞的民族精神,创造一个“再生的时代”。请读读郭沫若写于1923年的《我们的文学新运动》一文:“我们的精神不许我们退撄。我们要如暴风一样唤号,我们要如火山一样爆发,要把一切的腐败的存在扫荡尽,烧葬尽,迸射出全部的灵魂,提呈出全部的生命。”[⑥]连文词几乎都和片山孤村的描述一致。

片山孤村认为,表现派在哲学上受到“尼采和伯格森的影响,则将现实

---

① 鲁迅:《壁下译丛》,上海北新书局,1929年,第41页。
② 郭沫若:《学生时代》,人民文学出版社,1979年,第68页。
③ 《郭沫若全集》第15卷,人民文学出版社,1990年,第217页。
④ 鲁迅:《壁下译丛》,上海北新书局,1929年,第46页。
⑤ 《郭沫若全集》第15卷,人民文学出版社,1990年,第155页。
⑥ 郭沫若:《我们的文学新运动》,《创造周报》1923年5月27日第3号。

解作运动,发生,生生化化,也见于想要将这表现出来的努力上"[①]。郭沫若在1920年致宗白华信中也已谈到对伯格森的认同:"《创化论》我早已读完了。我看柏格森的思想,很有些是从歌德脱胎而来的。凡为艺术家的人,我看最容易倾向到他那'生之哲学'方面去。"[②]柏格森关于"生命冲动","意识绵延",在创造进化的运动中所产生的神秘的力量,都和郭沫若"神会"式、"直觉"式的艺术观念合拍,这就使他和表现派在精神内质上自然地相互沟通,彼此融汇。

第三,表现派对丑陋现实的抗争行为与郭沫若当时改革现状的强烈要求相一致。

若按美学倾向来说,表现主义也是对科学、科技理性及其所促成的资本主义工业文明持警惕的态度。在这一点上,它接近于浪漫主义。但两者之间又有所不同,如果说浪漫主义在批判中呈示为一种柔性的,向后看的忆恋的话;那么,表现主义在批判中则呈示为一种刚性的,向前寻索的突进。因为表现主义要求最大限度地肯定生命本体,勇于与一切压抑生命的逆向力量相抗衡。片山孤村说:"表现主义却是对于现实的争斗,现实的克服,压服,解体,变形,改造。"[③]

在这一向度上,如果科学主义能给予支撑的话,它也会接纳之。例如,惠特曼对资本主义蓬勃发展的美洲这个"新大陆"的赞美,以及对感性的"带电的肉体"的生命的讴歌,都说明它对科学主义不是绝对排斥的。像郭沫若类似惠特曼诗风的《天狗》、《凤凰涅槃》、《匪徒颂》等,也都充溢着表现主义的精神及气势。

更重要的,"表现派是开首就提倡非战论、平和主义、国际主义的,则内中有许多民主主义者和社会主义者"[④]。表现派的大多数成员介入了反"一战"的实际斗争,研究"从战争唤起的"人生问题、社会问题,而且其中一部分成员还是社会主义者,同情无产阶级,这一政治倾向更使郭沫若感到与表现

① 鲁迅:《壁下译丛》,上海北新书局,1929年,第42页。
② 《郭沫若全集》第15卷,人民文学出版社,1990年,第55页。
③ 鲁迅:《壁下译丛》,上海北新书局,1929年,第47页。
④ 鲁迅:《壁下译丛》,上海北新书局,1929年,第42页。

主义的“亲和”。因为当时郭沫若已朦朦胧胧地感应到社会主义和无产阶级的召唤:“我们反抗资本主义的毒龙。”“我们的运动要在文学之中爆发出无产阶级的精神,精赤裸裸的人性。”“我们的目的要以生命的炸弹来打破这毒龙的魔宫。”①在这样的政治性、社会性价值取向的导引之下,趋近于表现主义自然是当时郭沫若最理想的文学选择了。

第三节 茅盾:自然主义的真精神是科学的描写法

学界在论及茅盾早期的文学选择时,均注意到他从主张“新浪漫主义”文学退回到“自然主义”文学的变化。但对这一变化却有不同的解说。陈思和是感到有点突兀:“沈雁冰早年曾在现实主义与现代主义之间摇摆不定,从 1921 年下半年起,他才突然坚定地转向了现实主义。”②温儒敏则认为:“‘人生派’理论家转向提倡自然主义,有其必然性。过去有的论者认为这主要是针对鸳鸯蝴蝶派的,其实不然。他们是出于对新文学发展的忧虑,才提出这一主张的。……倡导‘自然主义’正是为了克服文坛上‘不忠实的描写’的通病。”③即茅盾等的转化及对自然主义的倡导,除了针对鸳鸯蝴蝶派那种“吟风弄月文人风流”的游戏笔墨之外,主要是为着克服当时新文学作者把文学作为负载思想观念的工具化、概念化而“失真”的倾向。

这些现象的揭示、原因的探寻,都接触到问题,均具合理性。但若从文学观念转变的学理内质来思考,似还可作进一步的探索。自然主义文学、写实主义文学的形成与科学主义思潮的导引,有着内在的、必然的、学理上的逻辑关联。因此,从科学主义视角切入进行研究,可以更全面理解茅盾文学主张更换的缘由。

---

① 《郭沫若全集》第 15 卷,人民文学出版社,1990 年,第 48 页。
② 陈思和:《中国新文学整体观》,上海文艺出版社,1987 年,第 78 页。
③ 温儒敏:《新文学现实主义流变》,北京大学出版社,1988 年,第 40 页。

一、今后新文学运动该是新浪漫主义的文学

1921 年下半年之前，茅盾的文学选择是不赞成自然主义文学，而倾向于新浪漫主义的。1922 年，在《小说月报》上展开的关于自然主义论战中，茅盾就自然主义文学只描写悲哀、丑恶，而不解决之，曾明确承认：

> 我从前也有一时因此而不赞成自然主义文学。①

否定之反向必有肯定。茅盾当时肯定的是新浪漫主义主义文学，这有胡适之说为佐证。1921 年 7 月 22 日《胡适的日记》记述："我昨日读《小说月报》第七期的论创作诸文，颇有点意见，故与振铎及雁冰谈此事。我劝他们要慎重，不可滥收。创作不是空泛的滥作，须有经验作底子。我又劝雁冰不可滥唱什么'新浪漫主义'。现代西洋的新浪漫主义的文学所以能立脚，全靠经过一番写实主义的洗礼。有写实主义作手段，故不致堕落到空虚的坏处。如梅特林克（Meterlinck），如辛兀（Synge），都是极能运用写实主义的方法的人。不过他们的意境高，故能免去自然主义的病境。"②胡适当时应高梦旦之邀，离京赴沪为商务编译所企划事务，而茅盾、郑振铎正任该所编译，故有此番对话。

胡适不赞同茅盾在《小说月报》上过分地鼓吹新浪漫主义，主张中国新文学先要立足于写实主义文学，而后才能发展新浪漫主义文学。这一观点当然与胡适的"历史的进化的文学观"有关，但也客观地从史实上证实了茅盾当时的文学选择是倾向于新浪漫主义的，即今天所称的现代主义文学。

茅盾何以有这一偏向呢？当时，他认为写实主义文学的最大弊病是"丰肉弱灵"，而新浪漫主义文学，如罗曼·罗兰的作品则能达到"灵肉一体"。对此，他作了具体分析。

其一，在创作理论上，自然主义文学只重观察，缺少价值判断。

茅盾认为，文学创造的两大原则是观察和想象，文学表现人生的两大方

---

① 《茅盾全集》第 18 卷，人民文学出版社，1989 年，第 193 页。

② 《胡适的日记》，中华书局香港分局，1985 年，第 156 页。

法是分析和综合。但自然主义的文学“只重观察”,

只用分析的方法去观察人生表现人生,以致见的都是罪恶,其结果是使人失望,悲闷,正和浪漫文学的空想虚无使人失望一般,都不能引导健全的人生观。所以浪漫文学固有缺点,自然文学的缺点更大。①

与浪漫主义文学偏重于空虚的主观想象一样,自然主义文学偏重于客观的观察。观察固然可以精确、细致地表现人生,但面对这罪恶的、黑暗的现实世界,纯粹客观的、毫无价值判断的描摹,只能造成颓丧精神和唯我精神的盛行。而从方法着眼,茅盾主张分析和综合并用:“现社会现人生无论怎样缺点多,综合以观,到底有真善美隐伏在罪恶的下面”,但自然主义的文学家却无法从综合的角度看到这一点,它无法引领人生的价值取向,于读者的人生观的构建无益。由此,茅盾归结道:“夫文学之完成,所恃者二,一为艺术,一为理想。艺术之至高格,在兼观察与想象而能谐和,写实文学偏重观察而屏弃想象,虽于现实能适合,使表现(文学)不至与实在(人生)冲突,而其弊则在丰肉而枯灵,此写实文学在艺术上未能完全无缺也。”②

其二,在创作实践上,自然主义文学无法达到灵肉感觉一致。

茅盾十分欣赏新浪漫主义的作品中“使灵肉的感觉一致”的审美意味,而自然主义的写实作品却无法达到。他引奥地利诗人霍夫曼斯塔尔的论析为证:

一个酷热的无星的夏夜;山道上湿石的气味;泉水冲在你手上你对于冰冷的水的感觉;——这许多外界的动静都和你的精神生活缚得很密很紧……从这里合成出来的字,像燧石上的火花一般都现在灵魂的背景里。③

这段描述,不是像自然主义、写实主义作家那样,对客观外物观察仅停留在

① 《茅盾全集》第18卷,人民文学出版社,1989年,第38页。
② 《茅盾全集》第18卷,人民文学出版社,1989年,第45页。
③ 《茅盾全集》第18卷,人民文学出版社,1989年,第41页。

被动的单纯的反映层面，它渗透着创作主体在特殊境域中纯个人化的感觉，它充溢着创作主体在特定状态下精神性的感应，对物的表现是熔铸在灵的背景里。在当时茅盾认为，这样的创作才是中国新文学发展的趋向。

而被他视为新浪漫主义的代表作罗曼·罗兰的《约翰·克利斯朵夫》的成功之处，正是在于其灵魂、思想与生活体验的一体化，“这本书好比一条大桥，驾通十九世纪的思想到二十世纪的思想”。“这部新浪漫主义的大著作表现过去，表现现在，并开示将来给我们看。正如 Eucken 重新说明人类生活，告诉我们人类生活的真价值，我们从了他可以得到灵魂安适的门。”也就是说，新浪漫主义超越自然主义、写实主义的要质，在于作家这一创作主体能对人类生活、社会事态做出自身的价值判断，从而导引读者的灵魂；写实主义却只是停留在对生活事态被动的精确描摹而已。

因此，1921 年上半年之前茅盾的文学选择偏向于新浪漫主义。那么，在他心目中，写实主义何以会产生“丰肉弱灵”的弊端呢？学界以往在分析时，多局限于创作方法的范围。而从它的学理内质，即科学主义的角度入手，尚未尝见之，这样也就未能达到深层次的释解。

在茅盾开始文学活动的初期，他对科学及科学主义是持质疑、否定的立场。在论析浪漫精神复活的原因时，他以贬抑的口吻谈到：“自然主义的暂时的兴盛，只是受着科学万能说暂时的变态，科学既不能解决社会上的问题而气焰一矮，浪漫精神便又复活。”①他看到了科学与写实主义之间的关系，当科学无法实现其解决种种社会问题的功用，当“科学万能”遭到质疑时，其在文学领域里的衍生形态——写实主义也就低落了。

茅盾并不仅只是停留在科学功能这一现象层面上，他更关注的是科学与人文之间在本质上的差异。他引用法国小说家 Anatole France 的话：“什么叫科学呢，你讲讲看？只是眼镜罢了……我们要辩论一个复杂的问题只有靠心的指导方能有一点结果。”他还引用诗人叶芝的话：“科学运动是几于无孔不入了，但在文学上，决用不着科学，因为文学不必发明，只要照老样

---

① 《茅盾全集》第 18 卷，人民文学出版社，1989 年，第 43 页。

做。”[①]科学是用于观察、认识世界的,譬如人的视力不足时,它可以起到像眼镜一样的帮助功能。但科学所能把握的只是事实判断,在人文社会科学方面所需要的价值判断,它就无能为力了。像文学所涉及的人的情感生活、自由意志等,科学就绝对无法包容,无法导引,后者只能“靠心的指导”。

客观的观察和心灵的导向这一对立,在茅盾论翻译文学问题时也显示出他的偏爱来。当翻译文学在“神韵”与“形貌”未能两全时该如何取舍呢?他说:“就我的私见下个判断,觉得与其失‘神韵’而留‘形貌’,还不如‘形貌’上有些差异而保留‘神韵’。文学的功用在感人(如使人同情使人慰乐),而感人的力量恐怕还是寓于‘神韵’的多而寄在‘形貌’的少。”[②]可见,当时在科学的精确观察和心灵的自由构想之间,茅盾还是偏向于后者。这一点与鲁迅的“硬译”主张是不同的。

茅盾当时这一偏离、质疑科学的立场缘何而来呢?若从历史语境考证,笔者以为与梁启超有一定的关联。1920 年 3 月,梁启超的《欧游心影录》发表,其中“科学万能之梦”一节在中国思想界激起了轩然大波。在国人的心目中,梁启超是作为引进西学的先导者,但考察欧洲之后,他却发出“欧洲人做了一场大梦,到如今却叫起科学破产来”的惊人之语。这不亚于一声炸雷,使中国民众从对科学痴迷中觉醒,在对它的判定上增加了新的向度。

对于新历史语境下科学与写实主义、自然主义的关系,梁启超做了这样的论述:“自然派文学就把人类丑的方面兽性的方面赤条条和盘托出,写得个淋漓尽致,真固然是真,但照这样看来,人类的价值差不多到了零度了。”由于人类自身的意志自由在科学所高扬的客观性、精确性跟前丧失殆尽,这样,人类只能被动地为周围的物质世界、社会环境所支配,无法做出善恶、是非的价值判定,文学的功能、作用也就无从发挥了。梁启超继续分析道:“我们从前自己夸嘴,说道靠科学来征服自然界。如今科学越发昌明,那自然界的威力却越发横暴,我们快要倒被他征服了。所以受自然派文学影响的人,总是满腔子的怀疑,满腔子的失望。”[③]

---

① 《茅盾全集》第 18 卷,人民文学出版社,1989 年,第 41 页。
② 《茅盾全集》第 18 卷,人民文学出版社,1989 年,第 87 页。
③ 《梁启超文选》,上海远东出版社,1995 年,第 200 页。

显然，茅盾对自然主义、写实主义文学思潮持质疑的态度源自梁启超。自然主义、写实主义文学的弊端既已显露，势必以新的文学思潮予以调整、弥补，这一选择只能是当时最新的文学思潮——“新浪漫主义”（相当于今天的现代主义）：“新浪漫主义为补救写实主义丰肉弱灵之弊，为补救写实主义之全批评而不指引，为补救写实主义不见恶中有善，与当世哲学人格惟心论之趋向，实相呼应。”最后，他这样写道：

> 能帮助新思潮的文学该是新浪漫的文学，能引我们到真确人生观的文学该是新浪漫的文学，不是自然主义的文学，所以今后的新文学运动该是新浪漫主义的文学。①

这就是茅盾论及自己当时文学倾向的结论。

二、我以为须得提倡文学上的自然主义

从1921年下半年起，茅盾在一些文章中，开始陆续调整对于自然主义文学的看法。而这一文学立场转折点的标志则是发表于该年度12月出版的《小说月报》上《文艺上的自然主义附志》一文。对于文学界一些责难自然主义的说法，茅盾明确指出：“今日已不是自然主义初发生时代的时代了，自然主义在文学上的地位已经确定，似乎不用多所怀疑。”并进而谈到，本期刊发的晓风《文艺上的自然主义》一文，尽管旧了一点，但“给现在国内青年看了，还是对症发药”。② 到了1922年，为着维护自然主义文学的地位，茅盾在《小说月报》上展开了关于自然主义的系列论战，论战的高潮则是他的《自然主义与中国现代小说》这篇著名的论文的诞生。

那么，自然主义、写实主义文学对于当时的中国文学界来说，有哪些特质值得倡导呢？

第一，自然主义作家立足于科学的求真精神。

---

① 《茅盾全集》第18卷，人民文学出版社，1989年，第44页。
② 《茅盾全集》第18卷，人民文学出版社，1989年，第146页。

茅盾指出:"自然主义的真精神是科学的描写法。见什么写什么,不想在丑恶的东西上面加套子,这是他们共通的精神。"这种科学的描写法源于自然主义的美学宗旨:

自然主义者最大的目标是"真";在他们看来,不真的就不会美,不算善。他们以为文学的作用,一方面要表现全体人生的真的普遍性,一方面也要表现各个人生的真的特殊性。①

他们从科学的认知角度出发,认为宇宙间万物没有任何两种事物是绝对相同的,若不表现出每一物的自身的特殊性质,那就是失真,失真的描写与表现,就谈不上什么美。这就是他们所追求与坚持的"美即是真,真即是美"的美学原则。

在这一美学原则的基点上,"客观描写与实地观察"就成了自然主义文学的"两大法宝"。对这两种创作方式,茅盾结合当时国内创作界的状况,作了具体的分析。

首先,"客观描写"的方法"最大的好处是真实与细致。一个动作,可以分析的描写出来,细腻严密,没有丝毫不合情理之处"。这恰巧和当时中国小说那种"记账式"的描写法相反,后者不是从人物的众多的动作中择取最紧要的、关键的来加以描写,以表现人物的内心活动,而是烦琐累赘地排列下来,如写一个人起床,从醒来睁眼、推开枕头、掀开被窝、披上衣服、穿上丝袜、穿了裤子、扎了裤管,直到套上拖鞋下地,这种流水式的记账成了当时中国小说创作的通病,就现代意义上的小说创作来说差距甚远。因此,"自然派描写眼前平凡的事物,件件是真实的,如今国内的一般作者也描写眼前平凡的事物,却也件件都是虚浮的"②。

其次,"实地观察"的方法。"自然派的精神并不只在所描写者是实事,而在实地观察后方描写。既然先须实地观察,可知决非凭一时之冲动,下笔

① 《茅盾全集》第18卷,人民文学出版社,1989年,第235页。
② 《茅盾全集》第18卷,人民文学出版社,1989年,第157页。

文不加点，就能成功。亦惟先做过绵密的观察而后写出来的，方才同做一题而内容不雷同。”[①]茅盾以巴尔扎克、福楼拜为例，他们在创作时不仅对作品的社会、历史背景注重考察，而且对于作品主人公所处的小环境，如某一咖啡馆、某一建筑内部的陈设，甚至内部的氛围，都要进行实地的、细致的观察。通过这样的实地观察、亲身体验，所以他们的小说即使是写同一题材时也绝对不会出现雷同的现象。而当时国内创作界所发表的小说，从思想、情节到人物的语言，几乎是篇篇相似的。其原因有二，一是作者把做诗的方法去做小说，只凭想象、灵感进行创作；二是作者只看了别人的作品里描写的人生世界，依样仿照。对于这样以摹仿、因袭为主导的创作现状，自然主义的“实地观察”方法的倡导就显得异常必要了。

第二，自然主义作家遵从科学认知的客观冷静的写作态度。

茅盾指出：

> 自然派作者对于一桩人生，完全用客观的冷静头脑去看，丝毫不掺入主观的心理；他们也描写性欲，但是他们对于性欲的看法，简直和孝悌义行一样看待，不以为秽亵，亦不涉轻薄，使读者只见一件悲哀的人生，忘了他描写的是性欲。[②]

自然主义作家信奉科学的求真精神，而科学重于事实判断，弱于价值判断，它往往排斥观察主体的善恶是非的取舍抉择，排斥他那喜怒爱恨的情感渗入。因此，它在文学上就要求作家以客观、冷静的态度去对待人事物态，而不赞同主观情绪的介入。作家愈冷静、愈客观，作品就愈能达到“真”，也就愈接近于“美”。

对于自然主义这一倾向，梁启超有着更形象的说法：“他们把社会当作一个理科实验室，把人类的动作行为当作一瓶一瓶的药料，他们就拿他分析化合起来，那些名著，就是极翔实极明了的试验成绩报告。又像在解剖室中，将人类心理层层解剖，纯用极严格极冷静的客观分析，不含分毫主观的

---

① 《茅盾全集》第 18 卷，人民文学出版社，1989 年，第 178 页。

② 《茅盾全集》第 18 卷，人民文学出版社，1989 年，第 237 页。

感情作用。”[①]梁启超这里是带有一些批评的口吻，但从他生动的比喻中，可以看出自然主义文学在创作上的独特之处。

那么，这一特质对于当时中国现代小说的创作有何益处呢？茅盾深有感触地写道：“中国旧派小说家作小说的动机不是发牢骚，就是风流自赏。”神圣的恋爱，到了他们的笔下，“便满纸是轻薄口吻，肉麻态度，成了‘诲淫’的东西”；正经的社会政治大事，“则成了攻讦隐私，借文字以报私怨的东西”。“这都因作者对于一桩人生，始终未用纯然客观心理去看，始终不曾为表现人生而描写人生。”因此，自然主义文学这一特质对于“专以小说为‘发牢骚’，‘自解嘲’‘风流自赏’的工具的中国小说家，真是消毒药；对于沉浸在旧文学观念里而不能自拔的读者，也是绝妙的兴奋剂”。[②]

第一，自然主义客观地毫不掩饰地描写丑恶符合当时现实的需求。

自然主义文学招人责难的最重要一点是赤裸裸地揭露丑恶，真切地描写人生悲哀，而不给人解救的方法。茅盾在此前不赞成自然主义文学，也出于这点，他形象地批评其为“丰肉弱灵”。在这一时期，茅盾逐渐调整了自己的看法。

他先是分析，“专一夸大地描写人间英雄气”的浪漫主义，何以会在19世纪后半叶衰落下去呢？“原因即在理想美化了的表面，终有一日要拉破，绣花枕里的败絮终有一日要露出来”，近代人想以理想美化人生的努力，在现实的丑恶跟前终不免要归于失败。其次，生当世纪末的青年，本已觉悟，目光锐利，就是没有自然主义文学的描写，人间的丑恶也终究会看得清楚的。如果文学创造者强以掩丑而夸善的浪漫主义文学去蒙骗他们，无非是在哄小孩罢了。

再者，他从现实主义美学审丑的态度上分析，

人看过丑恶而不失望而不颓丧的，方是大勇者，方是真能奋斗的人；若徒然靠甜蜜蜜的引人的希望之光而方能有勇气去奋斗，我敢说他一遇困难，就退下

---

① 《梁启超文选》，上海远东出版社，1995年，第200页。

② 《茅盾全集》第18卷，人民文学出版社，1989年，第237页。

来了。①

茅盾这一看法与鲁迅是渐之趋近的，鲁迅在《呐喊·自序》中谈到："还未能忘怀于当日自己的寂寞的悲哀罢，所以有时候仍不免呐喊几声，聊以慰藉那在寂寞里奔驰的猛士，使他不惮于前驱。"②直面丑恶，打破黑暗，不屈服、不颓唐，勇于抗争，振臂呐喊，这才是中国现代作家的不可卸脱的职责。在这一点上，也标志着"为人生的文学"开始走向成熟。

第二，自然主义的文学观念建基于科学所发现的原理之上。

任何文学观念产生均与一定的社会思潮有关，而社会思潮则源自那一时期的哲学、宗教、伦理、政治，以及自然科学新发现的原理等所形成的历史语境。20世纪初，中国两大社会思潮是科学与民主，它们不可避免地渗入了当时的文学观念中。由此，茅盾指出：

> 自然主义是经过近代科学的洗礼的；他的描写法，题材，以及思想，都和近代科学有关系。左拉的巨著《卢贡·玛卡尔》，就是描写卢贡·玛卡尔一家的遗传，是以进化论为目的。莫泊桑的《一生》，则于遗传而外又描写环境支配个人。意大利自然派的女小说家塞拉哇的《病的心》是解剖意志薄弱的妇人的心理的。进化论，心理学，社会问题，道德问题，男女问题……都是自然派的题材；自然派作家大都研究过进化论和社会问题。③

题材、思想决定了作品的内容，所以自然主义文学所描写的对象是和当时科学原理新的拓展及其发现合为一体的。茅盾进而指出，现在国内有志于新文学的青年，想描写青年与老年的冲突，想揭露社会的黑暗等，却显得内容单薄、用意浅显，原因就在于他们不去研究当今科学所发现的新原理，仅凭一点"直觉"进入创作。因此，茅盾提出："我们应该学自然派作家，把科学上发见的原理应用到小说里，并该研究社会问题，男女问题，进化论种种学

① 《茅盾全集》第18卷，人民文学出版社，1989年，第194页。
② 《鲁迅小说杂文散文全集》，广西民族出版社，1996年，第218页。
③ 《茅盾全集》第18卷，人民文学出版社，1989年，第238页。

说。”只有这样，新文学创作才能向前发展。

三、从新浪漫主义退回自然主义的缘由

按茅盾对西洋文学发展流程的介绍，从古典主义至浪漫主义，到自然主义，再到新浪漫主义，这是一种循序的、必然的文学演进的过程。那么，从选择新浪漫主义回到自然主义，岂不是一种倒退？茅盾何以做出这样的决策，此中的缘由何在呢？

第一，由于时代精神是科学的，从而决定了当时中国自然主义文学的主流地位。

五四时期，其时代精神主潮是科学与民主。如果说茅盾在开始文学活动时，对“科学万能说”、科学能否解决人文精神问题，尚持质疑的态度的话，那么，随着时代的前进，作为新文学运动开拓者的他，也渐渐地在调整自己的判断取舍，逐步以一分为二的视点来看待这一问题了。1922 年 3 月，他谈到近代文明的发展，太偏于物质方面，是一种“病的文明”，应该予以批评；同时，他即从另一侧向着眼：“但是近代文明亦自有其好处：科学方法，实验精神，自由解放的思想……这些都是‘病的文明’的最健全的‘副产品’；人类历史继续一天，这些美贵的东西便有一天的应用。”①对于由近代科学发展所引发的物质功利思潮，如鲁迅所说的“物欲来蔽，社会憔悴”，茅盾指出了它的偏颇，认为是一种“病的文明”。但他并未像以往那样，进而也否定了科学及科学主义思潮的正向效应，而是推崇其为人类历史上“美贵的东西”。

数月后，他在一次文学讲演中明确地指出了科学精神与写实主义文学之间的必然逻辑联系：

近代西洋的文学是写实的，就因为近代的时代精神是科学的。科学的精神重在求真，故文艺亦以求真为唯一目的。科学家的态度重客观的观察，故文学也重客观的描写。②

---

① 《茅盾全集》第 18 卷，人民文学出版社，1989 年，第 166 页。
② 《茅盾全集》第 18 卷，人民文学出版社，1989 年，第 271 页。

即科学精神决定了写实主义文学在近代的主流地位。

关于写实主义文学思潮的生成与演化，今日学界多从作家感时忧国的精神导引他们深切地关注自身生存的真实环境着眼，这个角度是正确的，但仅是属于现象性的。写实主义文学思潮兴起的原由，还有其更深层的学理性的缘由。写实主义、自然主义重在客观观察，重在精确表现人生，而这一特质的形成，明显地源自科学思潮。因为科学、科学主义所讲求的客观观察、事实实证的原则和追求精确观察、事实实证、冷静解剖、客观叙述的自然主义文学的创作原则，在精神和方法上的追求是一致的，其间构成了必然的因果逻辑关系，也就是说，是科学思潮促使了文学的写实主义、自然主义的盛行。

对于科学与文学写实主义之间的因果关系，1920 年之前的中国学界已有所认识与了解。写于 1915 年的陈独秀《今日之教育方针》一文，其第一节就是"现实主义"，但这现实主义不是指 30 年代的文学现实主义，而是一种广义的概念。文中指出，"近世科学大兴"，"人生真相如何，求之古说，恒觉其难通；征之科学，差谓其近是"，因此，科学为"近世欧洲之时代精神也"。科学，这一时代精神，磅礴于世，无所不至，渗透于精神世界的各个领域："见之伦理道德者，为乐利主义；见之政治者，为最大多数幸福主义；见之哲学者，曰经验论，曰唯物论；见之宗教者，曰无神论；见之文学美术者，曰写实主义，曰自然主义。"[①]即文学艺术上的写实主义、自然主义，乃科学"见之文学美术"而产生的。

显然，茅盾做出从新浪漫主义退回自然主义的文学选择，主要源自五四时期崇奉科学精神的时代大潮的导引，他深切地感受到："当本世纪初，物质文明骤然进化，科学和机械挟其雷霆万钧之力扫荡社会，人的心理咸受其影响。"[②]这一影响必然扩展到文学领域，科学精神在客观观察、精确表现的要质上引导、促成了文学的写实主义。因此，他的选择符合于当时中国历史发

① 《陈独秀文选》，上海远东出版社，1994 年，第 15 页。
② 《茅盾全集》第 18 卷，人民文学出版社，1989 年，第 262 页。

展及新文学发展的总体趋势。

第二，受到胡适的历史的进化的文学观的影响。

1917年，胡适在科学进化理论的影响下创立了“历史的文学观念论”。他指出：“居今日而言文学改良，当注重‘历史的文学观念’。一言以蔽之，曰：一时代有一时代之文学。”①此说一出，风靡学界，茅盾不能不受到影响，他关于西洋文学发展流程之说便可看出痕迹。但胡适还认为，文学的发展演进应循序渐进，而不能做跨跃式的突变。如前所述，他在上海商务印书馆对茅盾指出：现代西洋的新浪漫主义的文学所以能立脚，全靠经过一番写实主义的洗礼。有写实主义作手段，故不致堕落到空虚的坏处。而中国尚未经过写实主义的阶段，所以不宜直接倡导新浪漫主义。

这一观点很快就在茅盾的文章中得到反响：

> 自然主义在世界文坛上，似乎是过去的了，但是一向落后的我们中国文学若要上前，则自然主义这一期是跨不过的；而况描写不忠实，乃中国文人之通病呢！②

他曾多次指出，消遣的文学观、不忠实的描写方法，是中国文学进化路上的两大障碍，是中国文学不能发展的两大原因。引进、推扩自然主义、写实主义的文学观和创作技艺，是克服中国文学两大通病的最重要的方法。因此，“中国的新文学一定要加入世界文学的路上，——那么，西洋文学进化途中所已演过的主义，我们也有演一过之必要；特是自然主义尤有演一过之必要，因为他的时期虽短，他的影响于文艺界全体却非常之大”。

根据历史的进化的文学观念，茅盾认为浪漫主义文学的衰微是不可避免的结局：“近代的自然主义文学所以能竟夺旧浪漫主义文学的威势，原因即在理想美化了的表面，终有一日要拉破，绣花枕里的败絮终有一日要露出来，事实如此，无法否认；旧浪漫主义文学描写人间的英雄气概的处所，徒然

① 《胡适学术文集》，中华书局，1993年，第32页。

② 《茅盾全集》第18卷，人民文学出版社，1989年，第157页。

使人觉得虚伪罢了。”在自然主义文学追索生活的真实性的面前，浪漫主义美化、粉饰、矫情，只能成为一种虚伪的表现而被抛离。他进而归结道：

> 可惜时代太晚了些，科学方法已是我们的新金科玉律。浪漫主义文学里的别的原素，绝对不适宜于今日，只好让自然主义先来了。①

那么，对处在“历史的进化的文学观”链环中最接近于现今的，即他早先推崇过的“新浪漫主义”文学，他又是怎么看呢？“新浪漫主义在理论上或许是现在最圆满的，但是给未经自然主义洗礼，也叨不到浪漫主义余光的中国现代文坛，简直是等于向瞽者夸彩色之美。彩色虽然甚美，瞽者却一毫受用不得。”②他肯定新浪漫主义理论的圆满性，认为它是中国新文学发展的方向；但他也接受了胡适的意见，认为应按文学进化的顺序，等自然主义在中国文坛上发展成熟后，再慢慢地向新浪漫主义过渡。否则，对于刚从封建主义体制下挣脱出来，毫无现代文学意识准备的中国文坛来说，倡导新浪漫主义的理论将成为向盲人夸彩色之美，产生不了任何实际的效益。

第三，文学创作上的自然主义与意识观念上的惟自然的机械命定论有所区别。

当时，新浪漫主义文学家、批评家对自然主义文学流派的责难与否定，其中有一条是自然派迷信机械的物质的命运论，是一种不健全的思想。的确，在人尚未在较高的程度上掌握客观规律，人的科学创造力还无法与冥漠无形的自然力量相抗衡，再加上一些超自然力的神秘性，一种无力抵抗环境的压迫、臣服于自然的机械的命定论，即宿命论及人生悲剧性的颓丧感的产生是不可避免的。

在1922年中国文坛关于自然主义的论争中，有人就此提出质疑，茅盾在答疑时分析道：“从自然派文学所含的人生观而言，诚或不宜于中国青年人，但我们现在所注意的，并不是人生观的自然主义，而是文学的自然主义。我

① 《茅盾全集》第18卷，人民文学出版社，1989年，第187页。
② 《茅盾全集》第18卷，人民文学出版社，1989年，第240页。

们要采取的，是自然派技术上的长处。”即抛舍自然主义的宿命论，而采纳其创作上的客观描写和实地观察等创作上的技术。

而后，在《自然主义与中国小说》一文中，茅盾作了进一步分析：

> 物质的机械的命运论仅仅是自然派作品里所含的一种思想，决不能代表全体，尤不能谓即是自然主义。自然主义是一事，自然派作品内所含的思想又是一事，不能相混。采用自然主义的描写方法并非即是采用物质的机械命运论。①

也就是说，观念上的惟自然的机械命定论不能等同于文学上的自然主义。茅盾此说源自他对自然主义文学深刻了解，因为文学上的自然主义并非像人们所设想的那样，是对自然与现实完完全全的、纤毫不差的、照相式的描摹。

文学的自然主义也关注作家主体对现实、对自然的介入。以自然主义文学宗师左拉来说，他在《论小说》一文中就有一节专论“个性表现”。左拉认为，一些语法正确、行文流畅、情节生动、辞藻华丽的小说，往往博得读者的夸奖，赞其写得漂亮。这些小说家从外表看来具有才华，但不幸的是他们没有个性表现，这便足以使他们永远流于平庸。在左拉看来，小说的成功与否，关键之一在于作家是否有强烈的个性表现，他以阿尔封斯·都德为例说明之。当都德看到某个景象、某个场面而难以忘怀时，他年复一年地保存这个意象，追忆这个意象，“他扮演这些人物、居住在这些环境中，把自己的个性与他要描绘的人物、甚至事物的个性相融合，变得情绪激动。最后，他和他的作品合而为一，把自己融化在作品里，同时再一次体验作品中的生活”。作家主体的融入，作家个性的表现，必然改变了原有景象、场面的状况，“赋予这场景以特殊生命，这生命是阿尔封斯·都德所独有的”。②

因此，文学上的自然主义虽然以实证主义为哲学基础，以实验科学为操作方法，强调生理学、遗传学的渊源等，但它绝不能和惟自然的“物质的机械

---

① 《茅盾全集》第18卷，人民文学出版社，1989年，第240页。
② 《文学中的自然主义》，上海文艺出版社，1992年，第212页。

的命运论”画上等号。因为文学的本质是创造,文学的经典性决定它必须从雷同、平庸中超越而出。这样,创造主体的能动性、作家的个性与独创性就是至关紧要的了,这是任何一个文学流派都予以极力强调的。文学上的自然主义既然卸脱了宿命论的阴影,那对它的推崇就不必有什么疑义了,这是茅盾的结论。

第四,能实现“为人生而艺术”的价值追求。

在文学观念的选择上,茅盾从登上文坛伊始就没有放弃过文学的为人生的价值追求。1921 年初,他在论及文学的定义时,否定了把文学作为帝王粉饰太平与“文以载道”这两种中国传统的观念,提出“文学的目的是综合地表现人生,不论是用写实的方法,是用象征比譬的方法,其目的总是表现人生”。

而在当时的时代背景下,“文学到现在也成了一种科学,有它研究的对象,便是人生——现代的人生;有它的研究的工具,便是诗,剧本,说部”[①]。在科学盛行、科学主义观念渗透到所有人文社会科学学科之中,文学也成了一种研究人生的“科学”。

正如梁启超说的:“科学的研究法既已无论何种学问都广行应用,文学家自然也卷入这潮流,专用客观分析的方法来做基础。要而言之,自然派当科学万能时代,纯然成为一种科学的文学。”[②]以在科学方法上精确观察、客观叙述为特质的自然主义文学由于它能最真实地、最精细地表现人生,所以就成了这一时期的文学的主流。尽管茅盾当时仍倾心于新浪漫主义,但他不能不客观地看到这一趋势。

作为《小说月报》的编辑,茅盾在众多的来稿中深深感受到中国现代小说存在着两大缺点,一是游戏消闲的观念,二是不忠实的描写。要对症下药,旧浪漫主义是无能为力的,因为“我们的时代已经充满了科学的精神,人人都带点先天的科学迷,对于纯任情感的旧浪漫主义,终竟不能满意”。此时,当务之急是引进自然主义文学的写作方法。

特别是面对着衰败的、丑陋的社会现实,人们“从自己热烈地憎恶现实

① 《茅盾全集》第 18 卷,人民文学出版社,1989 年,第 61 页。
② 《梁启超文选》,上海远东出版社,1995 年,第 200 页。

的心境发出呼声，要求‘血与泪’的文学”，“所以我极力主张译现代的写实主义作品”。[①] 自然主义、写实主义的作家与作品，敢于面对血与泪的现实，敢于真实地揭示人间的丑陋与罪恶，而不是像浪漫主义文学那样，或以想象的幻美来掩饰之，或以理想的梦境来回避之。在当时的历史条件下，只有自然主义的文学才能真正实现为人生的价值追求，这是茅盾得出的结论。

随着历史的前进，茅盾对自然主义文学的选择更加坚定。至1925年，茅盾提出了无产阶级文学的口号，他认为最早在文学上描写无产阶级生活的是自然主义作家：

> 十九世纪后半，因着自然主义的兴起，无产阶级生活乃始成为多数作者汲取题材的泉源。自然主义的创始者，法国的左拉，作了一巨册的《劳动者》，分明就是无产阶级生活描写的“圣书”。[②]

既然以文学表现无产阶级始自自然主义，那么在今天创造无产阶级文学时就不应该忘却自然主义长处，而要取其所长，为我所用，这是历史的需求，阶级的需求。

为创造这一新生的艺术，茅盾设立了一个方程式：“新而活的意象+自己批评（即个人的选择）+社会的选择=艺术。”[③]可以看出，比起当时其他的艺术创造方程式来说，茅盾这里强调了“社会的选择”，强化了社会现实这一维度。其出发点只有一个：“文学者决不能离开了现实人生，专去讴歌将来的理想世界。我们心中不可不有一个将来社会的理想，而我们的题材却离不了现实人生。”[④]尽管茅盾当时已开始关注文学对被压迫民族与阶级的革命精神的展现，但“为人生”的艺术观念决定了他仍然把表现“现实人生”放在首要的地位，而这一追求的深层还是隐伏着由科学精神所引发的自然主义、写实主义文学的创作原则。

---

① 《茅盾全集》第18卷，人民文学出版社，1989年，第250页。
② 《茅盾全集》第18卷，人民文学出版社，1989年，第500页。
③ 《茅盾全集》第18卷，人民文学出版社，1989年，第505页。
④ 《茅盾全集》第18卷，人民文学出版社，1989年，第540页。

第六章

抗衡唯科学主义

第一节　学衡派：物事与人事，各有其律

对于20世纪中国文化思想史来说，学衡派的文化史意义大于文学史，所以在中国现代文学的研究中，人们对其关注不够。但“学衡”诸成员，如梅光迪、吴宓、胡先骕等，自1922年《学衡》创刊，至1933年停刊的12年中，发表过为数颇多的文学批评文章，形成了与胡适、陈独秀、鲁迅等为代表的中国新文学潮流相对立的另一向度的文学思潮。若辩证地考察文学发展的规律，可以看到，学衡派诸君对唯科学主义的质疑、批判与抗衡，在维护人文精神方面有其合理的一面，因此，推动文化向前发展的往往是不同向度的多种力量的“合力”，而非单项力量所能做到的。因此，只有加上以学衡派为代表的这一维度，中国现代文学思潮才能算有着完整、立体的构成。

一、新人文主义的要义与特质

正如胡适获益于杜威的实用主义，学衡诸成员从美国也带回了白璧德的新人文主义。那么，新人文主义的要义是什么呢？一般说来，一种新思潮的确立，必定是对着另一旧有的思潮的抗衡而引发的，而在这一对立形态之中，往往更能把握其要质。按吴宓之解说：“人文教育，即教人以所以为人之道，与纯教物质之律者，相对而言。”因为，

> 物质与人事，截然分途，各有其律。科学家发明物质之律，至极精确，故科学之盛如此。然以物质之律施之人事，则理智不讲，道德全失，私欲横流，将成率兽食人之局。盖人世自有其律，今当研究人世之律，以治人事。①

① 吴宓：《白璧德中西人文教育说·附识》，《国故新知论》，中国广播电视出版社，1995年，第39页。

在19世纪、20世纪,随着世界性的现代化进程,"科学之盛",即科学的巨大功能日益引起人们对它的重视与依赖,它逐步从数理等学科的构成及技术操作方法的层面,泛化、上升为一种形而上的价值信念与原则导向,即科学的精神,成为人们所崇拜的新的对象。这种精神趋向渐之形成了一种思潮,即科学主义思潮。

科学在改造世界、提高人们的物质生活方面,立下了丰功伟绩,这是它的正向效应;但科学主义的盛行,正如吴宓所述,也促发了"理智不讲,道德全失",功利至上、私欲横流,乃至"率兽食人"的负面状况。以白璧德为代表的新人文主义正是为着对抗这一局面而形成的,它寻求的是与"物质之律"相对立的"人事之律",教人"所以为人之道",即强调新的人文精神。因此,"新人文主义源于对现代的深刻不满。它关注了当代世界的支配性观念,检讨了相对主义在哲学和社会思想中,物质主义在日常生活中,以及浪漫主义与自然主义在文学中的得势,它确信20世纪的人已经迷失了方向"①。新人文主义实质上是对人类社会的现代化进程中的负面成分的批判,属于现代性的反思范围。

新人文主义的特质可大致归纳为以下几点:

(一)"左右开弓"。即对培根为代表的征服自然的物质功利主义和卢梭为代表的放纵情感的浪漫主义,进行双向抨击。新人文主义当时面对的社会现状是"专务物质及感情之扩张之趋势",即"科学的自然主义及感情的自然主义"的盛行。"以为人苟尊从自然之律,则可凭科学之力,驱役自然以为吾用。此种新见解,以培根为其代表,故培根者,凡百科学的人道派之始祖也。其另一办法,则凭感情,以人自合于自然之中,而求安身立命。此说卢梭主之最力,故卢梭者,凡百感情的人道派之始祖也。"②白璧德认为,崇信科学与机械,注重物质功利的追求,势必牺牲智慧,抑制人文精神;另一方面,扩张、放纵个体的自然情感,趋向于极端,也不利于完备的道德规范的建立。

(二)规训与纪律。新人文主义者处世的原则与态度,在他们常用的"关

---

① 转引自旷新年:《现代文学与现代性》,上海远东出版社,1998年,第163页。

② 吴宓译:《白璧德之人文主义》,《国故新知论》,中国广播电视出版社,1995年,第3页。

键词”中便透示出来：规则、纪律、节制、约束、秩序、界限等。白璧德多次提及孔子的“中庸之道”就带有这意思，他说：“孔子以为凡人类所用具者，非如近日感情派人道主义者所主张之感情扩张，而为人能所以自制之体。”[①]白璧德认为亚里士多德等人文主义之哲人，也都和孔子一样，主张人不能顺其天性，自由胡乱扩张，必须对此天性加以制裁，使其有节制地平均发展。

（三）传统与恒定。新人文主义者在培根、卢梭所代表的物质主义和浪漫主义的现代性思潮的冲击下，有着强烈的文化危机意识及维护传统文化的使命感。他们否定文化的进化观念，而向传统文化寻求一种恒定的价值标准。白璧德就指出：“中国之人，并宜吸收西方文化中之科学与机械等，以辅中国之所缺。然吾以为虽其末节宜如此改革，然中国旧学中根本之正义，则务宜保存而勿失也。”[②]此正义，主要包涵着“为人生斯世，人与人间之道德关系”矣。白璧德还反复告诫道：中国“宜注意毋将盆中小儿随浴水而倾弃”。

学衡诸成员，如梅光迪、吴宓、陈寅恪、汤用彤等，均属于白璧德心目中“潜心研究西洋文化之渊源者，不过五六人”中的佼佼者，是其所赞赏、器重的得意门生。他们回国之后，不忘师门祖训，多把这些原则运用于对新文化的批判，包括对中国新文学的批评之中。但从五四历史潮流的总体趋势来看，学衡派是逆流而抗衡的，所以其地位一开始就处于劣势。因此，在其文化及文学的论述中，那些激烈地抗衡、批判的文章相当引人注目，而那些从容地进行学理性的建构的文章反而被遮蔽了。

在抗衡科学主义的偏颇，重建精神价值体系的追求中，学衡派展开了一系列有关的文化批判及文学批评。

二、批判科学主义，回归传统文化

学衡派认为，科学技术的高速发展，科学主义思潮的盛行，造成了人文精神失落与颓败；要扭转这一背逆的趋势，必须回归传统，必须关注文化（包

① 胡先骕译：《白璧德中西人文教育说》，《国故新知论》，中国广播电视出版社，1995 年，第 46 页。

② 胡先骕译：《白璧德中西人文教育说》，《国故新知论》，中国广播电视出版社，1995 年，第 47 页。

括文学在内),以重建精神价值体系。

此观念以吴宓为最甚,他在介绍白璧德学说时写道:

> 其讲学立说之大旨,略以西洋近世,物质之学大昌,而人生之道理遂晦,科学实业日益兴盛,而宗教道德之势力衰弱。人不知所以为人之道。于是众惟趋于功利一途,而又流于感情作用,中于诡辩之说。群情激扰,人各自是,社会之中,是非善恶之观念将绝。而各国各族,则常以互相残杀为事。科学发达,不能增益生人内心之真福,反成为桎梏刀剑。哀哉!①

此虽是对师说的述评,又何尝不是吴宓内心之语?科学的发展,给人类带来了物质利益和生活的享受,这是其正向的效用。但人类物欲的追求是无止境的,无条件地接受"科学的自然主义"引发的是灾难性的后果。以个人来说,培根生平纳贿贪财,以此得罪。原因就在于"彼专务物质,营营货利,为所驱役,遂忘人生道理,欲图制物,而卒不能自制"。以国家或民族来说,循物而不知有人,加上信从卢梭的"超人"观念,便会扩张弄权作威、尊己抑人、恃强凌弱的风气。"苟一国之人,听其趋向此途,不加绳检,而又专营物质之事业,则必至于好大喜功,穷兵黩武,如疯如狂。"②这场欧战之流血伏尸、倾家破国,这场人类空前的浩劫与悲剧,其源盖出于对科学的片面崇奉。

吴宓的译文中还有更尖锐地批判科学之处:"今日人文主义受物质科学之凌逼,尤亟须卫护。彼科学本有其范围,乃妄自尊大,攘夺地位,灭绝人道者,吾知其为伪科学矣,此十九世纪铸成之大错也。以崇信科学至极,牺牲一切,而又不以真正人文或宗教之规矩,补其缺陷,其结果遂致科学与道德分离。而此种不顾道德之科学,乃人间最大之恶魔,横行无忌,而为人患者也。"③吴宓在理论上虽遵从白璧德所赞美的"中庸之道",但在具体问题的判断上却往往相当偏激。由于该文属于翻译与评述二者杂糅的体式,这里,科

① 胡先骕译:《白璧德中西人文教育说》,《国故新知论》,中国广播电视出版社,1995 年,第 39 页。
② 吴宓译:《白璧德之人文主义》,《国故新知论》,中国广播电视出版社,1995 年,第 4 页。
③ 吴宓译:《白璧德之人文主义》,《国故新知论》,中国广播电视出版社,1995 年,第 16 页。

学为“人间最大之恶魔”究竟是否为白璧德之原话，未能得知，但吴宓与胡适之间思想的尖锐对立由此可见。胡适曾把科学捧到无上尊严的地位，他说：“没有一个自命为新人物的人敢公然毁谤‘科学’的”，但吴宓就敢借白璧德之口公然诅咒之。

1927 年 7 月 3 日，吴宓在和日本客人桥川时雄谈话时，更为直接地表明了自己在科学主义与人文精神对立中所选择的立场：“中国人今所最缺乏者，为宗教之精神与道德之意志。新派于此二者，直接、间接极力摧残，故吾人反对之。而欲救中国，舍此莫能为功。不以此为根本，则政治之统一终难期。中国受世界影响，科学化、工业化，必不可免。正惟其不可免，吾人乃益感保存宗教精神与道德意志之必要。故提倡人文主义，将以救国，并以救世云。”①拯救中国，拯救世人，不是科学发展，不是工业文明，更不是当时风起云涌的无产阶级革命斗争，而是具有超越性意味的宗教精神与道德意志，新人文主义的信徒在有着坚执信念的同时，也显出其偏颇的一面。

那么，新人文主义者所推崇的宗教精神与道德意志的具体内涵，即他们所欲创建的、用以拯救颓败的近代文明的文化体系是怎样的呢？白璧德主张从古代圣哲的智慧中，从人类经验的精华中去构建：

> 比而观之，若欲窥见历世积储之智慧，撷取普通人类经验之精华，则当求之于我佛与耶稣之宗教教理，及孔子与亚里士多德之人文学说。舍是无由得也。论其本身价值之高，及其后世影响之巨，此四圣者，实可谓为全人类精神文化史上最伟大之人物也。自此诸圣之生以迄今日，世界中之经验，固皆导源于诸圣。即其生世以前，人类之经验，亦多藉诸圣为归宿。②

释迦牟尼、耶稣、孔子、亚里士多德是新人文主义者所推崇的人类精神文化史上最伟大的四哲，其精神、教理、学说聚合成新人文主义的理论核心。

孔子既成四大圣哲之一，其用以立国修身的儒家学理便属于全人类普

① 《吴宓日记》Ⅲ，生活・读书・新知三联书店，2006 年，第 421—422 页。

② 吴宓译：《白璧德论欧亚两洲文化》，《国故新知论》，中国广播电视出版社，1995 年，第 54 页。

遍永恒的人文价值，则应加以发扬光大。与吴宓同在东南大学、留日归来的柳诒徵在《中国文化西被之商榷》一文中便提出：

是故西方立国以宗教，震旦立国以人伦。国土之恢，年祀之久，由果推因，孰大乎此？今虽礼教陵迟，然而流风未沫，父子夫妻之互助，无东西南朔皆然，此正西方个人主义之药石也。其于道德，最重义利之辨。粗浅言之，则吾国圣哲之主旨，在不使人类为经济之奴隶，厚生利用，养欲给求，固亦视为要图，然必揭所谓义者，以节制人类私利之心，然后可以翕群而匡国。[①]

中国之礼教人伦之规范、重义轻利之道德，正是治疗西方强化个人、追逐私利等恶俗流弊之"药石"。正如新儒家们通常所强调的："这是中国传统文化所负最大使命。"为着这一文化的传承嬗递，即使以身为殉，也在所不辞。这也就是陈寅恪在《王观堂先生挽词并序》中所言之意："凡一种文化值衰落之时，为此文化所化之人，必感苦痛，其表现此文化之程量愈宏，则其受之苦痛亦愈甚；迨既达极深之度，殆非出于自杀无以求一己之心安而义尽也。"[②]

三、批评科学的历史进化的文学观

学衡派认为，建基于科学主义之上的胡适的"历史进化的文学观"，是穿凿附会得出的，其实证考据的研究方法也是索隐罗织，亦无可取之处。

1917 年 1 月，作为新文学革命宣言、胡适的《文学改良刍议》一文发表，在"八事"之二"不摹仿古人"中，他写道："文学者，随时代而变迁者也。一时代有一时代之文学：周秦有周秦之文学，汉魏有汉魏之文学，唐宋元明有唐宋元明之文学。此非吾一人之私言，乃文明进化之公理也。"一时代有一时代之文学，这句话现在看来仍没有错。胡适出格之处，是以下这些话："吾辈以历史进化之眼光观之，决不可谓古人之文学皆胜于今人也。左氏史公之文奇矣，然施耐庵之《水浒传》视《左传》《史记》何多让焉？《三都》《两京》

① 柳诒徵：《中国文化西被之商榷》，《国故新知论》，中国广播电视出版社，1995 年，第 416 页。
② 陈寅恪：《王观堂先生挽词并序》，《国故新知论》，中国广播电视出版社，1995 年，第 418 页。

之赋富矣，然以视唐诗、宋词，则糟粕耳。此可见文学因时进化，不能自止。”①即在不同文类作品间进行优劣评判，犯了大忌。

是年5月，他又发表了《历史的文学观念论》，以“达尔文以来的进化论”作为理论导向，进一步从学理上展开论证。正如他后来在《中国新文学大系·建设理论集·导言》中所说“要用这个历史的文学观来做打倒古文学的武器”，是新文学革命的两大作战方法之一。

因此，由达尔文生物进化论扩展而来的“历史进化的文学观”，便成了尊奉传统文化的学衡诸公们的攻击重点。吴宓的同学吴芳吉曾就新旧文学观写过三篇系列长论文投入论战，在《三论吾人眼中之新旧文学观》一文中，他明确指出：

> 新派由其历史观念而益自致于陷溺者，则其科学之误解焉。……所谓科学的误解者，何也？新派以历史为进化之事，文学原理既根据于历史观念，则文学亦有进化，此新派人人所主张者也。②

但是，若以文学的历史来看，并不见得如此：“然文之奇者，莫过于周秦。诗之雅者，莫高于唐宋。周秦以后未尝无文，要皆祖述于彼也。唐宋以后未尝无诗，要当取则于此也。果有进化，胡为至是而称极耶？”周秦之文，汉时之赋，皆已登峰造极，怎能以进化论一概否定之呢？所以，这是对科学的误解。

而易峻的《评文学革命与文学专制》，则揭出胡适理论中自相矛盾之处。他指出：“盖历史进化，必有其条贯系统，厘然完整之步骤，一如生物进化焉，莫不一线相承、端绪绵然。今历代文体之流变，如胡君所言，其为割裂牵强，穿凿附会，故毋待烦言。犹且终不能自圆其说，罅隙显然。进化之迹象，固如是而不可端倪乎？”也就是说，即使承认有文学进化论的话，如胡适所言，也是漏洞百出、无法自圆其说的。他以律诗作为例证：“又如谓古诗变而为

① 胡适：《文学改良刍议》，《胡适文选》，上海远东出版社，1995年，第4—5页。
② 吴芳吉：《三论吾人眼中之新旧文学观》，《国故新知论》，中国广播电视出版社，1995年，第247页。

律诗。夫律诗之法，较古诗大拘束，既谓文学趋解放，而何以此处又‘开倒车’为进化也。其理论矛盾类如此。”①易峻这一击，确是捅到胡适的痛处。律诗格律形式之森严远在古诗之上，但在文学流程上，却摆在古诗之后。以胡适的文学朝着通俗、“解放”的进化方向发展而论，它是个无法解答的特例。这也说明“历史进化的文学观”确有其不周延、不严密之处。

胡适在《逼上梁山》一文中，记述了1915—1917年留学美国的一些同学如何在论争中把他逼上文学革命这座“梁山”的过程，梅光迪是其中重要的一员。他在1922年《学衡》第一期上的《评提倡新文化者》中，就对胡适为代表的历史进化的文学观进行批驳：

> 文学进化，至难言者。西国名家(如英国十九世纪散文及文学评论大家韩士立 Hazlitt)多斥文学进化论为流俗之错误，而吾国人乃迷信之，且为西洋近世文学，由古典派而变为浪漫派，由浪漫派而变为写实派，今则又由写实派而变为印象、未来、新浪漫诸派。一若后派必优于前派，后派兴而前派即绝迹者。然此稍读西洋文学史，稍闻西洋名家绪论者，即不作此等妄言，何吾国人童騃无知，颠倒是非如是乎！②

梅光迪这里所批评的，不只是胡适，而且还对着陈独秀、茅盾等新文化倡导者而来。因为陈独秀1915年所发表的《现代欧洲文艺史谭》、茅盾1920年所发表的《我对于介绍西洋文学的意见》等，均论及文学流派演变的问题。对此，笔者曾有论述，陈独秀不是以进化论的观念，而更多的是从社会、时代的各种新的现象、动因来进行论析的；而胡适、茅盾等则比较拘泥于文学的进化论，有所偏颇。梅光迪认为，文学进化论者所主张的各种文学流派之间的关系，如后派必优于前派、后派兴而前派绝，是违背西洋文学史实的，是荒谬的“妄言”。那么，在中外文学史上何以会出现这些不同的新旧流派呢？梅光迪主张：“乃文学体裁之增加，实非完全变迁，尤非革命也。”梅光迪批评

① 易峻：《评文学革命与文学专制》，《国故新知论》，中国广播电视出版社，1995年，第182页。
② 梅光迪：《评提倡新文化者》，《国故新知论》，中国广播电视出版社，1995年，第72页。

文学进化论有其合理之处，但他把诸种文学流派的产生，归结为体裁的增加，则不如陈独秀了，因为他仅是从形式的角度入手。

吴宓的反驳，就比梅光迪来得深刻了。他仍从“物质之律”与“人世之律”的区别出发，来批评历史进化的文学观：

以学问言之，物质科学，以积累而成，故其发达也，循直线以进，愈久愈详，愈晚出愈精妙。然人事之学，如历史、政治、文章、美术等，则或系于社会之实境，或由于个人之天才，其发达也，无一定之轨辙，故后来者不必居上，晚出者不必胜前。因之，若论人事之学，则尤当分别研究，不能以新夺理也。总之，学问之道，应博极群书，并览古今，夫然后始能通底彻悟，比较异同。如只见一端，何从辨证？势必以己意为之，不能言其所以然，而仅以新称，遂不免党同伐异之见。①

应该说吴宓区分以物质为对象的自然科学和以精神为对象的人文科学是有道理的。人文科学，特别是与个人的天才有关的文学创作，涉及作家、诗人个体的心理特质，充满了偶然性、机遇性与非确定性，难以“循直线以进”，也决不可能“愈晚出愈精妙”。所以，胡适把生物学上的进化论演化成文学上的进化论确有不妥之处。

吴芳吉则把文学的特质归结到一点——“文心”。何为文心呢？他分析道：“夫文无一定之法，而有一定之美，过与不及，皆无当也。此其中道，名曰文心。……古今之作者千万人，其文章之价值各异，所以衡优劣、定高下者，以有文心故也。朝代不同，好恶常变，所以别精粗、较长短者，以有文心故也。”②如温柔敦厚、修辞立诚、辞远鄙俗，不以文害辞，不以辞害志等，皆出自文心。所以，文学不应以所谓“进化”来定优劣、高下，而应从文心出发来判断文章之“内美”。他归结道：

盖文学之类，固有文心，臻此文心，犹到其一定之程度，既到此程度，则非他

① 吴宓：《论新文化运动》，《国故新知论》，中国广播电视出版社，1995 年，第 80 页。
② 吴芳吉：《三论吾人眼中之新旧文学观》，《国故新知论》，中国广播电视出版社，1995 年，第 243 页。

人所能摇易。……故韩文杜诗，屈骚马史，陶情庄寓，苏赋辛词，凡在文学史上有所贡献者，皆到此程度，夺得锦标之徒也。他人拟之不肖，撼之不倒，追之不及，僭之不容，矫然特立，亘古长在。①

从上所述，可以看出学衡派诸成员对胡适的“历史进化的文学观”的批判是有一定的道理的，当把自然科学的公理定则移用于人文科学时，不能不注意到人文各学科自身特定的规律。尤其是文学，它强调的是作为创作主体的作家、诗人的内在文化心理结构，即“文心”，或曰天才，所以它不能全部依循、取决于外部的社会、历史的规律而运行。但正如胡适所说的，他的“历史进化的文学观”是新文学革命的一种作战方法，历史也证明了它在推动时代大潮中起过重要的积极的作用，它尽管偏颇、粗疏，却合乎历史的进程，成为历史前进的动力。只有这样，我们才有可能对这一历史公案作出比较公允的判断。

四、写实主义是对科学的误用

学衡派认为文学上的写实主义、自然主义的盛行，是对科学的误解、误用；而浪漫主义放纵感情，是“感情的自然主义”，应加以理智的节制。

学衡派诸成员不仅对文学的进化论提出质疑，而且还对文学进化论中非古典主义的文学流派加以否定。这其中，特别是吴宓，对文学的写实主义几乎到了深恶痛绝的地步，在《论今日文学创造之正法》中，他特别强调：“勿专务作写实小说。”在公开的文章里，他还注意掩饰：“写实派文学描绘务期得真，惟观察不广，选择不精，每以一时一地偶然掇拾之材料，概括人生人性之全体，故不免拘囿而陷一偏。自然派文学，昧于人性之二元之原理，不知人实兼具神性与物性，而视人如物，谓人之生活纯为物质机械，受环境之支配，为情欲所驱使，无复意志责任道德之可言。此其对于人生人性仅知其半，而未识人之所以为人之道何在。”②但在他的日记中则显得疾言厉色，怒

① 吴芳吉：《三论吾人眼中之新旧文学观》，《国故新知论》，中国广播电视出版社，1995年，第248页。

② 吴宓：《文学与人生》，《大公报·文学副刊》第89期。

不可遏：

近顷国中各报，大倡“写实主义”。其实“写实主义”即吾国之《金瓶梅》及《上海……之黑幕》，且其丑恶流毒，较《金瓶梅》等为尤甚。而今之倡“写实主义”者，竟谓其与《金瓶梅》等不同，未可等视云云。欺人之语，不亦妄哉？《金瓶梅》中，尚有许多天理人情在，今西洋之写实派小说，只描摹粗恶污秽之事，视人如兽，只有淫欲，毫无知识义理，读之欲呕。……今之倡“新文学”者，岂其有眼无珠，不能确察切视，乃取西洋之疮痂狗粪，以进于中国之人。且曰，此山珍海味，汝若不甘之，是汝无舌。呜呼，安得利剑，斩此妖魔，以拨云雾而见天日耶！①

在吴宓等的心目中，写实派小说罪大恶极，因其视人如兽，只有淫欲，粗恶污秽，如疮痂狗粪，令人欲呕。他甚至想持剑斩“魔”——倡导新文学者，像与新文学者有着不共戴天之仇似的。当然，吴宓这里确有点失态，这与他恃才傲物却又逆流而动，被冲到文化、学术之边缘，因此在心理上失衡有关。

与吴宓相比，胡先骕则显得平和、公允了许多，他从写实主义和科学的关系等角度展开颇具学理性的论述：

自十九世纪科学与平民主义发达以来，对于高尚之文学，咸生疾视之态度，于是以科学方法作“平民文学”。凡艺术上之规律抛弃罄尽，凡高尚思想与社会上之美德，咸视为虚伪。如萧伯纳、士敦保格之徒，几不信法律、道德、情爱、忠勇、仁慈诸美德，为人类之可能性。对于艺术，绝不思及拣择之重要，纯以一种摄影方法，以描写社会，甚且长专拣择特殊丑恶之事情，以代表社会，以示人类实无异于禽兽。其宣传平民主义社会主义也，不求提挈此失教之平民使上跻于“智识阶级”之地位，使有与“智识阶级”同等之知识。第欲推翻智识阶级，使之反变为愚骇。②

① 《吴宓日记》Ⅱ，生活·读书·新知三联书店，2006年，第152页。

② 胡先骕：《评〈尝试集〉（续）》，《国故新知论》，中国广播电视出版社，1995年，第319页。

胡先骕指出，文学上的写实主义的产生和“以科学方法作平民文学”有关。其中有两个要点，一是把忠实于客观观察、事实实证的科学方法运用于文学创作，会产生一种无价值判断的、无概括提炼的偏向，即把社会现象美丑不分地全摄并收于笔下，有可能使作品成为丑恶事象的展览；二是政治上的平民主义倾向渗入到文学中，便逐步否定了文学的理想主义、贵族主义的审美品质，使文学趋于世俗化、平民化。这第二点，从现在回视，是文学演进的必然进程，亦即现代性在文学领域中的体现，学衡派成员予以抗衡有悖于文学发展规律。但在第一点上，学衡派的指责不能说是没有道理的。

胡先骕在《文学之标准》一文中，还进一步论述道：“写实主义之失在知人性之恶，而不知人性之善。在识人之情欲无殊于禽兽，而不知人类有超越于禽兽之长，有驾驭、控制、遏抑其情欲之冲动，使归于中和之本能。”[①]和他相似，20世纪20—30年代，梁启超、茅盾、郁达夫、成仿吾等也都对写实主义的无主体的价值判断等缺陷提出了批评，特别是茅盾的“丰肉弱灵”的形象说法，更是一针见血地点中写实主义文学思潮的要害。因此，学衡派对写实主义的批评虽显过激，亦有可取之处。尤其是指出写实主义流派对科学规律的误解与误用，值得人们深省。

五、浪漫主义乃感情的自然主义

如前所述，由于白璧德新人文主义的主要矛头对准培根与卢梭，他的专著之一《卢梭与浪漫主义》中否定了“人自合于自然之中”的感情的自然主义，即卢梭的浪漫主义。他认为这种放纵感情，率意任情行事，不符合社会的道德规范，不利于个人的自我完善，须加以约束与节制。因此，他的弟子们遵循这一思想趋向，对文学上的浪漫主义也进行了全力的批判。依然是吴宓的态度最为激烈，尽管他在哈佛大学还选读过一年雪莱的诗，“和雪莱结了甚深的因缘”，尽管他个人的情感生活中亦充满了浪漫情调，但他在抽象的观念上、理论上仍遵从师训。

---

① 胡先骕：《文学之标准》，《学衡》1924年7月第31期。

今世之思想学术文艺生活，既为科学及感情的浪漫主义所统辖，所操纵，所弥漫，所充塞，则谓今世为培根及卢梭二人所宰制可也。今之谈文艺者，所谓表现自我，纯任自然，平民生活，写实笔法。今之谈道德者，所谓任情纵欲，归真返朴，社会万恶，文明病毒。今之言改革者，所谓打破礼教，摆脱拘束，儿童公育，恋爱自由。凡此种种，皆无非承袭卢梭遗言遗行，奉为圭臬。故今日之乱，谓其泰半由于卢梭可也。①

科学万能，感情至上，培根、卢梭两人像是宰制了整个世界。尤其是卢梭，敌视社会，抗衡文明，在中国的文艺学术、道德伦理、政治改革等各个领域中都产生广泛的影响，几乎成了中国现代社会中万恶之祸首。卢梭这种冲破古典、挣脱规则、回归自然、放纵情欲的精神取向，必然使“浪漫主义文学不遵规矩，惟务创新，以奇特为高，以诡异为尚，又凡事喜趋极端，矜炫浮夸，纵获奇而失真善”②。吴宓这里所批评的，确是浪漫主义文学应加救正之处。

学衡派中，还是胡先骕的文艺评论比较从容大度，说理透彻。1922 年，他在《评〈尝试集〉》的长篇论文中，指出：“卢梭力主返乎自然，不但对于文学主张废弃一切规律，即对于人生，亦全任感情之冲动，而废除理性制裁。”由此，浪漫主义的文学作品便缺乏一种高尚的精神之美。

至他一派之浪漫派，初无威至威斯、协黎、奇茨高尚之理想，但求官觉上之美感。所作之诗，除表现一种天然界物质之美外，别无高尚之意味。除与肉体有密切关系者外，初无精神上独立之美感。不能以物质表现精神，窃取精神之外貌，以粉饰物质。③

过分沉溺于官觉、肉欲，是浪漫主义的偏至所在。胡先骕也看到：“浪漫主义苟不趋于极端，在文学中实有促进优美人生观之功能。昔在希腊，对于

① 吴宓：《圣伯甫释正宗·编者识》，《学衡》1923 年 6 月第 18 期。
② 吴宓：《文学与人生》，《大公报·文学副刊》第 89 期。
③ 胡先骕：《评〈尝试集〉(续)》，《国故新知论》，中国广播电视出版社，1995 年，第 320 页。

人类之行为，但判其美丑，而不问其善恶者，实此意也。此等高格与下品浪漫主义之区别，一般浅识之徒，殊不能。也就是说，胡先骕并不一概反对浪漫主义的作品，他对华兹华斯等浪漫主义诗作是赞赏有加的，他否定的只是当时所谓新诗人，如胡适《尝试集》中许多浅薄之作。他最后总结道，“就以上之讨论观之，浪漫主义，苟不至极端，实为诗中之要素。若浪漫无限制，则一方面将流于中国之香奁体”，实不可取。在当时的中国文坛，“若欲重振人文主义，必对于十九世纪所特有之浪漫主义、科学、印象主义与独断主义，皆有几分反动也”。①

吴宓、胡先骕在批评浪漫主义时，在历史发展的总体趋势上也有其考虑不周之处。因为中国的国情不同于西方，西方的浪漫主义有其传统，是文学自然的发展流程中的一环，如胡先骕所说的，其中不乏高品格的浪漫主义诗作。但是，刚从“文以载道”的传统规范、“子曰诗云”的前提设定中解放出来的中国新文学，此时需要的是冲决一切法规的勇气，是挣脱所有罗网的魄力，这也是文学现代性，即文学的审美自律性确立所急需的，所以吴宓、胡先骕等过于匆忙地对五四时期的浪漫主义文学创作加以纠偏，有逆时代浪潮而行之嫌。

以上，我们就具有文化保守主义倾向的学衡派诸成员，在 20 世纪 20—30 年代的科学主义思潮中的价值选择及文学观念等，作了一番粗略的描述。就历史现代性来说，他们对科学主义的抗衡，是逆历史潮流而动的，以至于在相当长的时间内，特别是“学衡派”，几乎成了众矢之的；但他们的价值选择却趋向审美现代性，偏重于人文精神的传承，偏重于文化传统的守成，偏重于艺术的自主性与审美自律性的设立，而这些恰恰削减了历史现代性的负面因素。

---

① 胡先骕：《评〈尝试集〉(续)》，《国故新知论》，中国广播电视出版社，1995 年，第 322 页。

第二节　梁实秋：文学批评不是科学

一、对古典主义人文精神的趋同

梁实秋留学哈佛大学时，在1924—1925年间亦受业于白璧德，选读的是白氏的“十六世纪以后之文艺批评”一课，成为其耳提面命的弟子之一。他先是“抱着一种挑战者的心情去听讲的”，因为他原是信奉浪漫主义的，曾发表过《拜伦与浪漫主义》等文章，“大吹大擂的宣扬拜论”。但在课堂上，他很快就为白氏所折服：“白璧德先生的学识之渊博，当然是很少有的，他讲演起来真可说是头头是道，左右逢源……我初步的反映是震骇。我开始自觉浅陋，我开始认识学问思想的领域之博大精深。继而我渐渐领悟他的思想体系，我逐渐明白其人文思想在现代的重要性。”①

按理来说，同为白璧德弟子的梁实秋自然应和《学衡》诸公成为同一组织里的成员，但实际却未能如此。这一原因梁实秋也谈到了：“《学衡》初创之时，我尚未卒业大学，我也是被所谓‘新思潮’挟以俱去的一个，当时我看了《学衡》也是望而却步，里面满纸文言，使人不敢进一步探讨其内容了。”②也就是说，由于对中国五四时期“新思潮”的不同态度，梁实秋，甚至是闻一多等，都和“学衡派”保持了一定的距离，尽管他们在遵奉古典理性这一学理基点上是颇为一致的。这些，在梁实秋1957年所写的《关于白璧德先生及其思想》一文中做了回述。

在接受白璧德思想之后，梁实秋的文艺思想也开始转变：

我从此了解了什么叫做“历史的透视”(historical perspective)，一个作家或一部作品的价值之衡量需要顾到他在整个历史上的地位，也还要注意到文艺之

---

① 《梁实秋批评文集》，珠海出版社，1998年，第212页。
② 《梁实秋批评文集》，珠海出版社，1998年，第212页。

高度的严肃性。从极端的浪漫主义,我转到了多少近于古典主义的立场。①

他对作家、作品的价值衡量有了新的准绳。当文艺作品的评判突出的是"价值",而且是从历史的地位、严肃的高度上来加以衡量时,它就必然和当时盛行的科学主义思潮有了不同的选择与取向。这主要体现在梁实秋的文学观念和文学批评上。

二、建立在人性基点上的文学观念

梁实秋的文学观念,还是建立在白璧德的基本观点上:一是"人的法则"不同于"物的法则";一是人性的二元对立。

他首先谈"两种法则"的问题,认为过分地发展"物性"、倚重科学,将导致纯粹的功利主义。

把人当作物,即泯灭了人性,而无限制发展物性,充其极即是过分的自然科学的进步,而没有人去适当的驾驭那些科学的成果,变成为纯粹的功利主义。这科学的功利主义即是"自然主义"的一面,我们称之为科学的自然主义。②

把"人性"与"物性"区分开来,这是白璧德新人文主义信奉者在理论思考时的基本出发点,像吴宓即明确提出:物事与人事,各有其律。他们之所以作出如此明晰的划分,其深层即是对科技理性对人文精神僭越的抗衡。

对"物性"规律的把握,使科学技术产生了飞速的进步,人类由此摆脱了长久以来物质匮乏的困境,充分享受到工业文明所带来的丰裕的成果。但人类这一现代化的进程同时也包含着其负面成分,"物性"的"脱缰"、无限制发展,助长了物欲的恶性膨胀,引发了从人与人之间的尔虞我诈,到国与国之间的世界大战的种种劣迹与罪行;而当商品经济的交换逻辑渗入到人们所有的社会关系中去,人势必成了纯粹的功利主义者,这一系列人文精神的

① 《梁实秋批评文集》,珠海出版社,1998年,第213页。
② 《梁实秋批评文集》,珠海出版社,1998年,第215页。

失落，也就意味着人性的泯灭。

而文学正是充当起抨击罪恶、呼唤人性的角色。梁实秋认为："诗人，一切文人，是站在时代前面的人。民间的痛苦，社会的腐败，政治的黑暗，道德的虚伪，没有人比文学家更首先的感觉到。……惟有文学家，因为他们的本性和他们的夙养，能够做一切民众的喉舌，道出各种民间的疾苦，对于现存的生活用各种不同的艺术的方式表现他们对于现状不满的态度。"①

其次，梁实秋认为文学表现的是人性，而人性是不能用科学"条律"支配的。

在文学的概念内涵的定性上，梁实秋从未变动过。直至 1951 年，梁实秋仍然这样回答："文学是什么？我个人愿提出这样的解答：文学是人性的描写。"这一定性来自他的导师白璧德，即人性是二元的，包含着欲念和理智的相互对立和相互牵制。梁实秋认为："所谓'人性'是什么呢？一方面，人性乃所以异于兽性。简单的饮食男女，是兽性；残酷的斗争和卑鄙的自私，也是兽性。人本来是兽，所以人常有兽性行为。但是人不仅是兽，还时常是人，所以也常能表现比兽高明的地方。人有理性，人有较高尚的情操，人有较严肃的道德观念，这便全是我们所谓的人性。"②兽性与理性、物欲与理智，构成了人性的两极，但人之所以为人，就在于他能以理性战胜兽性，以理智节制物欲。

梁实秋看到了人性的复杂，他说："人性是很复杂的（谁能说清楚人性所包括的是几样成分？），唯因其复杂，所以才是有条理可说，情感想象都要向理性低首。在理性指导下的人生是健康的常态的普遍的；在这种状态下所表现出的人性亦是最标准的；在这标准之下所创作出来的文学才是有永久价值的文学。"③那么，这种理性，这种节制，是不是一种定量、定质的标准呢？或者说，有一种相应的科学规范或条律呢？梁实秋又断然否决之：

① 梁实秋：《文学与革命》，《梁实秋批评文集》，珠海出版社，1998 年，第 130—131 页。

② 梁实秋：《文学讲话》，《梁实秋批评文集》，珠海出版社，1998 年，第 222 页。

③ 梁实秋：《文学的纪律》，《梁实秋批评文集》，珠海出版社，1998 年，第 105 页。

> 吾人不可希望文学批评的标准能采取条律的形式，因为“人性”既不能以条律相绳范，文学作品自不能以条律为衡量。不过我们确信文学批评有超于规律的标准，凡以“理知主义”趋诸极端者，和“绝智主义”一样，同是不合于“人性”。①

按梁实秋的看法，“人性的复杂”在文学创作中导致了两个向度：一方面，由于人性的复杂，其内含的如情感、想象、非理性因素等，在创作中不能过分地放纵它，所以需要理性的节制；另一方面，也正是由于人性的复杂，如情感发泄的度量、想象的域限等，不可能有像科学那样固定的“条律”来“绳范”、裁定它。所以，在文学所表现的“人性”跟前，绝对的理知性的科学条律和绝对的非理性的无规则放纵，都是不可取的。

那么，梁实秋的这种超出科学条律的理性到底是什么呢？他推出了从白璧德等哲人那里得来的古典主义理性：

> 古典主义者所注重的是艺术的健康，健康是由于各个成分之合理的发展，不使任何成分呈畸形的现象，要做到这个地步，必须要有一个制裁的总枢纽，那便是理性。所以我屡次的说，古典主义者要注重理性，不是说把理性做为文学的唯一的材料，而是说把理性做为最高的节制的机关。②

也就是说，文学艺术创造中的理性，其地位不能等同于想象、情感等心理因素。而在此之前，如，在近代德国美学中，康德就主张：艺术是想象力、知解力和情感力三位一体协调的自由运动。但在新人文主义者那里，理性已经被提升为一种综合性的机制，它起着调节、均衡文学创造中各种因素的作用。

梁实秋强调，在创作中情感不能“决溃”，不能无限度地发泄，不然便流俗为“病态”、“变态”的“伤感主义”，因为“伟大的文学的力量，不藏在情感

---

① 梁实秋：《文学的纪律》，《梁实秋批评文集》，珠海出版社，1998 年，第 98 页。

② 梁实秋：《文学的纪律》，《梁实秋批评文集》，珠海出版社，1998 年，第 102 页。

里面，而是藏在制裁情感的理性里面”。而想象也不是使文学趋向猎奇，“不是由常态走到变态”，而是“把文学的材料经过作者自己的灵魂的一番渗滤的功用”，“由平凡走到深奥”，即使像莎士比亚戏剧中的变态人物，“其所以能发生文学价值者，不是因为里面引用了变态的性格，而正是因为作者施用了常态的处置，——使变态者永站在一个变态者的地位”。[1] 这样，在文学作品中的各种成分均是合理的发展，而不呈现出片面的畸形的现象。这便是合乎古典主义理性的、“艺术的健康”了。

三、与科学主义抗衡的文学批评

梁实秋的文学批评，更是明确地与科学主义思潮相抗衡。

他还是从双向背逆的两极展开论析，来选择“中庸”之度。他认为，当时文学界盛行的“印象主义的批评”和“科学的批评”这两种批评倾向都是不妥的。前者把批评与艺术混为一谈，否认批评家判断力之重要，把批评家限于鉴赏者的地位，使文学批评为感情用事之印象主义所支配。其代表为近代兴起的印象主义批评，如王尔德、佛朗司等。这类批评家是敏感的，文字也多是优美、机趣的，但他们只是对文艺作品发表一己的印象而已，对文学作品及其作者不可能增加什么。所以，梁实秋指出：“文学批评一定要有标准，其灵魂乃是品味，而非创作；其任务乃是判断，而非鉴赏；其方法是客观的，而非主观的。如其吾人能划清这些区别，便当承认文学批评不是创作的艺术。”[2]

对于“科学的批评”的倾向，即把文学批评等同于科学方法，梁实秋更是予以强烈的反驳：

> 文学批评也不是科学。以科学方法（假如世界上有所谓“科学方法”者）施于文学批评，有绝大之缺憾。文学批评根本的不是事实的归纳，而是伦理的选择，不是统计的研究，而是价值的估定。凡是价值问题以内的事务，科学不便过

---

① 梁实秋：《文学的纪律》，《梁实秋批评文集》，珠海出版社，1998 年，第 104—106 页。
② 梁实秋：《文学批评辩》，《梁实秋批评文集》，珠海出版社，1998 年，第 90—91 页。

问。近代科学——或假科学——发达的结果,文学批评亦有变成科学之势。①

这里的关键点是“价值”。梁实秋强调,文学批评是属于价值论范畴的,它包括伦理的选择与取舍,情感的契应与排斥等。因此,它不能仅成为认识论范畴的事实归纳,或像统计学上的核算一般。但近代科学主义思潮的高涨,波及文学批评领域,使它也变成科学求知的工具。

在这一向度上,梁实秋主要批评了“社会学的批评方法”和“精神分析学的批评方法”。他论析道:“社会学的批评方法,号称为科学的,在文学批评上应该占什么样的位置呢?社会学的批评的先决问题是认定文学的创造乃受社会影响的支配,故批评文学作品应解释其当时社会之状况。这个学说是不错的。”但它为什么有缺陷呢?因为,

文学作品一方面固是表现了当时的社会,但一方面也表现了作者个人的人格。并且解释社会状况,只能算是解释了作品产生的状况,不能算是评衡其内容的价值。②

像台恩(Taine)的英国文学史,只是从事实中抽出原理,来证明文学与社会环境的关系;而圣伯甫(Sainte-Beuve)的批评方法,亦只是从研究作家传记出发,来说明作品与作家的关系。梁实秋认为,这些只是归纳性的、考据性的工作而已,虽有其本身的价值,但不是纯正的文学批评。文学作品是“人性”的产物,“人性”、“作者个人的人格”等,它们是不能承受科学的实证主义“条律”的支配的,因为“人”有别于“物”。

应该指出,梁实秋对孤立的“社会学批评方法”的批评是不无道理的。因为从审美现代性的视角着眼,强调文学活动的审美自律是符合其发展趋势的,如若过分地注目于“他律”,如社会性、考据性等,就有可能使文学偏离美学的轨道,抛离价值论,而归属于单一的认识论,重归到“文以载道”的中

---

① 梁实秋:《文学批评辩》,《梁实秋批评文集》,珠海出版社,1998 年,第 91 页。

② 梁实秋:《文学批评论·结论》,《梁实秋批评文集》,珠海出版社,1998 年,第 128 页。

国封建文学的传统上去。当然，其后的梁实秋论及："文艺的创作没有一个呆板的固定的公式。用'唯物史观''经济的解释''阶级性''斗争的武器'等等来做为文艺理论的基础，不是错误的使用科学方法，便是另有用意。所谓'科学的'这个名词，至此已失掉原有的意义。"①则是在原有的理论基础上推进，全盘否定经济基础对意识形态的制约作用，也就显得过于偏激，并带有政治上的某种偏见了。

正如马克思在《第六届莱茵省议会的辩论》中，论述到出版行业的自由时所做的比喻："在宇宙系统中每一个单独的行星一面自转，同时又围绕太阳运转，同样，在自由的系统中各界也是一面自转，同时也围绕自由这一太阳中心运转。"②文学也正如行星一样，对于社会历史（犹如太阳）来说，它是"公转"，成为手段，属于"他律"，无法取得"自由"；对于文学自身来说，它是"自转"，成为目的，属于"自律"，有自身的"自由"。它是两者的对立统一，不管偏执于哪一方，都不充分，都不完善。

对于精神分析学批评，梁实秋基本上也是持否定的态度："这种批评方法当然是新颖的，但是其效用的范围实是有限的。简捷了当的说，精神分析学是解剖变态心理的一个利器，而对于一个身心健全不失常态的人完全没有用处。最伟大的作家几乎没有变态的，无论其情感是如何丰富，想象是如何发达，总不失其心理上的平衡。"这里，梁实秋是立足在"健康、常态、普遍"的预期设定的理性标准上来看待精神分析学批评的，因此立论就显得有所绝对化。他认为，第一流作家的心态都是健全的，"唯在第二流及以下的作者，或许有变态的心理，或许有供给精神分析学者研究的材料"。但文学史上的事实并非如此，就在近代，便有三个第一流的、伟大的作家海明威、茨威格、川端康成自杀了，对于他们的作品，你能不进行心理分析批评吗？你能说他们的心智是健全，还是不健全呢？是变态，还是常态呢？所以，梁实秋的结论：

---

① 梁实秋：《文学讲话》，《梁实秋批评文集》，珠海出版社，1998 年，第 242 页。

② 《马克思恩格斯全集》第 1 卷，人民出版社，1972 年，第 86 页。

文学作品经过精神分析学的宰割之后，不能即做为批评。批评之任务在确定作品之价值，而价值之确定，又有赖乎常态标准之认识。……精神分析只能说明其变态之故，并不说明作品之价值。①

就显得有缺公允，的确是武断了些。

那么，纯正的文学批评是什么呢？他再次强调："文学批评的任务是在确定作品的价值，而不在说明文学作品的内容与其对外界之关系。所以说，文学批评不是科学。""最好研究文学的方法是在作品里面去研究，不是到作品外面去研究。"即批评的主要努力，不是去依循科学的"条律"，而是"根据常态的人生经验来判断作品的价值"。②

梁实秋的文学观念与文学批评最终可以归结到一点，即古典主义的"纪律"。这在他的著名论文《文学的纪律》中得以集中地展示和传达。他在文中，就文学的目的、文学的活动、文学的力量、文学的效用、文学的价值、文学的纪律等一系列概念，均作了明晰的内涵论定。

文学的目的——"是在藉宇宙自然人生之种种的现象来表示出普遍固定人性，而此人性并不是存在什么高山深谷里面，所以我们正不必像探险者一般的东求西搜。这人生的精髓就在我们的心里，纯正的人性在理性的生活里得以实现。"

文学的活动——"是有纪律的，有标准的，有节制的。"

文学的力量——"不在于开扩，而在于集中；不在于放纵，而在于节制；……节制的力量，就是以理性（Reason）驾驭情感，以理性节制想象。"

文学的效用——"不在激发读者的热狂，而在引起读者的情绪之后，予以和平的宁静的沉思的一种舒适的感觉。"（即类似于亚里士多德的"净化"。）

文学的价值——"不是因为里面引用了变态的性格，而正是因为作者施用了常态的处置，——使变态者永站在一个变态者的地位。"

---

① 梁实秋：《文学批评·结论》，《梁实秋批评文集》，珠海出版社，1998 年，第 127—128 页。

② 梁实秋：《文学批评·结论》，《梁实秋批评文集》，珠海出版社，1998 年，第 128 页。

文学的纪律——“是内在的节制,并不是外来的权威。文学之所以重纪律,为的是要求文学的健康。”

从以上概念内涵中,我们可以读到一系列相近的名词:规律、标准、秩序,普遍、常态、纯正、健康,驾驭、集中、节制……而这些名词聚集于一点,即是古典主义的“纪律”,也就是梁实秋所信奉的白璧德的新人文主义在文学上所要求的内质。因此,梁实秋在该文引柏拉图对话集里苏格拉底的一段话为结:“心灵的合规则的秩序与活动便叫做‘纪律的’与‘秩序的’,便是使人们守纪律秩序的主因;——因此我们才能有节制和正义”。[①] 心灵的秩序远在自然的秩序之上,人文精神超越于科技理性,这便是梁实秋对人文与科学关系所作出的判断。

第三节　闻一多：科学是艺术底仆役

一、“勒马回缰作旧诗”

1988 年,余英时在他那篇著名的《中国近代思想史上的激进与保守》演讲稿中,曾着重选择了闻一多作为典型实例,来论析中国现代思想冲突、转变之激烈:“闻一多的故事有象征的意义,中国思想历程变化之快,在一个人身上全显出来了。”[②]的确,闻一多的心路历程浓缩了中国思想界的风云变幻,其一生是中国现代知识分子的缩影。

若按五四时期的政治倾向来看,闻一多完全是一位激进主义者。开明书店版四卷本的《闻一多全集》“年谱”中有以下记载:“五月四日,北京城内学生举行爱国示威运动,消息传到清华园,园内青年也就立刻起了反应。五日清晨,饭厅的大门上贴着一张红纸,上面写了岳飞《满江红》词。……后来先生说:‘那是我干的!’”“莫等闲,白了少年头,空悲切”,这般仰天长啸的

① 梁实秋:《文学的纪律》,《梁实秋批评文集》,珠海出版社,1998 年,第 100—110 页。
② 《知识分子立场——激进与保守之间的动荡》,时代文艺出版社,2000 年,第 17 页。

壮怀，雪耻灭恨的浩气，贯穿闻一多的一生。5日那天，为维护中国的主权，为营救被捕的学生，清华学校的学生们组织了“学生代表团”来统一领导学校的爱国运动，闻一多和罗隆基、潘光旦等被选为该组织的成员，他分工担任中文书记，负责起草各类文件与宣传品。当年6月，他还被选为清华学校的5名代表之一，参加在上海召开的全国学联会议，并参与了全国学联刊物的编辑工作。仅以五四运动中闻一多的言行来看，他的政治表现一点也不逊色于当时激进的自由主义者及具有共产主义倾向的人物，按常规理应顺应五四革命大潮，批判儒术孔道，否定传统文化。

但是，到美国留学3年之后，他却在给梁实秋的信中写下这样两首诗：

六载观摩傍九夷，吟成鴃舌总猜疑。
唐贤读破三千纸，勒马回缰作旧诗。

——《废旧诗六年矣，复理铅椠，纪以绝句》

艺国前途正杳茫，新陈代谢费扶将。
城中戴髻高一尺，殿上垂裳有二王。
求福岂堪争弃马？补牢端可救亡羊。
神州不乏他山石，李杜光芒万丈长。

——《释疑》①

闻一多的文化价值的选择，超出一般人的设想。到了美国留学，接受的是西方的文化熏陶，接触的是西方的科学文化与物质文明，多数的知识分子，如胡适般往往作出以西方科学文化来改造落后中国的价值选择。应该承认，闻一多对于西方的现代科学知识、政治上的民主平等、个体的自由权利等是持赞同的态度，但在是否“全盘西化”，即是否无条件地接纳西方文化的问题上，他保留了自己的意见。中西文化价值的冲突及对其思考与选择，在这两首诗中得到充分的表现。

---

① 《闻一多全集》第3卷，生活·读书·新知三联书店，1982年，第621页。

这里，“勒马回缰作旧诗”并非指闻一多重操旧习，回到创作古典诗词的道路上去。这句诗仅是一个象征，象征他在停作旧诗的六年里，包括留学这段时间内，对“九夷”——西方科学文化的“观摩”、“猜疑”、“读破”，即在综观细研中西文化优劣得失之后，所作出的判断与选择——回归到中国民族文化的传统精神上去。“五四”这场中西文化冲突，犹如塞翁失马，焉知祸福；亡羊补牢，犹未迟也。在浪潮过去之后，在一番比较之后，闻一多认为：虽然他山之石，可以攻玉，但“神州不乏他山石，李杜光芒万丈长”，中国的传统文化精华，如李白、杜甫等，即东方的人文精神，完全值得继承与发扬，这是“艺国前途正杳茫”之中可喜的生机与正确的选择途径。

1930 年之后，闻一多走上“向内发展的路”，潜心于中国古代文化的研究，正是上述文化价值选择的结果。当然，他不像那些泥古不化者沉溺于古籍而无法自拔，他曾用佛洛依德的精神分析学说来解读《诗经》，发表过《诗经中的性欲描写》的论文等，开拓了中国古典文学研究的新的路径。正如郭沫若所评价的那样：“他虽然在古代文献里游泳，但他不是作为鱼而游泳，而是作为鱼雷而游泳的。他是为了要批判历史而研究历史，为了要扬弃古代而钻进古代里去刳它的肠肚的。他有目的地钻了进去，没有忘失目的地又钻了出来，这是那些古籍中的鱼儿们所根本不能想望的事。”[①]西方文化中科学精神帮助他在中国古典文化研究中开拓出新境，但在闻一多的学术体系中，也只能是一种方法，从根本上仍是为复兴中国传统文化服务的，仍是张之洞的“中学为体，西学为用”的基本原则的沿用而已。

那么，闻一多何以在留学美国之后，其文化守成主义的立场更为鲜明呢？从外在事象看，与中国留学生在国外所受的种族歧视有关。闻一多在一封家信中这样倾诉自己的感情：“美利加非我能久留之地也。一个有思想之中国青年留居美国之滋味非笔墨所能形容。俟后年底我归家度岁时当与家人围炉絮谈，痛哭流涕，以泄余之积愤。我乃有国之民，我有五千年历史与文化，我有何不如美人者？将谓吾人不能制杀人之枪炮遂不若彼之光明

① 《闻一多全集》第 1 卷，生活·读书·新知三联书店，1982 年，第 5 页。

磊落乎？总之，彼之贱视吾国人者一言难尽。”[1]海外游子所受的屈辱无法抑制，民族的义愤溢于言表。

但从思想内质来分析，则与他的民族主义立场是分不开的。他和王国维等一样，极为重视东方古国的文明，特别是东方的精神文明，认为它决不亚于西方文明，在人类精神整体中，它和西方文明具有同等的价值意义。

> 我堂堂华胄，有五千年之政教、礼俗、文学、美术，除不娴制造机械以为杀人掠财之用，我有何者多后于彼哉，而竟为彼所藐视、蹂躏，是可忍孰不可忍！[2]

在科学技术方面，在机械制造业方面，中国较之西方是落伍了；但在人文精神方面，她有着西方国家无法取代的“五千年历史与文化”传统的精华，她有她的“政教、礼俗”的文明规范，有她的“文学、美术”这类人文精神的结晶，她不可能会像西方那样利用科学技术去制造枪炮来杀人掠财。闻一多还透过了美国工业文明的表象，看到了资本主义制度的不可克服的矛盾，以及科技理性、工业文明所带来的弊病，正如他在给家人的信中提到：“美国好本好，坏处也不少。”

二、物质主义与人文精神对峙中的价值选择

闻一多对西方科技理性、工业化趋势的质疑与批评，早在留美之前，即还在清华学校就读时就有所显露。

如前所述，鲁迅在1907年即发表了《文化偏至论》一文，对物质主义“偏至”的批判极为犀利深刻，达到了今日之哲人都难有的力度。他认为，19世纪“知识”、“科学”高速发展，单向地助长了“惟物质主义”，其失衡的偏误给人类的生存带来了巨大的恶果：“物欲”遮蔽了“灵明”，外“质”取代了内“神”，物质文明的高涨，精神文明的低落。

1918年底，梁启超作为中国赴欧观察组成员参加巴黎和会。在欧洲，他

---

① 《闻一多全集》第3卷，生活·读书·新知三联书店，1982年，第653页。

② 闻一多：《致父母》，《闻一多书信选集》，人民文学出版社，1986年，第43页。

目睹了战争给人民带来的巨大的灾难：生灵涂炭，民生凋敝，思想混乱，精神失落。这一切都使梁启超震惊不已，但他更关心的是战祸及危机的根源，他也把此原因归罪于"科学万能"论与物质主义的膨胀。梁启超乃清末以来鼓吹西方文化、倡导科学思潮着力最甚的代表人物。而今，他居然一反前说，对科学的地位提出质疑，这就极大地震动了当时的中国思想界，闻一多正是受其影响的一员。

此时的闻一多虽然还是一位在清华学校就读、准备留洋的学生，但身份的差距，并不影响思想新锐。在青年学生中，他是最早感应到物质主义与人文精神对峙问题的，若说他是当年中国思想界的先驱者队伍中的一员，也并不显得过分。

1920 年他在《清华周刊》上就发表《征求艺术专门的同业者底呼声》一文，其观点鲜明，论证周密，为其前期最重要的论文之一。文中，闻一多写道：

> 欧战以后，世界底潮流趋重精神方面，菲薄物质方面。奇德(Benjamin Kidd)在他的《势力底科学》里硬讲："文化的势力是根据于集合的感情，不是理性。"他又说人类进化底动机的原质不是像达尔文所主张的"科学在这个期程里是势力底理性的知识。"①

他敏锐地感悟到世界当时重人文精神的思想动向，并且寻找到理论的依据，这就是奇德对苏格拉底以来重知识谱系、笛卡尔以来重理性决断、达尔文以来重规律演进（生存竞争，优胜劣败）的倾向，即偏于科学理性的质疑，从而强调了人文精神核心的情感地位。

他也像梁启超一样，对第一次世界大战前的人类思想的偏误予以尖锐的批判：

> 人类从前依赖物质的文明，所得的结果，不过是一场空前的怵目惊心的血

---

① 《闻一多青少年时代诗文集》，云南人民出版社，1979 年，第 78 页。

战，他们于是大失所望了，知道科学是靠不住的，所以现在都倾向于艺术，要庇托于她的保护之下。①

此段话似乎是上引梁启超之语的翻版，是否属于援引，现已无法考证，但作为一名学生的闻一多能与名闻天下大师的思想吻合到如此程度，实属不易。

闻一多就读的清华学校是用美国退回的庚子赔款办的留美的预备学校，因此美国化的氛围相当浓重。对此，闻一多在《清华周刊》上发文批评：

我说：清华太美国化了！清华不应该美国化，因为所谓美国文化者实不值得我们去领受！美国文化到底是什么？据我个人观察清华所代表的一点美国化所得来的结果是：笼统地讲，物质主义；零散地数，经济、实验、平庸、肤浅、虚荣、浮躁、奢华——物质的昌盛，个人的发达……②

"美国化"的一切，在闻一多的心目中，统统不可取，全属于鄙弃、否定之列。因为在美国这种物质主义第一的环境中，"他们除了衣食住的'用'外，还知道什么？他们的思想在哪里？他们的主义在哪里？他们对于新思潮的贡献在哪里？他们的人格理想在哪里？他们的精神生活又在哪里？"

他痛心地指出，不少清华学生都染上了这些恶劣的习俗，没有出洋时已经这样了，若出洋回来，再戴上几个硕士、博士、经理、工程师的头衔，这些弊病只会变本加厉了。所以，在文章的结束之处，他发出这样的呼吁："美国化呀！够了！够了！物质文明！我怕你了，厌你了，请你离开我吧！东方文明啊！支那底国魂啊！'盍归乎来'！让我还是做我东方的'老憨'吧！理想的生活啊！"③青少年时期的感受与领悟往往是难以忘却的，甚至会潜移默化为心理上无意识的动因。闻一多之所以把东方文明视之为"支那的国魂"，视之为"理想的生活"，这和他 15 岁至 24 岁在清华学校就读十年中的生活阅

① 《闻一多青少年时代诗文集》，云南人民出版社，1979 年，第 78 页。
② 《闻一多青少年时代诗文集》，云南人民出版社，1979 年，第 127 页。
③ 《闻一多青少年时代诗文集》，云南人民出版社，1983 年，第 129 页。

历有深刻的关系。

但闻一多对科学与人文关系问题的考虑亦非单向的，面对当时“物质底腐败已极，科学底兴味刚醒的中国”，他并不一概否定科学。他沿用梁启超的说法：“科学主理性、主经验，艺术主感情、主直觉”，表面上两相冲突，像是供奉科学就不能礼拜艺术，反之亦然，但这只是一个误会。闻一多进一步作了解说：

卢瑟德比尔（Roussel Despierres）讲过：“科学同艺术应该互助。但他们职务要分清楚，人类底目的即是美底理想；科学是艺术底仆役，理想底共同作者。科学先，艺术后，科学是为艺术的（机械可以节省工人作工底时间，让他们多得消遣底机会；医药同卫生能使身体强壮而且加倍地美观）。”就此可见艺术、科学是“并行不悖”的，并且是缺一不可的。现在我们对于科学那样热中，而对于艺术这样冷淡，将来势必将社会完全变成一副机器，他的物质的运动当然是灵敏万分，但是理想底感情，完全缺乏。啊！我们如果不愿把中国变成一个疯人院，再蹈欧洲底覆辙，演成世界第二次军事惨剧，我们就应当注意艺术，赶急注重艺术！①

这里，闻一多明显地站在艺术（即人文精神）一边。他强调，科学与艺术尽管应该互助，并行不悖，但两者“职务要分清楚”，“科学是为艺术的”，“科学是艺术底仆役”，因为人类的终极目的是美的理想。闻一多借用卢瑟德比尔的话表达了自己的选择与判断。

这一判断如前所述源自第一次世界大战。在人类思想发展史上，第一次世界大战是一座重要的分水岭。一战给世界各国人民带来了巨大的灾难，在血淋淋的人间惨剧面前，传统的价值观念受到了新的考察与审查。古典哲学那种对人的理性推崇，理性至高无上的观念，被战争悲剧彻底地粉碎了；人性中残忍、野蛮、贪婪和邪恶的负面，赤裸裸地暴露无遗。许多思想家认为这场动乱的根本原因在于物质与精神发展的不平衡性，由科学支撑的

① 《闻一多青少年时代诗文集》，云南人民出版社，1979 年，第 80 页。

飞速增长的物质财富，助长了人性贪婪、物欲的一面，压抑了人类的善良的本性与美好的情感，从而导致了这场血战。这就是闻一多所提及的"军事惨剧"、"疯人院"的背景。

由此，一战之后，整个世界范围内出现了推崇精神、菲薄物质的潮流，认为要发展人类的精神文明，必须注重艺术与审美。在这样的基点上，闻一多认同了卢瑟德比尔的观点，偏向于人是最终的目的，"科学先，艺术后，科学是为艺术的"，把人文精神的地位置于科技和物质之上。这也就是文化守成主义思潮和以胡适为代表的自由主义思潮在内质上不同的关键要点之一，这也说明青年闻一多完全跟上了当时世界与中国学界的哲学潮流，处于思想的最前沿地带。

这种对科学主义、物质主义的批判，闻一多在前期及留美时期的文艺评论与作品中也多有呈示。

1922 年，他对郭沫若的诗作写下了《女神之时代精神》的评论文章：

那讴歌机械底地方更当发源于一种内在的科学精神。在我们诗人底眼里，轮船的烟筒开着了黑色的牡丹是"近代文明底严母"，太阳是亚波罗坐的摩托车前的明灯；诗人底心同太阳是"一座公司底电灯"；云日更迭的掩映是同探海灯转着一样；火车底飞跑同于"勇猛沉毅的少年"之努力。在他眼里机械已不是一些无声的物具，是有意识有生机如同人神一样。机械底丑恶性已被忽略了，在幻象同感情底魔术之下他已穿上美丽的衣裳了呢。①

闻一多的目光相当犀利，一眼透视到郭沫若对科学主义崇奉的内在倾向。尤为击中要害的是最末一句，郭把机械视若"人神"，用美的幻象与情感修饰之，掩盖了它的丑恶性。文化守成主义者对于资本主义的工业文明，对于机械理性的负值效应，一贯持警惕、抗衡的心理。因为他们认为工业与机械的片面发展，必然带来这样的弊病：外在地破坏了生存环境，内在地损害了人文精神，对于人类灵肉一致地和谐发展是不利的。

---

① 《闻一多全集》第 3 卷，生活·读书·新知三联书店，1982 年，第 355—356 页。

在赴美留学的太平洋的航轮上，闻一多创作《孤雁》一诗，对即将前往的美国予以这样的刻画：

啊！那里是苍鹰底领土——/那鸷悍的霸王啊！/他底锐利的指爪，/已撕破了自然底面目，/建筑起财力底窝巢。/那里只有铜筋铁骨的机械，/喝醉了弱者底鲜血，/吐出些罪恶底黑烟，/涂污我太空，闭熄了日月，/教你飞来不知方向，/息去又没地藏身啊！

机械的利爪撕破了美好、纯净的自然，这是以诗的形象对现代工业丑恶一面的揭示与批判。

到达美国之后，他的看法依然不变，在日常的书信中，他向友人倾诉衷曲：

一个"东方老憨"独居在一间 apartment house 底四层楼上，抬头往窗口一望，那如象波涛的屋顶上，只见林立的烟囱开遍了可怕的"黑牡丹"，楼下是火车、电车、汽车、货车(trucks，运物的汽车，声响如雷)，永远奏着惊心动魄的交响乐。[①]

闻一多自称东方的"老憨"，他倾诉心怀，自己无法适应由现代工业文明所构成的喧闹、奢华，以及环境的污染与自然的破坏，他无法认同这种以物质主义为主调的生活，无法从根柢上融入强调科技理性的异质的文化体系之中。强烈的情感倾向与鲜明的价值选择，决定了终其一生的人文学者的立场。

三、糅合白璧德新人文主义的人文精神

1925 年，闻一多回国之后，与新月派友人相交甚厚。在新月派中，其理论中坚，或曰该派思想核心，应为梁实秋。如同胡适从美国带回杜威，徐志摩从英国带回罗素，梁实秋则和他的师兄梅光迪、吴宓一样，从美国带回白璧德的新人文主义，并在此基础上建立起具有强烈的文化守成主义倾向的

① 闻一多：《致梁实秋》，《闻一多全集》第 12 卷，湖北人民出版社，1993 年，第 175 页。

古典主义美学、文学理论体系。闻一多与梁实秋两人志趣相投,关系密切,在美学、文学理论上相互浸淫,共鸣谐振。相对来说,梁实秋对闻一多的理论启示会多一些。由此,闻一多的人文精神中亦糅合着白璧德新人文主义的理论特色。

新人文主义理论最重要的一点就是对传统文化的维护,以建立恒定的价值标准。他们认为在现代社会中,由培根所代表的科学主义和卢梭所代表的浪漫主义的盛行,使人文精神沦落,带来了严重的文化危机;这就必需维护传统文化,从中寻求一种恒定的价值标准。在传统文化中,释迦牟尼、耶稣、孔子和亚里士多德积储了人类经验的精华,他们所代表的是一种恒定的价值标准,对后世产生了巨大的影响,他们是全人类精神文化史上最伟大的人物,宜称之为"四圣"。[①] 在这一点上,新人文主义与文化守成主义是合拍的,这就使闻一多对新人文主义产生共鸣,有了认同感。

新人文主义者把孔子尊为人类精神的"四圣"之一,这和以"打倒孔家店"为宗旨的五四激进主潮是尖锐对立的。那么,回国后的闻一多是采取什么立场的呢? 1926 年,他写道:

> 孔子教小子,教伯鱼的话,正如孔子一切的教训,在这年头儿,都是犯忌讳的。依孔子的见解,诗的灵魂是要"温柔敦厚"的。但是在这年头儿,这四个字千万说不得,说出了,便证明你是一个弱者。当一个弱者是极寒伧的事。特别是在这一个横蛮的时代。

这一"横蛮",是指那些"伪浪漫派"的诗人,他们的一举一动、一颦一笑都要化作诗篇,强迫世人读之,若人们不太经意或是稍有批评,便要大发雷霆,咒骂一通。对此,闻一多感叹道:"但是我怕这一来,中国诗人一向的'温柔敦厚'之风会要永远灭绝了。"[②]论述的语意虽然比较婉转,但其立场是明显的,站在儒学一方,正面肯定了中国的"温柔敦厚"的儒家诗教。

---

① 参阅吴宓译:《白璧德论欧亚两洲文化》,《国故新知论》,中国广播电视出版社,1995 年,第 54 页。

② 闻一多:《诗人的蛮横》,《闻一多全集》第 3 卷,生活·读书·新知三联书店,1982 年,第 409—410 页。

与上文同一个月发表的《诗的格律》一文，闻一多的态度就更明晰了，他针对一些人对新格律诗的攻击，进行了反驳：

近来似乎有不少的人对于节的匀称和句的均齐表示怀疑，以为这是复古的象征。做古人的真倒霉，尤其做中华民国的古人！你想这事怪不怪？做孔子的如今不但“圣人”“夫子”的徽号闹掉了，连他自己的名号也都给褫夺了，如今只有人叫他作“老二”，但是耶稣依然是耶稣基督，苏格拉提依然是苏格拉提。①

五四运动的余波依在，“打倒孔家店”的口号仍犹然在耳，闻一多却不顾时忌，公然站出来为孔夫子抱不平，并把孔子与耶稣、苏格拉底等相提并论。这一行为显然是受到新人文主义大师白璧德关于“四圣”观点的影响，内中同时也深含着对中国传统文化的尊重，坚持的是文化守成主义的立场与原则。

由于对中国传统人文精神的执守，闻一多在警惕、反抗西方殖民文化方面是最早的觉醒者。20世纪初，中国也踏上了现代化进程，但中国的“现代性”不是由自我内在萌生，而是“外迫性”的，即由帝国主义列强逼迫而成的。最早，西方的文化现代性以“科学”、“民主”为标志，以正向的面貌为中国思想界所热诚地接纳；但伴随着西方文化的进入，帝国主义列强进而在中国攫取政治上的霸权与经济上的特权，带有一定的侵略性质。于是，中国的文化守成义者开始对原来所崇拜的以科学为主体的西方文化，持警惕与审视的态度了。

在20世纪中国学人中，闻一多很早就发现西方“后殖民主义”的动向。他曾警辟地指出：

我国前途之危险不独政治、经济有被人征服之虑，且有文化被人征服之祸患。文化之征服甚于其他方面之征服百千倍之。杜渐防微之责，舍我辈其谁堪

---

① 闻一多：《诗的格律》，《闻一多全集》第3卷，生活·读书·新知三联书店，1982年，第415页。

任之！①

面对内忧外患的中国，闻一多并不停留在事象的表层，痛心于被帝国主义列强所瓜分的国土、所掠夺的资源，而且锐利地透视到精神文化被西方所征服，即今天所说的“殖民化”的动向。他向友人们呼吁：要自觉地承担起弘扬中国传统文化的职责。

我以为一桩，当恢复我们对于旧文学底信仰，因为我们不能开天辟地（事实与理论上是万不可能的），我们只能够并且应当在旧的基础上建设新的房屋。二桩，我们更应该了解我们东方底文化。东方底文化是绝对美的，是韵雅的。东方底文化而且又是人类所有的最彻底的文化。哦！我们不要被叫嚣犷野的西人吓倒了！②

一战所造成的世界性灾难，使当时的中国思想界流行着这样一种看法：西方重物质而没落，东方重精神而有望。梁启超在《欧游心影录》末了，不就这样地呼吁中国青年：“大海对岸那边有好几万万人，愁着物质文明破产，哀哀欲绝的喊救命，等着你来超拔他哩！我们在天的祖宗三大圣（指孔子、老子、墨子——笔者注）和许多前辈，眼巴巴盼望你完成他的事业，正在拿精神来加佑你哩！”③物质主义与人文精神的矛盾对立，在这里童话般地转化为东西方的优劣比较，在想象中建立起中华民族、东方人文的自豪感。

闻一多显然受到这一观念的影响，对梁启超作出呼应——“东方的文化是绝对美的”，“是人类所有的最彻底的文化”！④ 这里有着白璧德对东方文化与道德肯定的回应，也内含着梁启超及而后的梁漱溟、林语堂等，那种以东方儒道墨为核心的传统文化与人文精神，来抵御西方罪恶的物质主义文化，来拯救渐趋没落的西方世界的理论想象。

---

① 闻一多：《给梁实秋》，《闻一多全集》第3卷，生活·读书·新知三联书店，1982年，第617页。
② 闻一多：《女神之地方色彩》，《闻一多全集》第3卷，生活·读书·新知三联书店，1982年，第367页。
③ 梁启超：《欧游心影录》，《梁启超文选》，上海远东出版社，1995年，第220页。
④ 闻一多：《女神之地方色彩》，《闻一多全集》第3卷，生活·读书·新知三联书店，1982年，367页。

四、以诗画守护中国传统的人文精神

"东方文化是绝对美的",闻一多对中国传统的人文精神持绝对崇奉的信念。他不但在理论上坚持之,而且还在诗、画的创作中弘扬这一信念。

五四时期的文学艺术创造,有着"一味西化"的偏向。但闻一多在这一"西化"的潮流中,仍然注重于中国艺术的自身审美特质,以及隐于其后的人文精神内涵。闻一多不仅是一位天才的诗人,而且还是一位出色的美术家,他对中国工艺美术的审美特质有独到的见解。发表于1919年《清华学报》上的《建设的美术》一文,应是国内这方面研究的最早的论文之一。他写道:

> 上面所讲的中国工艺美术的价值,恐怕有人还不相信。其实照美术学理上分析起来,是一点不奇怪的。中国画重印象,不重写实,所以透视、光线都不讲。看起来是平坦的,是鸟瞰的视景,是一幅图,不是画。但是印象的精神很足,所以美观还是存在。这种美观不是直接的天然的美,是间接的天然的美,因为美术家取天然的美,经他的脑筋制造一通,再表现出来。原形虽然失了,但是美的精神还在。这是中国美术的特点。①

当时,闻一多还是一位学生,却能如此明确地区分中国画和西洋画相异之处,并在学理的层面上深刻地论述中国画审美特质,肯定中国画独特的人文精神之美,从而确立了中国画在世界美术领域中的地位。而对于当时工艺美术界盲从西方、一味西化的倾向,他感叹道:"可惜我们自暴自弃,只知道一味学洋人,学又学不到家,弄得乌七八糟,岂不是笑话么?"

作为一位诗人,对中华民族传统文化的自信,在他的诗中尤为鲜明、强烈地呈示出来,特别是集中在一些具有民族文化内涵的、有代表性的图腾、符号、意象上。

正如余英时先生所论:"闻一多在五四时代倾向于文学上的浪漫主义,他反对胡适一派关于诗的见解。他对中国传统文化和文学是相当向往的。

① 《闻一多青少年时代诗文集》,云南人民出版社,1983年,第67页。

在政治思想上，他是一个国家主义者，其实便是民族主义者的别称。浪漫主义不免要美化过去，他也是如此。所以他在美国念书时，写了一篇很长的英文诗，歌颂中国各种历史文物的成就。”①

由于历史文物及文字符号等是一个国家历史文化的凝定、人文精神的载体，作为文化守成主义者的闻一多对此热切关注、时时标举。在新诗草创期，他倡导具有民族精神的诗作，而对过分欧化的新诗予以尖锐的批评。在《女神之地方色彩》中，他对郭沫若滥用西方文化典故表示不满，指出《女神》中所用的典故，西方的比中国的多多了。“不要做个西洋人说中国话，也不要人们误会我的作品是翻译的西文诗。”他感慨万分地呼吁：

新思潮底波动便是我们需求时代精神的觉悟。于是一变而矫枉过正。到了如今，一味的时髦是鹜。似乎又把“此地”两字忘到踪影不见了。现在的新诗中有的是“德谟克拉西”，有的是泰果尔、亚坡罗，有的是“心弦”、“洗礼”等洋名词。但是，我们的中国在那里？我们四千年的华胄在那里？那里是我们的大江、黄河、昆仑、泰山、洞庭、西子？又那里是我们的《三百篇》、《楚骚》、李、杜、苏、陆？”②

对中华传统文化的精华，及其精神性的符号、意象的珍爱，溢于言表。

闻一多并不反对文学随着时代而变革，也不反对文学的世界性趋向，但他对借西法改革“中诗”而失掉中国艺术特质、民族人文精神的做法，予以质疑。他尖锐地批评道：“盖郭君特西人而中语耳。不知者或将疑其作为译品。为郭君计，当细读律诗，取其不见于西诗中之原质，即中国艺术之特质，以镕入其作品中，然后吾观其结果必更大有可观者。”③他认为，做新体中国诗，却成了“西人中语”，这是不可取的；在艺术革新的进程中，只有保存中国艺术特质的才能结出“可观”之果，对传统文化与精神中可应继承的精华、特

---

① 李世涛主编：《知识分子立场——激进与保守之间的动荡》，时代文艺出版社，2000 年，第 17 页。

② 《闻一多全集》第 3 卷，生活·读书·新知三联书店，1982 年，第 326 页。

③ 孙敦恒编：《闻一多集外集》，教育科学出版社，1989 年，第 169 页。

质的部分,应力求使其发扬光大。

由此,闻一多在诗的创作中运用了众多具有中华民族文化内涵的诗的意象,使这些意象成为熔铸东方人文精神的特定符号。略加整理即有:五岳、泰山、大江、黄河、长城、天安门、京师;神农、女娲、黄帝、尧舜、孔子、庄周、荆轲、李白、东方朔、项羽、太白、太乙、怀素、田单、鲛人、仙娥;宫阙、楼阁、石栏、琉璃宝塔、广寒宫、琼宫、纱窗、假山、澄江、寒溪、龙宫、古寺、古佛、钟楼;红荷、丁香、宫柳、菊花、槐树、苍松、兰花、芝草、玉莲、青苔、红豆、白杨、菱花;更鼓、暮磬、玉箫、笛声、律吕、画角、红烛、烛焰、丹心、玉盘、霓裳、碧玉、螺钿、珠箔、宝剑、古瑟、草书、瓷瓶、苦茶、灯笼;金乌、凤凰、火牛、寒雁、流萤、凤蝶、金鱼、春蚕,以及美人春睡、水国烟乡等等。

此类意象、符号的典型创造,当数《忆菊》一诗:

我的祖国底秋之杰作啊!/啊!东方底花,骚人逸士底花呀!/那东方底诗魂陶元亮/不是你的灵魂底化身罢?……你是有历史,有风俗的花,/啊!四千年华胄的名花呀!/你有高超的历史/你有逸雅的风俗!……我要赞美我祖国底花!/我要赞美我如花的祖国!

迎着凛冽秋风怒放的各式种类的菊花,并不仅是自然之物,它积淀着民族文化的特定内涵,它象征着中华民族传统的人文精神。它是骚人逸士的花,是诗人的花,是陶渊明的诗魂之花;它是逸雅的花,是东方风俗的花,是有着四千年高超历史的名花……最后,闻一多在“我要赞美我祖国底花!我要赞美我如花的祖国”这一回旋往复的诗的旋律中,把对菊花意象的塑造推向最完美的境界。

闻一多生活的时代是中华民族处于生死存亡的紧迫时期,因此,他在诗的创造中,更多的是力求以诗作唤醒民众的情绪,形成民族的认同感,从而凝聚中华民族的力量,与异族的侵入相抗衡,以拯救本民族于危难之中。他在《醒呀》一诗的附记中写道:“这些是历年旅外因受尽帝国主义的闲气而喊出的不平的呼声;本已交给留美同人所办一种鼓吹国家主义的杂志名叫《大江》的人。但目下正值帝国主义在沪汉演成这种惨剧,而《大江》出版又还有些日子，我把这些诗找一条捷径发表了，是希望他们可以在同胞中激起一些敌忾，把激昂的民气变得更加激昂。我想《大江》的编辑必能原谅这番苦衷。”①以诗作唤醒同胞，激发民气，同仇敌忾地反击侵略者，这是闻一多强烈的艺术功利宗旨。

闻一多这类诗作的基调，多是慷慨激昂、血泪迸溅的。如《发现》：“我来了，我喊一声，迸着血泪，这不是我的中华，不对，不对！”在异国他乡千百次梦回魂绕的祖国，居然变得满目疮痍，到处是“恐怖”，是噩梦，诗人追问青天，逼迫来风，捶胸顿足地哭诉，却得不到答案，愤懑之情，无以言喻；爱国之心，感天动地。时光甚至也无法削弱这一诗作的力量，即使在今天，它仍然是一首唤醒民众爱国主义情怀的不朽之作。又如《一句话》：

别看五千年没有说破，/你猜得透火山的缄默？/说不定是突然着了魔，/突然青天里一个霹雳，/爆一声：咱们的中国！

把我们民族成员赤诚的爱国主义情怀，比喻成像是缄默却即将爆发的火山；把他们的寻求独立富强的愿望，比喻成青天霹雳般的爆响：“咱们的中国！”这“能点着火”的撼人心魄的呼喊，正是由中华民族传统精神与信念的凝聚而引爆的。

第四节　丰子恺：美是真善的完成

丰子恺是五四新文化思潮中相当独特的个案，他不仅是位优秀的散文家，更是著名的漫画家、音乐家、美学教育家，应该说，他是一个真正意义上的文化人。他游离于激进与保守之间，追寻于现实与理想之间。他对自身所处的激进的科学主义的文化语境保持警惕，却也没有向保守的文化阵容

① 闻一多：《醒呀·附记》，原载1925年6月27日《现代评论》第2卷第29期。

靠拢，保持一种相对独立的文化立场，坚守着自己的独特的人文理想。朱光潜称他为“从顶至踵，浑身都是个艺术家”①。丰子恺代表着一个真正意义上的艺术家。

从科学与人文这个既对立又联系着的双重视角来考察丰子恺，探讨其独特文化品质是十分必要的。丰子恺经历过五四新文化的洗礼，亲历过1923年那场著名的“科玄论战”，却始终与主流文化保持着一定的距离。他不像陈独秀、胡适、郭沫若等呼唤新文化的诞生，亦不似梅光迪、吴宓等固守着文化传统。可以说，丰子恺是一个边缘化的文化存在。但正是这种“边缘化”形态，使他在科学与人文对峙的历史语境中提出的一些理论主张，却随着历史的推移，愈加显示出其前瞻性与可贵性。

丰子恺是一位绘画教师，长期从事艺术方面的教学、创作与研究。他对20世纪二三十年代的科学主义盛行，有着切身体验。他曾一针见血地指出，国人对科学的过度崇拜，对物质文明的过分追求，是不健康的，不利于中国人的人生修养，不利于社会的发展进步。他说：

> 我看来中国一大部分的人，是科学所养成的机械的人；他们以为世间只有科学是阐明宇宙的真相的，艺术没有多大的用途，不过为科学的补助罢了，这一点是大误解。②

将艺术作为一种摆设，认为艺术是社会生活的补助品，这是科学主义思潮所引导的人们对艺术的误解，也可看出人文艺术学科的尴尬处境。这里丰子恺所谓“机械的人”，实际上，就相当于马尔库塞所批判的“单向度的人”。丰子恺清楚地看到了社会上重科学、轻文艺的现实，显示出艺术家的执着与冷静。他随即具体地分析了造成社会上重理轻文这一弊病的原因，并鲜明地提出了文理并举的主张，即科学诚然重要，艺术亦不可废，它们具有同等的重要性。

---

① 余连祥：《绝缘·苦闷·情趣》，《文学评论》2006年第4期。

② 丰子恺：《艺术教育原理》，《丰子恺文集（艺术卷一）》，浙江文艺出版社，1990年，第11页。

一、教育中重理轻文的由来

作为绘画教师的丰子恺，深感到科学教育对艺术教育的严重挤压。艺术为什么会受到科学的挤压呢？这就有必要回到当时具体历史语境来考察。

首先，在科学主义语境下，"艺术没有多大的用途，不过为科学的补助罢了"。当时，社会的主要倾向表现为对物质功利性的追求，这就将艺术边缘化了。因为艺术之用与科学之用是不同的。科学用于当下，利于实际，而艺术着眼于长远，大用于未来。以绘画为例，丰子恺认为：

"真的绘画是无用的，有用的不是真的绘画。无用便是大用。"用慰安的方式来潜移默化我们的感情，便是绘画的大用。①

之前王国维在论及社会的物质文明与精神文明发展的失调的问题时，已有更为激进的论述。② 而艺术对感情的慰安作用与王国维的慰藉说，亦有很大的相似处。从中也可见出先贤们在人文精神上的传递与继承。

其次，过于"务实"的教育队伍助长了重理轻文的学风。

丰子恺以自己的亲身经历为例，批评艺术类教师边缘化之误。他说："我从前曾在两个有体操专科的学校担任图画科，主人者聘我的时光对我说道：画材要选择体操用具或动作姿势，可以使学生得着实用。"③这种直接"务实"的教育宗旨，明显受到中国当时启蒙运动的影响。救亡与启蒙问题是19世纪末以来中国的时代主题，要拯救这日趋衰亡的中国，必须以科学与民主来启蒙民众。而科学的实践性功能，使民众看到它那"立竿见影"的效果。在这种背景之下，以"务实"为教育的宗旨，也就顺势而兴了。

再次，科学形成一种研究方法与思维方式。

---

① 丰子恺：《绘画之用》，《丰子恺文集（艺术卷二）》，浙江文艺出版社，1990年，第587页。
② 参阅本书第二章第一节"王国维：可爱者不可信，可信者不可爱"。
③ 丰子恺：《艺术教育原理》，《丰子恺文集（艺术卷一）》，浙江文艺出版社，1990年，第11页。

科学主义思潮十分容易扩展到其他领域，产生发酵般的影响力，特别是以“科学万能”的口号对人文精神的僭越。丰子恺在考察西方近代绘画史的过程中，就不无忧虑地揭示，印象派的形成，实际上就是艺术的唯物的科学主义化。

现代艺术的重要的一特征，是唯物的科学主义化。艺术的向现实主义的彻底，其主要的一原因是科学思想的发达。以前的情绪主义、神秘主义、唯美主义等的所谓romanticism［浪漫主义］，是理想主义。理想主义就是精神主义，也就是非科学主义。现代勃兴的自然主义、印象主义等，恰好同以前正反对，是现实主义，是唯物主义，就是科学主义。民主主义与唯物的科学主义，为现代思想的主潮，然现实主义的二大河流，流贯着现代思想的全般。一向认为超越物质与科学，反对物质与科学，而居于至上的地位的“艺术”，现在竟变成唯物的、科学的规范内部的事象，而被用唯物的、科学的态度与约束来待遇了。柯裴的写实主义，已可视为唯物的科学主义；到了印象派，则完全从唯物的科学的态度出发，以现代科学的法则为基准而建立印象主义的理论了。在他们，传统的宗教，metaphysical［形而上学］的哲学，以及美、陶醉等，都已不存在了。他们只要表现“真”与“现实”。他们对于真与现实，时时处处看作唯物的，而取用科学者的态度。“艺术”而借用科学的方法，与科学的范围相交错，实在是艺术的极大的变革！①

丰子恺十分精到地从学理上揭示了西方艺术的写实走向。他认为西方绘画流派中的自然主义、印象主义，是艺术从“至上”的地位，向由科学所引发的唯物主义思潮的投降，传统艺术中对超越物质的形而上的追索，对美的向往与陶醉都丧失了，因为科学的唯物论所追求的只是“真”，而非“美”，只是“现实”，而非“理想”。由此，一方面可见出丰子恺对科学主义霸权之忧虑，另一方面，也可看到他对艺术独立地位之推崇。这完全是站在人文主义者的立场上，维护着艺术的崇高与神圣。他比张君劢等玄学派的人文立场

---

① 丰子恺：《西洋画派十二讲》，《丰子恺文集（艺术卷一）》，浙江文艺出版社，1990年，第361—362页。

来得更为具体,更实在。

真正意义上的科学,尤其是新的技术产品,在当时中国来讲是外来的,所以,国人对西方科技产品充满了好奇或者新鲜感。丰子恺对“车厢社会”的描述就是一个例子。他曾记叙了自己几次乘火车的感受。第一次是好奇:

(刚开始乘火车的时候)自己的身体被装在一个大木箱中,而用机械拖了这大木箱狂奔,这种经验是我向来所没有的,怎不教我感到新奇而有趣呢?那时我买了车票,热烈地盼望车子快到。上了车,总要拣一个靠窗的好位置坐。因此,可以眺望窗外旋转不息的远景……我巴不得乘火车的时间延长,常常嫌它到得太快,下车时觉得可惜。①

应该说,这种好奇心代表了大多数人对现代科学文明的心态。但是,这种好奇心,对丰子恺来说,是短暂的。随着坐火车次数增多,逐渐变成一种厌烦感,是长途旅行的无聊。当然,无奈之中,这种无聊也就常态化了。

以前上车总要拣个靠窗的好位置,现在不拘,但求有得坐。以前在车中不绝地观赏窗内窗外的人物景色,现在都不要看了,一上车就拿出一册书来,不顾环境的动静,直到目的地的到达。为的是老乘火车,一切都已见惯,觉得这千篇一律的状态没有什么看头。②

对科技产品的新鲜感过去之后,冷静下来,即是对现代科学文明的厌烦与批判。相比之下,郭沫若则一直保持着对现代工业文明的高度礼赞。同样是乘火车,郭沫若则“神与物游”,诗兴大发,对未来充满希望。在 1920 年 3 月 3 日给宗白华的信中,他写道:“今日天气甚好,火车在青翠的田畴中急行。好像个勇猛忧毅的少年向着希望弥满的前途努力奋迈的一般。飞!飞!一

① 丰子恺:《车厢社会》,《丰子恺文集(文学卷一)》,浙江文艺出版社,1990 年,第 327 页。
② 丰子恺:《车厢社会》,《丰子恺文集(文学卷一)》,浙江文艺出版社,1990 年,第 327 页。

切青翠的生命，灿烂的光波在我们眼前飞舞。飞！飞！飞！我的‘自我’融化在这个磅礴雄浑的 Rhythm 中去了！我同火车全体，大自然全体，完全合而为一了！”①同样的经历，却产生了不同的体验，我们可以明显地感觉到，人文主义者与科学主义者对现代科学文明的截然不同的态度。

二、文理并举的必要性

丰子恺认为，艺术应与科学有平等之地位，才有利于社会的发展与进步。科学与艺术在于分工的不同，没有高低轻重之别，两者应各司其职，才能促进人的全面发展。因为科学有其局限性，艺术亦有其科学所不能替代的独特性。

首先，艺术比科学具有更本真的真理性。

按照丰子恺的观点，科学所研究的是事物之间的关系，而艺术却是研究事物本身，故而艺术具有更本真的真理性。

科学的不是真相，因为一则科学所谓真相，是从假定上立脚的，假定的正确与否，还没晓得，二则科学把海水分作水分盐分，把石子分作云母长石，这时候不是表示海和石子的真相，是从海和石子移到了别种的东西盐分水分云母长石上去。艺术的画，倒是表示当时所看见的海和石子的真相的。②

在此之前，梁漱溟也发表过类似的观点。他说：“玄学总是不变更现状的看法，囫囵着看，整个着看，就拿那个东西当那个东西看；科学总是变更现状的看法，试换个样子来看，解析了看，不拿那个东西当那个东西看，却拿别的东西来作他看。”③

显然，两者的观点十分相似。丰子恺指出，科学所追寻的，“不是表示海和石子的真相，是从海和石子移到了别种的东西盐分水分云母长石上去”，

---

① 宗白华等：《三叶集》，安徽教育出版社，2006 年，第 89 页。
② 丰子恺：《艺术教育原理》，《丰子恺文集（艺术卷一）》，浙江文艺出版社，1990 年，第 13 页。
③ 梁漱溟：《东西文化及其哲学》，《梁漱溟全集》第一卷，山东人民出版社，1989 年，第 357 页。

因为科学对对象的研究总是建立在不断细化的基础上，它追求物的物理属性，力求认识得更为透彻；而文学艺术追寻的是物的本真性的存在，这从哲学上来说，是颇有见地的。丰子恺还把上述意思概括为："科学是连带关系的，艺术是绝缘的。"[①]就是说，科学是研究因果关系等事物原理，而艺术则是研究事物本身。这十分类似当代胡塞尔所谓"存在的还原"，即对事物的穿透敞明还须回到事物本身。而艺术正是这种绝缘的本真性的存在形式，它截然有别于科学的关系性的依存形式。

其次，人生既要有理的认识，又要有情的满足。

科学是必要的，因为它满足了人们对事物存在之理的知识性需求。但是，艺术也是不可或缺的，因为它可以给予人们极大的情感上的满足。丰子恺提出了类似王国维"慰藉说"的观点，他认为对一个健全的人来说，这种艺术上的安慰和享乐作用是十分必要的。

把图画科看作其他科学的补助品，那么，艺术附属在科学里面去，学生的精神上，缺少了一项艺术的享乐的和安慰的供给，简直可说变成了不完全的残废人，不可称为真正的完全的人。因为这种艺术的安慰，实际上可以不绝地使我们增加作事上的努力。譬如图画、唱歌、游戏，不明白艺术教育的人都以为是模仿小孩子的嬉戏罢了，没有多大的价值，删除了这种功课，使他们专心攻究正课，看来好像得益的，其实损失多了。[②]

于此，像是丰子恺本人也很难跳出实用理性的羁绊，来空谈艺术的必要性与重要性："因为这种艺术的安慰，实际上可以不绝地使我们增加作事上的努力。"换言之，艺术可以缓解工作上的疲劳，从而有助于日常生活的丰满与活跃，但更为深层的意蕴，他是从人性的全面发展与完善的角度来考虑美育问题的。

再次，知识的满足与价值的拷问，是科学与人文之间难以调和的矛盾。

---

① 丰子恺：《艺术教育原理》，《丰子恺文集（艺术卷一）》，浙江文艺出版社，1990年，第15页。
② 丰子恺：《艺术教育原理》，《丰子恺文集（艺术卷一）》，浙江文艺出版社，1990年，第16页。

丰子恺对此有深刻的思考，可以以他的一幅《病车》漫画为例。漫画画的是，作为现代科学文明重要产物的汽车，一旦出了问题，“生病了”，例如缺油或机械故障等，就要用人力来拉或推汽车，人依然要依靠自己的自身力量来克服之。这透露出作者对现代机械等科学文明的不信任，人发明了机械，科学机械并不是万能的，人反过来却成了机械的奴隶，这是科技理性的异化。换言之，知识的满足往往伴随着的是人文精神的失落。人所独有的道德理性与存在之思，可能在机械的奴役下泯灭。其实，这可以理解为前述所引之文的弦外之音，即“不明白艺术教育的人都以为是模仿小孩子的嬉戏罢了，没有多大的价值，删除了这种功课，使他们专心攻究正课，看来好像得益的，其实损失多了”。这种损失最严重的情况就是，在科学知识之满足与人文价值之拷问的天平两端，社会现实的砝码过度倾向了客观的知识满足，人类自身主体性的存在陷入了背拉绳索的纤夫式的艰辛。

最后，科学的发展与人格的健全，并非一定成正比。

人们不但需要科学之真，还需要道德之善和艺术之美。用丰子恺的话讲：

从人的心理上说，真、善、美就是知、意、情。知意情，三面一齐发育。造成崇高的人格，就是教育的完全的奏效，倘有一面偏废，就不是健全的教育。①

将人格的发展分为知情意三个方面，是心理学方面的一个普遍共识。康德的纯粹理性批判、判断力批判与实践理性批判，就将人们在科学、审美及道德宗教等方面的需求，提到了共同协调发展的问题上来。当然，与康德身处的宗教时代的科学问题不同，丰子恺面临的却是科学时代的人文问题。历史开了一个玩笑，当人们呼吁科学精神，祛除宗教愚昧的时候，谁会想到有一天人们要警惕科学霸权，而尊重人文精神呢？这是一个严重的社会问题。

丰子恺作为一个教育家，他关注的是，科学、道德与艺术的全方位教育，

---

① 丰子恺：《关于学校中的艺术科》，《丰子恺文集（艺术卷二）》，浙江文艺出版社，1990年，第225页。

对一个人的塑造与发展,是不可偏废的。因为:

科学是真的、知的;道德是善的、意的;艺术是美的、情的。这是教育的三大要目。故艺术教育,就是美的教育,就是情的教育。学校中各种知识的学科都是真的方面的;各种教训都是善的方面的。所谓艺术科,就是美的方面的。故艺术科在全体学科中,实占有教育的三大要目之一,即崇高的人格的三条件之一。这是人生的很重大而又很广泛的一种教育,不是局部分的小知识小技能的教授。①

丰子恺强调艺术教育对完善个人人格所起的重要作用。在人的一生中,或许你不是个艺术家,但你的一生离不开艺术的熏陶。科学知识、道德教训与艺术熏陶,是教育的三大纲目,是形成崇高人格的三个必备条件。所以单一地强化科学知识的接受,对发展与健全的人格来说,是一种“偏至”的导向。

三、如何文理并举

作为一个教育家,丰子恺倡导艺术教育与科学教育同步进行,而且进一步研究二者如做到同步并举。他提出以下几个方面的做法:

第一,加强人的道德修养,培育完美的人格,这是艺术教育的主旨。

丰子恺最尊敬的,同时也是对其一生影响最大的人是他的老师李叔同。李叔同皈依佛门后,法号弘一,丰子恺一直和他保持着师生真挚的情谊,常常去听他讲述佛门经义,这直接影响到丰子恺的人生观和世界观,在他的艺术创作中产生重大的作用。李叔同非常赞同唐代裴行俭的“士之致远者,当先器识而后文艺”的观点。所谓“器识”,即自身修养。这就是道德修养与文艺创作问题。我国先秦儒学家一向重视道德修养对文艺活动的重要作用。例如:孔子的“有德者必有言,有言者不必有德”;孟子的“我知言,我善养吾浩然之气”。

丰子恺后来亦再三提出:“艺术以仁为本,艺术家必为仁者”,“胸怀芬芳

---

① 丰子恺:《关于学校中的艺术科》,《丰子恺文集(艺术卷二)》,浙江文艺出版社,1990年,第225页。

悱恻，以全人类为心的大人格者，即使不画一笔，不吟一字，不唱一句，正是最伟大的艺术家。”[1]“先须有芬芳的胸怀，高尚的德性，然后磨练听觉、视觉、筋觉。如此方可成为健全的艺术家。”[2]“艺术以人格为先，技术为次。”[3]均是强调个人道德的修养与人生观和世界观的树立，对艺术创作起着指导，甚至是决定性的作用。反之，优秀的艺术品也会对人们的人生观和世界观等方面的修养，产生一定的作用。无论是绘画的“看看”，还是音乐的“听听”，均“可以涵养精神，陶冶感情”。[4]

丰子恺并不回避艺术的功用性，他认为：“一切艺术，在人生都有用，不过其‘用’的性状不同，有的直接有用，有的间接有用。即应用艺术是直接有用的，纯正艺术是间接有用的。”[5]所谓应用艺术是指建筑、工艺等；纯正艺术则是指绘画、文学、雕塑等。而“文学兼有‘纯正艺术’与‘应用艺术’，‘自由艺术’与‘羁绊艺术’双方面的性质”[6]。即文学在功用性上，可分为“纯文学”与“俗文学”，但只是直接有用与间接有用之别，因此所有的文学艺术，均会对人生产生一定的作用。由此，丰子恺直接批判了所谓“艺术派”与“人生派”之分。他说：“近来世人盛用‘为艺术的艺术’与‘为人生的艺术’这两个新名词。我觉得这两个名词，有些语病。世间一切文化都为人生，岂有不为人生的艺术呢？”[7]当然，此处所谓艺术均是健康的好的艺术，而不是不良的有害的东西。

第二，即使是战乱、动荡的年代，亦不可放弃艺术的教育。

在全民抗战时期，针对许多人轻视艺术，把它看作“消闲品，奢侈品”，对抗战无益的东西，丰子恺提出著名的“艺术必然救国”论。他特别强调了“必然”二字，要求大家务必注意艺术的教育。他采取比喻，形象地说：

---

① 丰子恺：《桂林艺术讲话之一》，《丰子恺文集（艺术卷四）》，浙江文艺出版社，1990 年，第 16 页。
② 丰子恺：《桂林艺术讲话之二》，《丰子恺文集（艺术卷四）》，浙江文艺出版社，1990 年，第 20 页。
③ 丰子恺：《艺术与艺术家》，《丰子恺文集（艺术卷四）》，浙江文艺出版社，1990 年，第 403 页。
④ 丰子恺：《艺术与人生》，《丰子恺文集（艺术卷四）》，浙江文艺出版社，1990 年，第 394 页。
⑤ 丰子恺：《艺术与人生》，《丰子恺文集（艺术卷四）》，浙江文艺出版社，1990 年，第 396 页。
⑥ 丰子恺：《艺术与人生》，《丰子恺文集（艺术卷四）》，浙江文艺出版社，1990 年，第 394 页。
⑦ 丰子恺：《艺术与人生》，《丰子恺文集（艺术卷四）》，浙江文艺出版社，1990 年，第 396 页。

美好比健康，艺术好比卫生。卫生使身体健康，艺术使精神美化。健康必须是全身的。倘只是一手一足特别发达，其人即成畸形。美化也必须是全心的。倘只能描画唱歌，则其人即成机械。故描画唱歌，只是艺术的心的有形的表示而已。此犹竞技赛跑，只是健康的身体的一时的表现而已。除此以外，健康的身体无时不健，艺术的精神无时不美。可知艺术给人一种美的精神，这种精神支配人的全部生活。故直说一句，艺术就是道德，感情的道德。①

他把艺术与道德一体化，艺术就是“感情的道德”。这一新颖的提法，实际上就是我们今天常说的，将人生艺术化，将艺术人生化。

丰子恺赞同辜鸿铭把《论语》中的“礼”翻译成“art”。他也认为艺术正是“礼”的精髓。“‘礼也’就是‘艺术的’。”②丰子恺把“克己复礼为仁”解释为，克制私欲，顺应天理，便是十全的德行，而天理就是正义人道。如果“情愿”做合乎天理的事，便是一种艺术行为，这也正是艺术的归途所在。只不过道德出于意志，而艺术出于情感。

显然，丰子恺在此所说的是广义上的艺术，将艺术伦理化了。其目的，是要阐述精神生活的重要性，这在全民抗战年代中，如空谷之音，尤为可贵。

精神生活比物质生活更重。不但贤人如此，一般人都具有此心。不过贤人能保持勿失，一般人有时会失去。但因此心是人生本来具有的，故一经指点，便会失而复得。我们现在抗战建国，最重要的事是精诚团结。四万万五千万人大家重精神生活而轻物质生活，大家能克制私欲而保持天理，大家好礼，换言之，大家有艺术，则抗战必胜，建国必成。③

表面看来，丰子恺此话不免有些夸张，但从社会发展的视角来说，却也不无道理。不管是战争时期，还是和平建设时期，增强精神生活都是十分迫切的。但精神文明不是一朝一夕所能见效，它是一项长远的历史工程，必须

① 丰子恺：《艺术必然救国》，《丰子恺文集（艺术卷四）》，浙江文艺出版社，1990 年，第 31 页。
② 丰子恺：《艺术必然救国》，《丰子恺文集（艺术卷四）》，浙江文艺出版社，1990 年，第 32 页。
③ 丰子恺：《艺术必然救国》，《丰子恺文集（艺术卷四）》，浙江文艺出版社，1990 年，第 33 页。

与物质文明同步并进。可见,丰子恺的“艺术必然救国”论,既有服务于抗战的当下性,又有考虑到长远的未来性,是一项颇有见地的教育主张。

第三,应将艺术教育渗透到教育的整体。

丰子恺认为,艺术教育不仅仅是图画和音乐两门学科的事情,而是教育的整体。他首先分析了当时艺术教育存在的两大问题:一是艺术教育仅仅限于图画和音乐两种课业;二是艺术教育所局限的图画和音乐也没有得到足够的重视,往往“有许多是与艺术无关的工作”,这突出体现在对艺术教师的选择和艺术科目教师的待遇方面。“图画请一个‘会画’的教师;音乐请一个‘会唱’的教师;校长先生的能事已毕了。”①对艺术教师的聘用过程很不严谨。

另外,对艺术科目教师的待遇,与实用性的科目相比,也是冰火两重天。丰子恺形象地比喻说:“图画音乐二科在课程表上,犹之药方上的轻头药味,为凑成一个汤头的形式而附加的。国文、英文、数学,是切实有用的知识,所以最尊;至于画画与唱歌,在办学者,在学生,都似乎觉得是轻头功课。故其教师,薪水也比别科教师薄一点。别科要考试,图画音乐不要考试;别科不及格要留级,图画音乐不留级。”②

对此偏颇,丰子恺郑重地提出,艺术教育不仅仅是图画和音乐的事情,应当将艺术教育渗透到教育的全部方面。

> “艺术教育”与普通所谓“艺术科”,意义不是一致的。学校的艺术教育,是全般的教养,是应该融入各科的,不是可以机械地独立的,也不是所谓艺术科的图画与音乐所能代表全权的。即美的教育,情的教育,应该与道德的教育一样,在各科中用各种手段时时处处施行之。③

也就是说,艺术教育、美的教育必须渗透、融入到各个学科的教学中去,丰子

① 丰子恺:《关于学校中的艺术科》,《丰子恺文集(艺术卷二)》,浙江文艺出版社,1990年,第229页。
② 丰子恺:《关于学校中的艺术科》,《丰子恺文集(艺术卷二)》,浙江文艺出版社,1990年,第230页。
③ 丰子恺:《关于学校中的艺术科》,《丰子恺文集(艺术卷二)》,浙江文艺出版社,1990年,第232页。

恺这一主张,在今天看来,也是十分有见地的。

他对美的教育的强调,像是源自梁启超的"趣味"说。丰子恺说:"人生中无论何事,第一必须有'趣味',然后能欢喜地从事。这'趣味'就是艺术的。我不相信世间有全无'趣味'的机械似的人。"[①]梁启超此前也说过:"我是个主张趣味主义的人,倘若用化学化分'梁启超'这件东西,把里头所含一种元素名叫'趣味'的抽出来,只怕所剩下仅有个零了。我以为,凡人必常常生活于趣味之中,生活才有价值。"[②]两者的观点是何其相似。

与梁启超不同的是,丰子恺还进一步将艺术之趣味与人生之异化联系起来。他说:

> 我们虽然由儿童变成大人,然而我们这心灵是始终一贯的心灵,即依然是儿时的心灵,不过经过许久的压抑,所有的怒放的炽盛的感情的萌芽,屡被磨折,不敢再发生罢了。这种感情的根,依旧深深地伏在做大人后的我们的心灵中。这就是"人生的苦闷"的根源。我们谁都怀着这苦闷,我们总想发泄这苦闷,以求一次人生的畅快,即"生的欢喜"。艺术的境地,就是我们大人所开辟以泄这生的苦闷的乐园,就是我们大人在无可奈何之中想出来的慰藉、享乐的方法。所以苟非尽失其心灵的奴隶根性的人,一定谁都怀着这生的苦闷,谁都希望发泄,即谁都需要艺术。[③]

童年的心灵,即今天所说的本真的生存形态,在物质性的社会中,它被异化了。人们只能通过艺术的境界找到它,它是人们精神的栖息之地。李贽有"童心说",强调艺术创作源自一颗赤子之心。丰子恺的"童心",主要是与现实的"苦闷"相对。他这里的苦闷,不但带有佛学的色彩,而且还呼应王国维的艺术慰藉之说。简言之,艺术乃是赤子之心所为,可以慰藉大人们对失去童年的苦闷心理。这样,对人生之事,能感觉到"趣味",使机械单调的生存状态得到情趣,这是艺术在人生旅途中不可缺少的原因所在。

---

① 丰子恺:《关于学校中的艺术科》,《丰子恺文集(艺术卷二)》,浙江文艺出版社,1990年,第229页。
② 梁启超:《学问之趣味》,《梁启超讲演录》,河北人民出版社,2004年,第133页。
③ 丰子恺:《关于学校中的艺术科》,《丰子恺文集(艺术卷二)》,浙江文艺出版社,1990年,第225—226页。

综上所述，作为一位杰出的艺术家及教育家，丰子恺充分看到，在唯科学主义的时代语境中，艺术教育、审美教育存在着很大的差距。在剖析科学至上的弊端时，他仔细地探讨了艺术教育的重要意义，即必然性问题，并进一步寻求文理并举的可行性策略。

丰子恺站在一个艺术家的立场上，探讨科学与人文关系这一时代课题，很容易被视作保守主义流派的帮闲。但这是对丰子恺艺术观念的误读，是对其虔诚之心的亵渎。因为，他是一位并不反对科学的人文主义者。在他的心目中，

圆满的人格好比一个鼎，"真、善、美"好比鼎的三足。缺了一足，鼎就站不住，而三者之中，相互的关系又如下："真"、"善"为"美"的基础。"美"是"真"、"善"的完成。"真"、"善"好比人体的骨骼，"美"好比人体的皮肉。①

"真善为美的基础，美是真善的完成"，从这一表述中，丰子恺是把美设定为终极的目标。当然，此时的"美"，已不是文学艺术等具体的审美教育与作品创造了，而是一种超越的、具有终极意义的"美"。但从中可以看出，在科学与人文对峙中，丰子恺的倾向是偏于人文精神一端的。

丰子恺一生是五四新文化思潮中的一个相当独特的文化个案。他既有中国传统文化的广博的修养，又有放眼世界的宽广视野；既有科学方面的通明认识，又有艺术方面的守护之心。他的身上有一种既别于保守主义的迂腐不化，又不同于激进主义冒然而行的独特文化品质。

---

① 丰子恺：《艺术与艺术家》，《丰子恺文集（艺术卷四）》，浙江文艺出版社，1990年，第401页。

附录

科学主义与中国现代文学思潮

——以《新青年》杂志为个案的论析

一、《新青年》杂志的科学主义倾向

研究《新青年》与中国新文学的关系，科学主义是一个重要的视角。因为只有从科学主义角度楔入，才能深层次地揭示《新青年》与中国新文学之间的内在学理逻辑关系。

五四时期，中国文化思想界的两大主潮为科学与民主。在这一过程中，科学与民主成为该时期现代性话语的最重要内容，成为这一时期中国民众对"现代性"追求的核心。有学者统计，在五四核心刊物《新青年》上，"科学"一词出现 1913 次，而"民主"一词只出现 305 次，加上"德先生"之类的提法，也只有 513 次。[①] 由此可见，在两大思想脉流中，科学话语是处于强势地位的，科学和科学主义在当时已形成宏大的文化语境。

但科学主义不等于科学，不是说文学作品写了轮船、火车，就具有科学主义，因为它仅是停留在科学的形而下层面。科学主义的概念内涵，并不只是指数理化一类学科及技术操作方式，它更注重是科学的"精神"，即科学泛化、上升为一种形而上的价值信念与原则导向，有着从认识论向价值论转化的意义，已具有一种意识形态的性质。

当时，《新青年》杂志在论及科学问题时已上升至科学主义的层面。这表现在：

其一，科学在现代民族国家的构建中，已成为观念性的前提，具有理想性的价值。

《新青年》前身《青年杂志》创刊号开篇宣言为陈独秀《敬告青年》一文，其第六点即"科学的而非想象的"，指出：

---

① 金观涛、刘青峰：《"新青年"民主观念的演变》，载香港《二十一世纪》1999 年 12 月号。

近代欧洲之所以优越于他族者，科学之兴，其功不在人权说下，若舟车之有两轮焉。[①]

科学与人权成为建构现代民族国家最重要的两大前提，科学成为中国社会前进的决定性力量之一。因为“举凡一事之兴，一物之细，罔不诉之科学法则，以定其得失从违”[②]。世间诸事之兴衰，宇宙万物之分析，均要由科学法则来解决。科学是万能的，它可以解决从自然界到社会界、从物质到精神的一切问题。

1919 年 12 月《新青年》发表了《本志宣言》，“将全体社员的公同意见明白宣布”，即公布了《新青年》同仁们的对社会、政治、经济、伦理道德、思想文化等众多方面的态度和理想。其中写道：“我们相信自然科学、实验哲学，破除迷信妄想，是我们现在社会进化的必要条件。”[③]改造处于危亡之中的中国社会，拯救为迷信妄想所蒙蔽的中国国民，建立新的观念，树立新的时代精神，创造新的社会环境，对科学及科学精神的倡导是最重要的前提之一。

其二，科学在国民精神的构建中，可以代替孔教、宗教，成为新的精神支柱。

陈独秀在《再论孔教问题》论析道：

人类将来之进化，应随今日方始萌芽之科学，日渐发达，改正一切人为法则，使与自然法则有同等效力，然后宇宙人生，真正契合。[④]

显然，陈独秀这里把解决社会问题的“人为法则”与解决自然问题的“自然法则”同等看待，因其背后均是由科学所导引与决定的。由此，他进而分析道：“宗教之能使人解脱者，余则以为必先自欺，始克自解，非真解也。真能决疑，厥惟科学。故余主张以科学代宗教，开拓吾人真实之信仰，虽缓终达。

① 陈独秀：《敬告青年》，《青年杂志》1915 年 9 月 15 日第 1 卷第 1 号。
② 陈独秀：《敬告青年》，《青年杂志》1915 年 9 月 15 日第 1 卷第 1 号。
③ 《本志宣言》，《新青年》1919 年 12 月 1 日第 7 卷第 1 号。
④ 陈独秀：《再论孔教问题》，《新青年》1917 年 1 月 1 日第 2 卷第 5 号。

若迷信宗教以求解脱，直‘欲速不达’而已。”即宗教能使人在精神上得到某种解脱，实质上是一种自我欺骗的方式，它决不能使人生问题得到真正的解决。要揭开人生的奥秘，要达到真实的信仰，只能依靠科学，因此要“以科学代宗教”。

同样的，蔡元培也在《新青年》上提出“以美育代宗教说”。他按照德国古典哲学的分类法，把人的精神分为智识、意志、感情三大类。现今

> 社会文化日渐进步，科学发达，学者遂举古人所谓不可思议者，皆一一解释之以科学。日星之现象，地球之缘起，动植物之分布，人种之差别，皆得以理化、博物、人种、古物诸科学证明之。①

文章中，他主张因科学的发展，破除了宗教、神道的迷信，亦使道德进步，因此，知识与意志纷纷脱离宗教而取得独立。作为哲学科学的一个分支——美术（美学）也逐渐脱离宗教而独立，它以其无利害关系、审美普遍性缘故而能陶冶性灵，使民众精神日进于高尚，从而使美育代宗教成为塑造新的国民精神的一条途径。

其三，科学在文学艺术的创造中，以其实证主义的特质引发了写实主义文艺思潮。

在《今日之教育方针》中，陈独秀揭示了科学作为文学的写实主义、自然主义形成的动因。科学以其

> 精神磅礴无所不至，见之伦理道德者，为乐利主义；见之政治者，为最大多数幸福主义；见之哲学者，曰经验主义，曰唯物论；见之宗教者，曰无神论；见之文学、美术者，曰写实主义，曰自然主义。一切思想行为，莫不植基于现实生活之上。②

① 蔡元培：《以美育代宗教说》，《新青年》1917 年 8 月 1 日第 3 卷第 6 号。

② 陈独秀：《今日之教育方针》，《青年杂志》1915 年 10 月 15 日第 1 卷第 2 号。

科学见之于文学艺术，则表现为写实主义与自然主义。陈独秀在文学艺术的写实主义、自然主义与科学精神之间画上了等号，构成因果关系。

作为新文学理论奠基之作——周作人的《人的文学》，在说明“人”的概念时写道：

我们所说的人，不是世间所谓“天地之性最贵”或“圆颅方趾”的人，乃是说“从动物进化的人类”。其中有两个要点：(1)“从动物”进化的；(2)从动物“进化”的。①

人不再是抽象的尊贵的灵长了，他只不过是从动物进化而来的。周作人一反传统旧说，从人为动物性与超动物性统一体的本质出发来论析人的文学，很明显其内质充满了达尔文的科学进化论思想。也由此揭开了文学理论关于人的本质界定的新篇章，使“人的文学”概念风靡于五四时期的文学界。

其四，科学在社会发展中，其产生的负面效应应该由利用者负责，而非科学本身罪恶。

第一次世界大战结束以后，血淋淋的惨剧引起人们对战争的思考，一部分人就把战争所带来的灾难与科学联系起来。像梁启超在视察战后欧洲后所写的《欧游心影录》便是如此：“当时讴歌科学万能的人，满望着科学成功，黄金世界便指日出现。如今功总算成了，一百年的物质的进步，比从前三千年所得还加几倍，我们人类不惟没有得着幸福，倒反带来许多灾难。”②

但陈独秀则对此有另一种看法，1920 年，他在《新青年》上发表《新文化运动是什么》论及：

现在新文化运动声中，有两种不祥的声音：一是科学无用了，我们应该注重哲学；一是西洋人现在也倾向东方文化了。各国政治家、资本家固然利用科学做

---

① 周作人：《人的文学》，《新青年》1918 年 12 月 15 日第 5 卷第 6 号。
② 梁启超：《欧游心影录》，《梁启超文选》，上海远东出版社，1995 年，第 198 页。

了许多罪恶，但这不是科学本身的罪恶。[1]

他认为，战争不是由于科学发展刺激人的贪欲而引发的，科学本身是无罪的，有罪的是那些利用科学制造武器，疯狂地进行掠夺的政治家与资本家。显然，他的理论出发点是马克思主义的阶级分析说。维护科学的尊严，不把科学与战争直接挂起钩来，这是《新青年》同仁所努力的。

任鸿隽在《何为科学家》中也分析道："我们所谓形下的艺术，都是科学的应用，并非科学的本体。科学的本体，还是和那形上的学，同出一源的。"即要区分形而下的科学的运用与形而上的科学的本体，不能把两者混为一谈。因此，"科学家是个讲事实学问、以发明未知之理为目的的人"。[2] 科学本体是探索未知、寻求真理的，是纯粹的，是形而上的，因此，科学的运用所产生的后果不应该由科学本体来承担。

但多年来我们的研究，却偏离科学这一强势话语，偏离了科学主义这一客观的历史语境。

二、科学主义与中国现代文学思潮

中国现代文学界对"民主"思潮和五四文学之间的相互关系研究得比较深入，如人的觉醒、个性的解放、人性的自由，以及重铸国民灵魂等；但对于科学主义和五四文学之间的关系，却较少涉及。

20 世纪末，作为现代性构成要质的"科学主义"问题，正逐步引起人文社会科学学界的关注，像哲学界对 1923 年"科玄论战"与中国文化思想发展关系的再度审视，像史学界对"走向国学与史学的'赛先生'"的重新发掘等。

那么，文学界呢？相比较之下，在这一向度上几乎是一片沉寂，一片空

① 陈独秀：《新文化运动是什么》，《新青年》1920 年 4 月 1 日第 7 卷第 5 号。
② 任鸿隽：《何为科学家》，《新青年》1919 年 3 月 15 日第 6 卷第 3 号。

白。哲学界、史学界的推进，反衬出文学界在这方面的落伍。因此，从科学主义这一视角对中国新文学，特别是中国现代文学思潮重新加以论析、审定，便显得相应突出。

以下便从科学主义的角度论析它与中国现代文学三大思潮的关系，以期揭示《新青年》与中国新文学之间的内在学理逻辑联系。

（一）科学主义与中国写实主义文学思潮

对于写实主义文学思潮的生成与演化，学界一般从两个角度着眼，一是作家感时忧国的精神导引他们深切地关注自身生存的真实环境，二是受到进化论的影响，在浪漫主义之后必然选择写实主义。

进化论是一种机械性演进的科学学说，应用于文学界域时，会出现新文学流派的兴盛是以否定、取代前一种流派为前提的状况，而发展至最新阶段的文学流派亦必取得它独尊的一统地位。

当时，文学先驱者们已注目于“新浪漫主义”（相当于今天的现代主义），茅盾的《为新文学研究者进一解》一文，郭沫若在日本筹办《创造季刊》时，向陶晶孙谈及欲采用的办刊方针，均倾向或肯定“新浪漫主义”。但现存的史实却令人困惑不解，反而是次序排在它之前的写实主义在中国文坛扎稳了根基，并蔚成风气。

问题的解答仍须回到五四崇奉科学的历史语境中。如前所征引陈独秀《今日之教育方针》一文所述：科学精神“见之文学、美术者，曰写实主义，曰自然主义”。那么，科学精神为什么会成为文学写实主义、自然主义思潮形成之因呢？原因在于科学主义、科学精神所讲求的客观观察、事实实证，以及不介入情感性价值判断的原则和文学写实主义在精神和方法上的追求，在内质上是一致的，从而在其间构成了必然的因果逻辑关系。

茅盾在1920年写的《文学上的古典主义、浪漫主义和写实主义》一文所持的观点也和陈独秀相一致：

科学昌明时代的十九世纪后半，人人有个科学万能的观念；所谓科学方法一直运用到哲学方面，不但哲学，社会改造的企图，本是多少带几分理想性质的，也闹起“科学的”、“不科学的”来。文学当这潮流，焉能不望风披靡呢？这是写实主义兴起的一个大原因。①

也就是说，崇尚科学的历史潮流，推崇科学主义的历史语境，使文学不能不顺从之，由此也就产生了文学的写实主义。

梁启超对此则作了更详细的论析：

科学的研究法既已无论何种学问都广行应用，文学家自然也卷入这潮流，专用客观分析的方法来做基础。要而言之，自然派当科学万能时代，纯然成为一种科学的文学。他们有一个最重要的信条，说道“即真即美”。他们把社会当作一个理科试验室，把人类动作行为当作一瓶一瓶的药料，他们就拿他分析化合起来，那些名著，就是极翔实极明了的试验成绩报告。又像在解剖室中，将人类心理层层解剖，纯用极严格极冷静的客观分析，不含分毫的感情作用。②

“真即是美”，自然主义、写实主义者把文学当成了“科学的文学”，把人类、社会当成是科学实验的对象，并用客观冷静的实验方法来作为文学的创作原则。这里，梁启超颇为准确地将写实主义、自然主义产生的背景、原因及其创作特质等概述出来。

这就说明，五四时期崇尚科学的历史语境，使科学精神成为强势话语，决定了写实主义在中国现代文学中的独尊地位，也使按“进化论文学观”演变流程应处于前列的“新浪漫主义”退居其后。也就是说，五四时期崇尚科学的历史语境，决定了写实主义（包括自然主义）在中国现代文学中的独尊地位。

至20年代末，马克思主义的科学唯物史观、科学的唯物人生观在文学界的影响日益扩大，日益成为作家表现现实的创作指导原则。由此，至1933年4月，瞿秋白《马克思、恩格斯和文学上的现实主义》和同年11月周扬《关于

① 茅盾：《文学上的古典主义、浪漫主义和写实主义》，《学生杂志》1920年8月第7卷第9期。
② 梁启超：《梁启超文选——国性与民德》，上海远东出版社，1995年，第200页。

“社会主义的现实主义与革命的浪漫主义”》这两篇文章的发表，一切都像水到渠成一样，使梁启超、陈独秀等所导引的写实主义（包括自然主义）文学流派涌进了社会主义现实主义这一“科学”的河床，并成为而后60年中国文学界的创作主流。

（二）科学主义与中国浪漫主义文学思潮

笔者曾就创造社与浪漫主义关系查阅过有关的资料，发现在1930年之前的中国现代文学史资料中，查不到创造社主要成员肯定、推崇浪漫主义的任何史实。相反，却发现7处他们回避、摒弃、否定浪漫主义的史实，如：郭沫若《编辑余谈》、郁达夫《文学上的阶级斗争》、成仿吾《写实主义与庸俗主义》、郭沫若的《革命与文学》、郑伯奇《评〈寒灰集〉》、郁达夫《文学概说》、冯乃超《冷静的头脑》等。[①] 但迄今为止的各部现代文学史均把创造社列为最具典范性的浪漫主义文学社团。究竟我们是相信史实呢，还是相信后人的判断？后人在解读时有没有可能产生错位或误读呢？这不能不说是个严峻的问题。

如若从科学主义视角来考察浪漫主义思潮的话，我们将会发现浪漫主义美学、文学思潮在本质上是反科学主义的。浪漫主义思潮的兴起，源自对以科学理性为支柱的启蒙主义运动的反思，也就是说，浪漫主义在本质上是对启蒙主义、现代性的批判。浪漫主义哲学、美学思潮揭示出启蒙主义运动中科学主义倾向，揭示出由科学主义强化而造成的现代性进程的“负值效应”，于是人文精神与科技理性对峙的巨大的世界性的历史语境显露出来。西方浪漫主义思潮源自卢梭，历经康德、黑格尔，延至当代的海德格尔等。卢梭的《论科学与艺术》一文批判矛头指向了正在兴起的资本主义工业文明，及促成这一文明的科学与文化。在历史现代性和审美现代性所构成的矛盾张力体系中，美学范畴的浪漫主义是现代性的“自我批判”，是人文精神抗衡科技理性的审美展现。

---

① 参阅俞兆平：《中国现代三大文学思潮新论》，人民文学出版社，2006年，第33—35页。

但是，由于中国当时还处在缺失科学的特定历史状态中，与世界的现代性进程有相当的差距。因此，在《新青年》、《科学》、《学艺》、《新潮》、《东方》等杂志的大力宣扬与推崇下，20世纪初的中国形成了崇奉科学主义的历史语境，这就客观地阻隔了西方浪漫主义思潮原汁原味地为中国文学界所接纳。

茅盾《语体文欧化问题和文学主义问题的讨论》指出：

> 科学方法已是我们的新金科玉律。浪漫主义文学里的别的原素，绝对不适宜于今日，只好让自然主义先来了。①

这里，不适宜于今日的"浪漫主义文学里的别的原素"，显然是指其反科学主义的内质。在其后的接受进程中，浪漫主义的反科学主义内质逐渐被扬弃，它变异了，"中国化"了。它的反科学主义要质，它对"现代性"的自我批判的要义，它回归自然的本真性等，均被扬弃、排斥了，余下的只是与中国古典美学"诗缘情"接轨的主情主义和文学创作的一般心理能力——想象这两大成分，即浪漫主义变异了，"中国化"了。

若从这一点出发，我们对以郭沫若为代表的创造社的所谓浪漫主义的定性，可以有新的看法。因为郭沫若是崇尚科学主义的。他在《论中德文化书》中明确地表示了与陈独秀相同的观点："此次大战，欧洲人所受惨祸诚甚深剧。然而酿成大战的原因，科学自身并不能负何等罪责。"因为科学的精神在追求普遍妥当的真理，"唯在资本制度之下而利用科学，则分配不均而争夺以起"。他把大战的起因与罪责归结于资本主义制度，归结于政治上的动因，因而首要的任务是推翻资本主义社会这一"祸本"。他还在此段文字下加上附注："此处有意反对梁启超的《欧游心影录》，该书正尽力鼓吹科学文明破产。"②他认为梁启超、宗白华等人错了，科学文明更应大力提倡，特别是在我们中国这一科学落后的国家。从以上史实可以说明，对科学主义与

① 《茅盾全集》第18卷，人民文学出版社，1989年，第187页。
② 郭沫若：《文艺论集》，人民文学出版社，1979年，第9—17页。

人文精神这一引发浪漫主义思潮萌生的矛盾，郭沫若是不认同的。他认为，在中国这一特殊的时空环境中，要恢复固有文化与人文精神，更要高扬科学主义。在浪漫主义思潮本质定性的基点上，有了如此之大的距离，你说郭沫若等能首肯、奉从浪漫主义吗？

由此，在文学流派界定上可得出新的结论：以郭沫若为代表的崇尚科学主义的创造社，不能冠之以浪漫主义社团的称号；而真正趋近于浪漫主义精神旨向的，应是以宗白华、沈从文、冯至等为代表的美学追求与实践作品。

（三）科学主义与中国古典主义文学思潮

学界诸种版本的中国现代文学史论著，论及20世纪20—30年代文坛时，只有浪漫主义思潮与写实主义思潮的"双峰对峙"，只有以象征主义为代表的现代主义思潮，惟独见不到古典主义思潮的踪影。这一原因也与学界未能从科学主义的视点上，未能从科技理性与人文精神矛盾对峙这一世界范围的现代性语境中考察古典主义文学思潮有关。

科学主义强调科学之无所不能，科学至高无上，人的自由意志便无足轻重，人的生存意义可忽略不计。这样，人文精神便渐渐地萎缩、削弱。因此，在1923年的"科玄论战"中，"玄学派"强调人文精神，抗衡科学主义思潮。他们认为，科学的机械论不能决定人生的自由意志，物界的事实判断不能涵盖心界的价值判断，自然界的因果推演不能说明精神界的情感及非理性因素的超逻辑特性等问题。其实质也就类似于今天现代性研究中对"现代性负值效应"的质疑与反思。

学衡派、新月派最为人所诟病的是其"守旧"和"复古"的倾向。的确，在20世纪20年代中国寻求体制革新与思想解放的历史大潮中，他们是逆流而动的。激进对于保守的批判是合理的，但保守对于激进的质疑也是必要的。在学术史的建构上，我们不能仅以政治趋向而否认其学术地位，甚至取消其作为一种思潮的客观存在。如若进而从反思、质疑现代性"负值效应"这一视点来审视的话，我们将会对这一古典主义思潮的价值作出新的判断，得出新的结论。

他们和新文化运动初期的国粹派的根本差异在于接受了新式学理，有着全球性的视野，而非局囿于儒生对中国封建王权依赖的传统意识。1919年底，留美的陈寅恪与吴宓有一番深谈：

今人误谓中国过重虚理，专谋以功利机械之事输入，而不图精神之救药，势必至人欲横流、道义沦丧……救国经世，尤必以精神之学问（谓形而上之学）为根基。①

此说之内理，隐含着当时兴起的新人文主义之根本要义，即“物质之律”与“人事之律”的关系问题；而这两大律令的分立，亦是现代性在20世纪初人类文化思想界域内所表现出来的科技理性与人文精神的对峙。也就是说，他们负笈西洋之始，首先求索的是人类生存意义这一形而上的哲学根本问题，而不应是形而下的政治之类的是是非非。

陈寅恪一生拒绝政治对学术的干扰，其生存宗旨为：

士之读书治学，盖将以脱心志于俗谛之桎梏，真理因得以发扬。思想而不自由，毋宁死耳。②

对陈寅恪佩服至极的吴宓，其一生中也因追随陈的“独立精神、自由思想”的原则，不识政治这一时务而吃尽了苦头。对于这一点，周作人倒是看得清楚，他在《现代散文选·序》中写道：“只有《学衡》的复古运动可以说是没有什么政治意义，真是为文学上的古文殊死战，虽然终于败绩，比起那些人来要更胜一筹了。”③因此，若以政治作为惟一的评判标准来臧否、取舍学衡派及其后的新月派的话，对于历史真实，是否有失公允？

这一古典主义思潮的内质是对人类社会现代化进程中“负值效应”的批判，属于质疑、反思“现代性”的理论范畴。它对于因历史现代性的偏执而导

---

① 吴宓：《吴宓日记》Ⅱ，生活·读书·新知三联书店，1998年，第101页。
② 陈寅恪：《清华大学王观堂先生纪念碑铭》，《王国维论学集》，中国社会科学出版社，1997年，第423页。
③ 周作人：《现代散文选·序》，《大公报》1934年12月1日《文学副刊》。

致人文精神失落，以及学术衰微的中国现状，提出了质疑与抗衡，具有历史关怀的内容，有着相应的价值取向，是作为对历史发展中激进力量的制衡而合理存在的，是构成推进中国现代文学发展的历史合力。它与现代社会的需求形成另一种逻辑关联，一样属于新的时代。接纳了新人文主义的学衡派、新月派的理论与实践，构成了现代中国文化思想发展史上重要的组成方面，具有不应忽视的价值与意义。这是我们判断与理解中国现代文学史上古典主义思潮的基本出发点。

就历史现代性来说，中国古典主义文学思潮对科学主义的抗衡，是逆历史潮流而动的；但他们的价值选择却趋向审美现代性。

在现代性语境中，对科学所推进的工业革命及其所带来的物质丰裕、社会进步等，持乐观、肯定态度的历史现代性，却忽略了现代化进程中物欲私利的膨胀、工具理性的狭隘化、道德伦理的沦丧等关系人类生存的重大问题。正是在这一点上，以学衡派、新月派为代表的中国古典主义文学思潮对其持警觉、反思的态度，批判、抗衡现代性“负值效应”。他们偏重于人文精神的传承，偏重于艺术的自主性与审美自律性的设立，这些恰恰削减了历史现代性的负面因素。坚持人文精神的立场，也在一定程度上维系了中国现代文学发展中的均衡。

因此，只有正视历史进程的“负向”力量，你才能真实地了解“正向”力量。在这一点上，如何摆正我们的心态与价值取向，如何客观地面对历史现实，如何真实地描述中国古典主义文学思潮的历史地位，将是艰难的调整过程。

后记

此书的写作，从酝酿到出版，前后竟有十余年了。 249

说起话长。1999年，校方安排我兼职于《厦门大学学报》。学报编辑部可是个眼观六路、耳听八方的好去处。不过诸君别往窃听隐私、传播“八卦”方面去想，我指的是学术上转益多师、博采众长之意。不说如雪片般飘来的稿件所带来的信息，不说审阅欲刊用文稿的一叠叠校样，单是坐在这个位置上所必需具备的对学界文史哲动向的关注，也会让你眼界大开、触类旁通。

写作本书的欲望就是在这样的环境中萌生的。20世纪末，“现代性”的研究热潮正在学界展开，作为“现代性”构成要质的“科学主义”论题，也引起人文社会科学学界的关注。像哲学界对1923年“科玄论战”与中国文化思想发展关系的再度审视，像史学界对晚清以来的科学思潮对国学与史学影响的探索，特别是华东师范大学杨国荣先生的《科学的形上之维》一书与四川大学罗志田先生的《走向国学与史学的“赛先生”》一文，对我的启示颇大。相较于哲学界、史学界在“科学与人文”这一课题研究上的热腾、红火的现状，文学界呢，冷冷清清，一片沉寂，一片空白，没有任何反响。哲学界、史学界的大力推进，反衬出文学界在这方面可悲的落伍。

这一落差令我深深地感到遗憾。有一天，我忽然悟觉到，若从科学主义这一视角楔入，对中国现代文学及现代作家，特别是对现代文学思潮重新加以考察与论析的话，有望开拓出一条新的研究路径。这一“顿悟”让我有醒醐灌顶、茅塞顿开之感。

因为，科学与民主是飘扬在“五四”上空的两面大旗。多年来，国内外学界对“民主”思潮和中国五四新文学之间的相互关系研究得比较深入，如人的觉醒、个性的解放、人性的自由，以及重铸国民灵魂等；但对于“科学”思潮和五四新文学及现代作家之间的关系却涉及较少，这一缺漏也为今天的学术研究留下进一步拓展的空间。所以，从科学主义的视角进入，不但可以打破现代文学界对这一课题研究的冷清的局面，填补该领域研究的空白，还可促使学界对五四新文学及文学思潮的研究，突破原有的框限，向文化、历史、哲学、美学的层面深入拓展，从而更为客观、真实地接近与再现中国现代文学的历史原貌。

于是，我就把由此思路所导引的初步研究心得写成系列论文，在《文艺报》上相继发表——《“科玄论争”与浪漫主义的中国化》(1999-4-8)、《成仿吾的“客观”与创造社的“自我”》(1999-7-6)、《科学主义与文学的写实主义》(1999-8-19)，并发表《中国现代文学中浪漫主义的历史反思》(《文学评论》1999-4)、《科学主义与郭沫若的文学选择》(《厦门大学学报》1999-3)两篇较长的学术论文。之所以写下这么详细的文字，一是想把自己在这一课题研究上最早的思维轨迹保留下来；二是有“立此存照”之意，因为我从未先行惹过同行的麻烦，倒是麻烦老是找上身来，有时不得不“该出手时就出手”。而文人“出手”，只能像胡适那样大声一喝：“拿证据来!”有证据，底气就足一些。

此后多年中，在“中国现代作家论科学与人文”这一大的论题构架下，我陆续写下了鲁迅、徐志摩、林语堂、茅盾、学衡派、梁实秋、闻一多等论析科学与人文关系的论文，并在国内各学术刊物上发表。但这一阶段，我的学术研究重心转向了中国现代文学思潮与理论方面，另外，教学、编辑及教研室的工作也颇为繁重，所以此书的完稿也就一拖再拖了。

迫于无奈，我心生一“计”，向我的博士生们“招标”，让他们以此课题作为博士论文的选题。没想到开始几届的“鱼儿”均不上钩，可能是此鱼饵太干涩无味了，毕竟成天去钻故纸堆，练出“披沙拣金”之功过于枯燥、无趣。但这么多条鱼，总有一头是“傻”的，于是王文勇君上钩了。他蓄三年之功，终于完成了《科学与人文:中国现代作家的价值选择》这一博士论文,并顺利通过答辩。于是,也才有了今天我们师生合作的这一本《中国现代作家论科学与人文》的问世。

我们师生俩分工、合作完成的情况如下:

俞兆平:

前言

第一章　第四节　中国近代对科学的接纳及冲突

　　　　第五节　中国五四时期科学主义语境的形成

第四章　第一节　早期鲁迅:致人性于全,不使之偏倚

　　　　第二节　徐志摩:人文的"圣水"洗涤科学的"斑点"

　　　　第三节　林语堂:"可见"与"不可见"有融合之势(合)

第五章　第二节　郭沫若:吸吮欧西的纯粹科学的甘乳

　　　　第三节　茅盾:自然主义的真精神是科学的描写法

第六章　第一节　学衡派:物事与人事,各有其律

　　　　第二节　梁实秋:文学批评不是科学

　　　　第三节　闻一多:科学是艺术底仆役

附　录　科学主义与中国现代文学思潮

　　　　——以《新青年》杂志为个案的论析

王文勇:

第一章　第一节　人类思想史上一个重大命题

　　　　第二节　西方科学与人文关系的历史脉络

　　　　第三节　中国古代科学与人文关系状况

第二章　第一节　王国维:可爱者不可信,可信者不可爱

　　　　第二节　梁启超:理智用科学,情感超科学

第三章　科玄论战:困惑中的价值分歧

第四章　第三节　林语堂:"可见"与"不可见"有融合之势(合)

　　　　第四节　梁宗岱:诗是真底最高与最终的实现

第五章　第一节　胡适:科学,全国一致的崇信

第六章　第四节　丰子恺:美是真善的完成

特地把《科学主义与中国现代主义思潮》一文作为"附录"收入本书，是因为该文综述了我的《写实与浪漫》(上海三联书店 2001)、《中国现代三大文学思潮新论》(人民文学出版社 2006)、《浪漫主义在中国的四种范式》(广西师范大学出版社 2011)三本学术专著的思考与写作的内在思维逻辑，让有兴趣的读者能较为清晰地看到，这十余年来，我关于"科学主义与中国现代文学"这一课题研究的总体学术概貌及成果。

此书的出版，感谢贺昌盛君的无私支持，感谢广西师范大学出版社汤文辉、虞劲松、俞琦三君的再次接纳与辛勤劳作！

"子在川上曰：'逝者如斯夫！'"迟暮之感，不时袭上心头；"金盆洗手，退出江湖"之念，也日渐浓重。此时此际，我忽然感到内心愈来愈向鲁迅贴近。

俞兆平
2013 年初春
写于鹭岛南普陀寺旁南华苑